RODRIGO CARRETERO

AGUA PASADA

EN BERESTEIRA, NADIE MUERE POR AZAR

MAEVA | NOIR

Este libro es una obra de ficción. El único fin de las referencias que encontrarás a personas, eventos, establecimientos, organizaciones o lugares reales es el de proporcionar una sensación de autenticidad, y se utilizan de forma ficticia con el objetivo de enriquecer la experiencia lectora. Todo lo demás es producto de la imaginación del autor, y no debe interpretarse como real.

Este libro se ha elaborado con papel procedente de bosques gestionados de forma sostenible, reciclado y de fuentes controladas, avalado por el sello de PEFC, la asociación más importante del mundo para la sostenibilidad forestal.

MAEVA apuesta por frenar la crisis climática y desea contribuir al esfuerzo colectivo y permanente de proteger y preservar el medio ambiente y nuestros bosques con el compromiso de producir nuestros libros con materiales sostenibles.

ISBN: 979-13-87664-97-8
Depósito legal: M-4270-2026

Diseño e imagen de cubierta: Elsa Suárez
Preimpresión: Gráficas 4, S. A.
Impreso por CPI Black Print (Barcelona)
Impreso en España / *Printed in Spain*

A Iria y Adrián.
Ellos son la verdadera trascendencia.

Los escenarios
de la novela

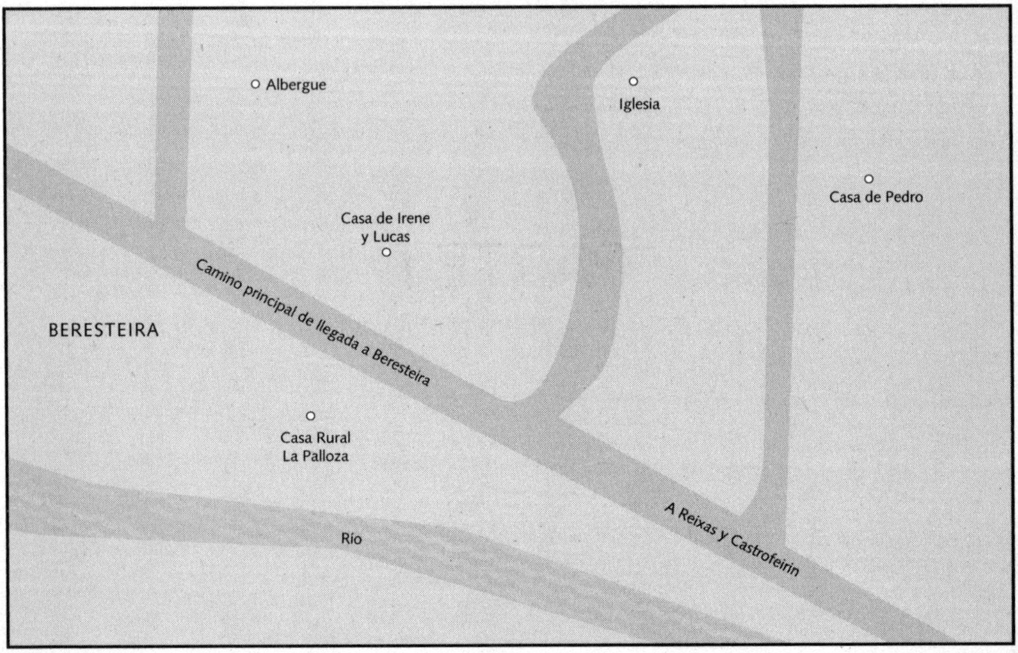

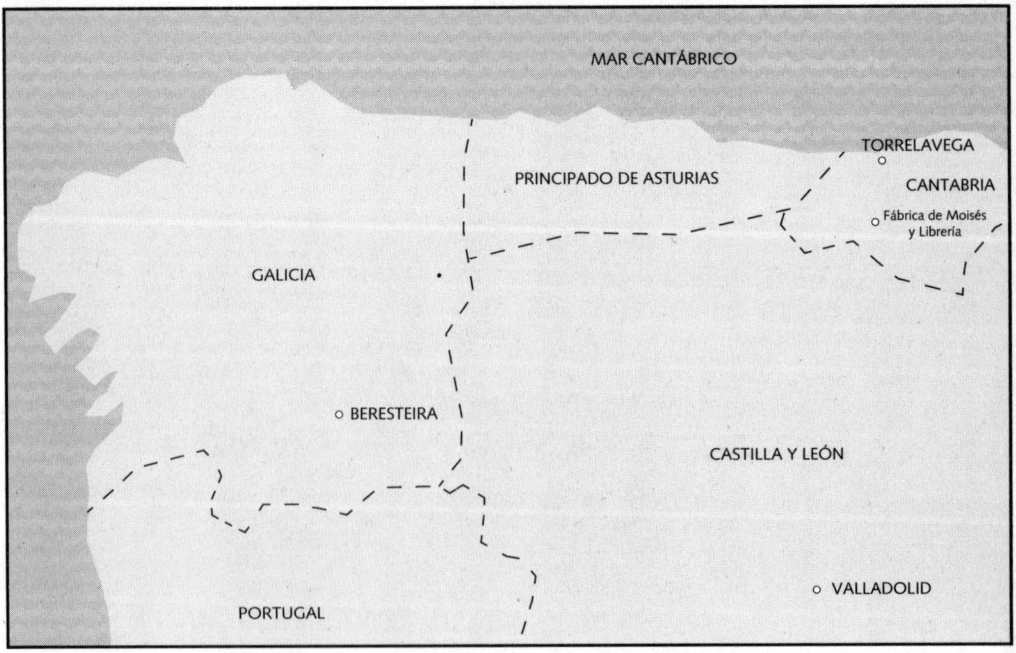

Albergue

Iglesia

Casa de Pedro

Casa de Irene
y Lucas

Camino principal de llegada a Beresteira

BERESTEIRA

Casa Rural
La Palloza

A Reixas y Castrofeirín

Río

MAR CANTÁBRICO

TORRELAVEGA

PRINCIPADO DE ASTURIAS

CANTABRIA

Fábrica de Moisés
y Librería

GALICIA

BERESTEIRA

CASTILLA Y LEÓN

PORTUGAL

VALLADOLID

PARTE I

1

Lo PRIMERO QUE sintió Argimiro Molina al despertar de lo que le parecía una profundísima siesta fue un copo de nieve que se le fue a posar entre la boca y la nariz. La siguiente sensación resultó más desagradable: un intensísimo dolor en la espalda y un aguijonazo en el costado que le cortó la respiración. Y frío, mucho frío, un frío que jamás en su vida había sentido. Estaba tumbado bocarriba encima de la tierra nevada y sobre él se extendía la oscuridad. Había luna llena y, aunque el cielo estaba cubierto de nubes, una luz tenue aportaba una débil iluminación que apenas permitía ver a escasos metros. Se intentó incorporar, pero fue incapaz. El dolor era tan intenso que creyó morir. Y, al poco, un mareo. Tuvo que contener el vómito al contemplar la escena que se dibujaba a su izquierda. A un metro de él, descansaba, cubierto de una considerable capa de nieve, un cuerpo. Él asumió casi de inmediato que tenía que ser un cadáver, a tenor del fortísimo golpe que a aquel pobre desgraciado le había desfigurado por completo la zona de la nuca. Era lo único que alcanzaba a ver, dado que la cabeza estaba volteada hacia el lado contrario.

Intentó levantarse de nuevo, sobreponiéndose a los dolores, y fue entonces cuando sintió por primera vez la presión de una soga alrededor de la muñeca. Siguió su trayectoria y comprobó con gran sobresalto que estaba atado al muerto: aquella cuerda unía su brazo con el del cadáver. Intentó zafarse, pero solo consiguió mover un poco al fallecido: el nudo de aquella maroma estaba muy bien hecho y él, demasiado débil para realizar grandes demostraciones de fuerza. Miró a su alrededor. Su malogrado «compañero» y él estaban en el interior de las ruinas de una pequeña iglesia. Según dedujo, ocupaban el espacio de lo que en su momento habría sido la entrada al templo, y del que ahora apenas quedaban restos de paredes de no más de dos metros y medio de altura. Enfrente se alzaban los mayores vestigios de aquella construcción, lo único que permitía deducir que tuvo que ser hace ya mucho tiempo un lugar de culto: un ábside en un lamentable estado de conservación, que parecía sostenerse de forma milagrosa, a punto de venirse abajo en cualquier momento por el peso de las enredaderas y de la maleza que lo cubrían.

Apenas un momento después de despertar de un profundo sueño, Argimiro Molina se dio cuenta de que tenía un enorme problema. Estaba atado a un cadáver, magullado, cada vez más dolorido, sin ninguna posibilidad de escapar de un sitio que no conocía y sin tener ni la más remota idea de cómo había llegado allí.

Sin ninguna fe, intentó despertar al muerto. Primero llamándolo con susurros: «¡Eh! ¡Oye! ¡Eh!». Luego, elevando cada vez más la voz: «¡Despierta, hombre, despierta!». Ante la previsible falta de respuestas hizo un esfuerzo casi sobrehumano por sobreponerse al dolor y al miedo, y tocó el rostro de aquel hombre con la mano que le quedaba libre. Notó que estaba tan frío como la nieve que lo cubría, pero hizo de tripas corazón y le giró levemente el cuello.

Fue entonces cuando no pudo reprimirse. Y gritó. Gritó como nunca. Gritó hasta perder la voz. Gritó con una fuerza más propia de un monstruo que de un humano. Unos ojos perdidos, sin vida, lo miraban. Reconoció de inmediato el cadáver. Lo reconoció él y lo podría haber reconocido el noventa y cinco por ciento de la población española: era el escritor Moisés Retuerto, una celebridad absoluta en España, sin duda uno de los rostros más conocidos del país en los últimos años.

Era coautor, junto a León Niño, de *El monstruo naranja*, uno de los mayores fenómenos editoriales de las últimas décadas, que se había traducido a varios idiomas y cuya adaptación al cine había sido también un bombazo de taquilla. Pues allí estaba, Argimiro, un simple notario de Santander, magullado junto al cadáver de uno de los nombres más prestigiosos de las letras españolas. No tenía ni la más remota idea de cómo había llegado allí, aunque en cuanto recobró el sentido se hizo una idea de la razón por la que Moisés Retuerto estaba muerto a su lado y esposado a su muñeca. Y no eran buenas noticias para él. Más bien un aviso muy serio de lo que podría esperarle. Pero había algo peor: no podía ni imaginar cómo iba a escapar de aquel lugar en una cuenta atrás que, sospechaba, no sería muy larga, dado que el frío y la nieve iban a ser en breve los asesinos más despiadados del mundo.

2

15:05 horas del 11 de enero

En la curva número veintitrés, Olivia Navacerrada comenzó a desesperarse. Aquella sinuosa y empinada carretera no terminaba nunca. El gps de su Renault Captur hacía tiempo que había enloquecido, incapaz de conducirla hasta Beresteira, el pequeño pueblo perdido (aquella palabra en esta ocasión no podía ser más certera) en medio de las montañas gallegas en el que iba a pasar el fin de semana. Le hubiese gustado decir que viajaba sola y por placer, pero la realidad era bien distinta. Iba sola, sí, pero lo que tenía que hacer allí distaba mucho del placer, aunque lo cierto es que aquellos días se antojaban claves en su vida.

Olivia se iba a enfrentar al primer encargo de cierta envergadura que le encomendaba su jefe en *El Heraldo de Galicia*, el periódico para el que había empezado a trabajar hacía apenas dos semanas. A sus treinta y nueve años, sabía que se encontraba en un momento clave de su carrera como periodista: si aquella aventura le salía bien, podría seguir viviendo de lo suyo. Si no, el sueño que perseguía desde niña acabaría ahí y seguramente tendría que empezar de cero en algún puesto alejado de su sector. Reponedora en un supermercado, con suerte. Dependienta en un restaurante de comida rápida, tal vez. Se la había jugado por completo al abandonar su trabajo en uno de los principales periódicos de España, dejar Madrid e irse a vivir a Galicia. Un cambio que ni sus compañeros ni sus familiares habían comprendido.

Pero ella tenía razones muy poderosas y estaba convencida de su decisión.

—¡Mierda, mierda, mierda! —exclamó cuando unos tímidos copos de nieve empezaron a posarse en el parabrisas.

El escaso y deshecho asfalto de la carretera, con duras rampas y sin dejar de zigzaguear, había dado paso a un camino embarrado. Detuvo el vehículo y consultó su móvil, que la saludó con el aviso de que estaba sin cobertura. Buscó en la guantera los papeles con las indicaciones que le había enviado Pedro González, el hombre por el que estaba haciendo aquel viaje y que sería su fiel compañero los próximos dos días.

«Al llegar a un cruce hay una indicación hacia Reixas, que es otro pueblo del que no queda ya casi nada, toma esa carretera y sigue subiendo. Verás unas casas a la izquierda, las tienes que dejar atrás y continuar. Pasarás por una zona de muchas curvas y después se acaba el asfalto. El camino que sigue no está en buenas condiciones, pero los coches no suelen tener problema. Continúas unos trescientos metros y llegas a Beresteira».

Miró por las ventanillas, pero no vio nada, ni una mínima señal que indicase que estaba ya cerca de su destino y tampoco ningún vestigio de civilización. Solo vegetación densa y árboles enormes que, supuso, serían robles y eucaliptos, aunque sus escasos conocimientos de la materia le impedían estar segura. Reanudó la marcha sin mucho convencimiento. Nunca le había gustado conducir, pero hacerlo por aquel lodazal y con una amenazante nevada en ciernes era demasiado para su paciencia y su pericia.

Tras avanzar unos metros comprobó que las indicaciones que le había dado Pedro eran exactas. A lo lejos vio por primera vez Beresteira, un pueblo compuesto por apenas treinta casas, la mayoría en ruinas. Desde allí podía distinguir, casi sin dudar, cuáles pertenecían a los escasos nuevos habitantes, que habían reparado y reconstruido algunas construcciones antiguas, y cuáles llevaban abandonadas a su suerte desde los años sesenta o setenta, cuando el éxodo rural había matado aquel pueblo. Los hogares de nuevo habitados refulgían en medio del oscuro día, mientras que los otros eran apenas puntos difusos en medio de la vegetación que los había devorado.

Siguió avanzando con cuidado y dificultad hasta entrar en el pueblo. Aparcó junto a una furgoneta, que supuso que sería de Pedro, y se percató de que el camino que la había conducido hasta allí era la calle principal de la población, a la que dividía casi por la mitad. A su derecha se alzaban algunas casas rehabilitadas, mientras que a su izquierda era casi todo vegetación y edificaciones derruidas.

Bajó del vehículo y sintió un escalofrío. El frío le dio un puñetazo en la cara. La nevada era cada vez más intensa, pero lo que en realidad la sobrecogió fue el silencio. No se escuchaba nada, como si nadie viviese allí, como si aquello siguiese abandonado e inalterado desde hacía cincuenta años. El silencio era tal que le dio por imaginar el bullicio que habría en aquellas calles, ahora apenas senderos, hacía medio siglo: niños corriendo por todas partes, mayores ocupados en sus tareas, animales montando jaleo por doquier. El contraste con aquel presente solitario la impresionó un poco.

Consultó de nuevo el móvil y comprobó que lo que había dicho Pedro era cierto: no había ni rastro de cobertura en todo el pueblo. Decidió acercarse a uno de esos edificios que habían sido el hogar de alguien hacía décadas. Era una casa de dos pisos que todavía se mantenía en pie con bastante dignidad. La parte de abajo debía de haber sido la cuadra y la de arriba, la vivienda propiamente dicha, a la que se accedía por una escalera de piedra exterior que estaba cubierta de musgo y pequeñas plantas. A buen seguro que hacía muchos años que nadie ponía un pie en aquellos peldaños. Ascendió por ellos hasta detenerse en el quicio de la entrada. No había puerta, pero le sorprendió ver que muchos de los pequeños cristales que formaban las ventanas todavía resistían, sin romperse, al paso del tiempo. Restos de pintura azul atestiguaban el color que alguien le había dado alguna vez a los marcos. Miró dentro, pero no vio nada más que plantas y restos de la edificación, que empezaba a desmoronarse de forma progresiva. Un grito la sacó de su ensimismamiento.

—¡Cuidado! ¡No deberías estar ahí!

Olivia se giró y se encontró con un hombre de unos sesenta años, gafas redondas y una barba en su mayor parte negra, pero que iba perdiendo poco a poco la batalla contra las canas. Vestía ropa de deporte que seguramente estuvo de moda en 1992 y calzaba las típicas zapatillas de cuadros, rotas por la parte delantera, a la altura del dedo gordo, dejando a la vista unos calcetines negros. Le llamó la atención el calzado, teniendo en cuenta que en ese pueblo todas las calles eran simples senderos de tierra y barro rodeados de maleza. Le calculó 1,65 de altura e intuyó que estaba en buena forma para la edad que aparentaba.

—Esa casa lleva sin habitar cuarenta o cincuenta años. Había decenas como esa, pero se han ido cayendo todas. Esta es la que mejor se conserva, aunque puede venirse abajo en cualquier momento. Yo que tú no intentaría entrar, y más vale que bajes de ahí.

Olivia obedeció y, cuando llegó a la altura de aquel hombre, a este se le cambió la cara. El rostro de seriedad y preocupación dio paso a una sonrisa y ojos cristalinos.

—Soy Pedro. Y tú debes de ser Olivia, ¿no?

Se dieron dos besos. Era con quien había hablado por teléfono y acordado pasar el fin de semana en Beresteira. Pedro González, un personaje que ella se imaginaba peculiar, pero del que sabía poco. Había llegado a él a través del conocido de un conocido, que le había hablado de la labor que había realizado en ese pueblo. Había dejado la gran ciudad para instalarse en aquella localidad, abandonada desde hacía décadas. Tras él, más gente fue llegando a esa población y entre todos habían insuflado algo de aire a la zona, que había ido recobrando la vida. Ella estaba allí precisamente para contar esa historia en el periódico, dentro de un reportaje más amplio sobre el renacer que estaban experimentando algunos núcleos abandonados gracias al retorno de mucha gente que se había hartado de las ciudades y se trasladaba en busca de una anhelada tranquilidad.

—¿Has llegado bien? Hay mucha gente que suele perderse y es un problema, porque ya ves que aquí no hay cobertura, y mucho menos internet. Así que no tienen forma de localizarme. Por eso siempre os envío las instrucciones lo más detalladas posible para que podáis encontrarlo.

—No te voy a decir que haya sido fácil ni un paseo, pero aquí estamos —respondió Olivia.

Aunque todo el mundo asume que un periodista es por naturaleza una persona extrovertida, dicharachera y echada para adelante, ella era todo lo contrario. Había una parte que le venía de serie por su carácter introvertido desde niña. Pero tampoco la ayudaba haberse pasado los últimos diez años trabajando en un periódico de Madrid en funciones «de mesa», básicamente copiar, pegar y organizar textos que ya le venían dados de las agencias de información o de otros compañeros. Era una jornalera del periodismo, una trabajadora que hacía una labor imprescindible en el día a día, pero sin el reconocimiento (ni el sueldo) de quienes escriben grandes reportajes que ganan premios.

Olivia era todavía una joven idealista cuando entró a trabajar en el periódico *Plaza Principal*. Era su primera oportunidad laboral y, además, debutaba en uno de los principales medios de comunicación de España. Desde el principio, todos sus conocidos la advirtieron de que la exigencia allí era máxima. «Es como jugar en el Real Madrid», le dijeron. Pero lo que no imaginaba es que aquella exigencia iba a traer consigo un sufrimiento atroz que estuvo a punto de truncar su carrera y, por momentos, su vida entera. Buena parte de culpa (si no toda) la tuvo el jefe de la mesa de edición del periódico, que tenía la peor de las famas posibles entre la plantilla. Ya el primer día, a Olivia le habían comentado que había tenido muy mala suerte al caer allí.

—A la mesa de edición se la conoce como Corea del Norte. Te puedes imaginar por qué. Y también te puedes hacer una idea de quién es el líder supremo —le había avisado a Olivia una persona que trabajaba en la sección de Deportes, y que había conocido en la facultad.

—¿Y eso por qué? —había querido saber ella. Ahora, cuando recordaba la conversación, no podía evitar sentir vergüenza de lo tremendamente ingenua que era en ese momento. Su compañera encajó la pregunta con una sonrisa tierna.

—El ambiente allí, según cuentan, no es el mejor, por decirlo suavemente. Y dicen que, si no le bailas el agua al líder supremo, te hace la vida imposible.

Olivia no tardó en comprobar que todo aquello no solo era cierto, sino que se quedaba corto. La sección se dividía en dos: el grupo de los acólitos que rendían adoración al jefe, aunque eso supusiese pasar por encima y aplastar al resto, y el de los que se negaban a pelotearlo. Los primeros aparentaban buen rollo continuo, aunque ella pronto se dio cuenta de que eran dóciles ante los superiores y terriblemente crueles con los débiles, entre los que se encontraba ella misma, recién llegada. Los segundos sobrevivían a duras penas entre gritos, insultos y desprecios de un jefe que dirigía la sección con puño de hierro.

Esa mala experiencia la marcó y hacía mucho tiempo, casi desde su época de prácticas de la universidad, que ella no realizaba una entrevista ni se relacionaba con ninguna fuente.

Pedro la llevó de vuelta al lugar donde había dejado aparcado el coche y, desde ese camino, siguieron un sendero que subía hacia su casa. Dejaron a un lado un enorme huerto hasta llegar al edificio. Al entrar, Olivia sintió un notable olor a polvo y a chimenea. Sentir ese calor le produjo placer en contraste con el intenso frío del exterior. La casa de Pedro era sencilla. En la planta inferior había una pequeña cocina en la que destacaba un microondas. En aquel contexto, a ella le pareció tan extraño como un teléfono móvil en una escena medieval. Al lado se encontraba una extensa estantería repleta de libros y una televisión, calculó que de los años ochenta o noventa, junto a un reproductor de vídeo como el que sus padres habían comprado cuando era pequeña. Al lado se amontonaban varias cintas VHS. Sintió que, al entrar en esa casa, había retrocedido en el tiempo.

Pedro se percató de la sorpresa de la mujer.

—Aquí tampoco llega la televisión. A veces, y solo a veces, pillamos TVE y para de contar. Así que la radio y las películas son todo el entretenimiento —aclaró—. Esta la habré visto ya como cincuenta veces —dijo al mostrar una carátula en la que aparecían unos jovencísimos Dustin Hoffman y Meryl Streep. Leyó el título para sí: *Kramer contra Kramer*.

A la planta superior de la casa se accedía por una escalera de madera tan rudimentaria y con tanta pendiente que sintió que, más que subir, estaba escalando por ella. Arriba había un descansillo con una especie de catre (no se le podía dar a eso una categoría mayor) y solo había una habitación con una sencilla cama, un escritorio y una silla. Algunos dibujos de casas abandonadas y llenas de vegetación hechos a lápiz adornaban la estancia. Olivia supuso que eran zonas de aquel mismo pueblo. Estaban compuestos por trazos sencillos pero certeros. Eran sin duda obra de alguien que dominaba la técnica a la perfección.

—Pues aquí vivo yo. Podemos sentarnos y me explicas bien qué es lo que quieres contar en tu periódico. ¿Te apetece una cerveza?

Olivia aceptó la invitación y vio que Pedro sacaba dos botellines de una pequeña nevera. Le tendió uno y, al ver su cara de desconcierto, le explicó:

—No tiene marca y tiene ese color porque es cerveza artesanal. Pero artesanal de verdad, no como la que te venden como tal en las ciudades, que esconden en realidad una producción en masa e industrial. La hacen unos chicos franceses que viven allí abajo, a veinte metros de la casa donde te he encontrado.

La periodista probó la bebida, pero al instante casi tuvo que escupirla. Una explosión, como una bomba o un disparo, resonó de tal forma que pensó que los oídos le iban a estallar. Se tiró al suelo en un acto reflejo, se metió debajo de la mesa, en la que Pedro había colocado un bol con patatas fritas solo un instante antes, y cerró los ojos, implorando a un dios en el que no creía que aquel no fuera su final.

Al ver que no ocurría nada más, Olivia fue recuperando poco a poco la calma. Salió con prudencia de debajo de la mesa y le sorprendió lo que vio: Pedro, imperturbable, la miraba con una sonrisa divertida en la cara. No entendía nada.

—Lo que acabas de oír es simplemente eso: mucho ruido y pocas nueces. Solo sonido. Un cañón de gas que pega esos zambombazos de vez en cuando. Lo instalamos para espantar a los pájaros y que no devoren todas las frutas de los árboles ni lo que nos da el huerto.

Olivia asintió, ya algo más recuperada del sobresalto, y decidió empezar a hablar con Pedro para tener un poco de contexto para su reportaje.

—Bueno, ¿y qué hace un hombre como tú en un sitio como este?

En cuanto las palabras salieron de su boca se dio cuenta de que no podía haber frase más manoseada y menos original para romper el hielo. Se lamentó, pero ya poco podía hacer. El hombre le dedicó una mirada curiosa y empezó a hablar.

—Siempre suelo decir lo mismo cuando me lo preguntan. Un día, buscando un pueblo en el que instalarme, me lanzaron desde un helicóptero en un sitio indeterminado, al azar, y fui a aterrizar aquí.

Olivia dudó de si aquello tenía algo de verdad o era una simple broma. Desde siempre le había costado captar las ironías e identificar cuándo alguien hablaba o no en serio. Pedro leyó la indecisión en su cara y trató de aclararlo enseguida.

—Es broma, mujer. La realidad es algo más complicada. O más simple, depende de cómo lo mires. Yo conocía a varios amigos que habían resucitado un pueblo abandonado en Asturias y que buscaban empezar de cero en otro parecido. Juntos, fuimos explorando sitios que habían quedado despoblados, fuimos tachando de la lista. Y el día que llegamos aquí, cuando subíamos y girábamos por esas curvas que acabas de pasar, supimos que este era nuestro lugar, que nos quedaríamos. Aunque al poco tiempo ellos se fueron y solo yo permanecí.

Había algo en la mirada de Pedro que Olivia no acababa de identificar. Sea como fuere, había llegado hasta allí para sumergirse durante cuarenta y ocho horas en ese ambiente y contar de primera mano la historia del pueblo y de aquel hombre, así que siguió adelante.

—¿Y de qué se vive aquí? —le preguntó.

—La mayoría de los vecinos son artesanos. Elaboran cerveza, queso, leche; otros hacen arte… y lo venden después por mercados de la zona. Tienen el dinero justo para ir tirando, pero aquí no hace falta mucho y tampoco queremos más.

—¿Y tú? ¿Vendes lo que te da el huerto?

Pedro volvió a examinar a aquella mujer que tenía enfrente. Desde luego no se ajustaba a la imagen prototípica de una periodista. Parecía apocada, le costaba sostener la mirada al hablar e incluso notaba en ella cierta tensión corporal.

—¿El huerto? No, no. Qué va. El huerto es más un entrenamiento para Juan, la persona que vive conmigo y que anda por ahí ahora. Luego lo conocerás. Yo he montado un proyecto de turismo. Tengo una casa que he rehabilitado ahí abajo, de seis habitaciones, y un albergue con capacidad para doce personas.

Como te imaginarás, ni es el Palace ni me voy a hacer rico con los ingresos que da, pero me conformo.

Olivia dio otro trago a la cerveza mientras procesaba la información. Lo último que esperaba era que hubiese un alojamiento turístico en aquel sitio sin cobertura, sin wifi y sin apenas comodidades. Pedro volvió a intuir sus pensamientos.

—Casi todos los que vienen lo hacen buscando desconectar y acercarse a la naturaleza y aquí, en ese sentido, ofrecemos la experiencia extrema. Ya ves que no hay luz por la calle, ni una farola, el supermercado más cercano está a cincuenta kilómetros, en Castrofeirín, y para tener algo de cobertura tienes que volver casi tres kilómetros por el camino que te ha traído hasta aquí. Pero pocos se quejan, fíjate.

La periodista vio que el hombre sacaba un móvil y le enseñaba capturas de pantalla con las opiniones que los viajeros dejaban en plataformas de valoración. Su casa rural, llamada La Palloza, tenía un 4,8 sobre 5 y casi todos destacaban la hospitalidad de Pedro, la desconexión total de la que habían disfrutado y la tranquilidad de la zona. Y todos, eso sí, avisaban de que los bares, las tiendas y la civilización en general quedaban lejísimos.

Olivia se dio cuenta en ese momento de que estaba cometiendo un error de periodista novata: hablaba, extraía información, pero sin tomar notas ni grabar nada. Sabía que más tarde, a la hora de escribir su reportaje, aquello le pasaría factura, porque olvidaría detalles y no podría incluir palabras textuales de Pedro.

—Perdóname, pero antes de seguir hablando me gustaría bajar al coche. Me he venido sin nada para tomar notas ni grabar y, si no te importa, preferiría hacerlo.

—Claro, mujer —respondió Pedro, de nuevo sorprendido por la extrema timidez que desprendía en cada gesto y en cada palabra—. ¿Sabes volver o prefieres que te acompañe?

—Creo que seré capaz.

Olivia descendió por el sendero que había recorrido hacía unos minutos con Pedro, pero al llegar a su vehículo tuvo que contenerse para no gritar. Lo que tenía frente a ella era lo último que hubiera imaginado ver. En el capó de su Renault Captur alguien había escrito, rayando la chapa, una palabra. Cuatro letras que dejaban bien claro el mensaje: «VETE».

3

16:05 horas

Félix Ruipérez giró el volante de su coche por enésima vez y escuchó cómo León Niño y Moisés Retuerto resoplaban de hastío en los asientos traseros del Jaguar F-Pace.

—¡Venga, venga! ¿Os vais a venir abajo por unas pocas curvas? Me conocéis bien. Si no fuera necesario volver aquí, no pasaríamos de nuevo por este calvario de carreteras de mierda y tecnologías propias de 1950. Pero lo último que necesitamos ahora es gente con acceso fácil a internet a nuestro alrededor —intentó animar Félix a sus acompañantes.

—Lo que yo no entiendo es por qué no podíamos hacer lo mismo con discreción en cualquier casa de las afueras de Santander —contraatacó Moisés. A su lado, León se acariciaba las manos en un gesto nervioso.

—¿Y arriesgarnos a que cualquier mamarracho con cámara nos grabe, nos fotografíe, lo mande a cualquier periódico o, peor todavía, lo publique en cualquier red social? —se defendió Félix.

León Niño decidió intervenir. Era una de las pocas veces que hablaba en el largo viaje desde Santander hasta Beresteira.

—¡Ya está bien! Él es nuestro agente literario, el que se supone que sabe qué es lo mejor para la promoción de la novela y para salvarnos de ese desgraciado. Si él lo dice, nosotros lo hacemos y se acabó. Hasta ahora no nos ha ido tan mal haciéndole caso.

Moisés Retuerto se tiró hacia atrás en su asiento moviendo los brazos de forma dramática en el aire. Guardó unos instantes de silencio, luego se volvió a incorporar.

—No me hagas hablar, por favor —avisó el escritor a su compañero—. Sabes que es mejor que no toques ese tema. ¡No hables de eso y menos este fin de semana! ¡Si estamos aquí, y en esta situación, es por su maldita culpa!

—Sí, es mejor no hablar de que gracias a este hombre vendimos tantos libros como para enterrar a España entera, de que han dicho de nosotros que no se veía un fenómeno editorial igual desde *El código Da Vinci*. ¡Mejor no hablar de que, hagamos lo que hagamos ahora, la segunda novela se va a vender como auténticos churros! ¡Y si para mantenernos así hace falta volver a este maldito pueblo, se vuelve y punto! Aunque para llegar allí haya que pasar tantas curvas que acabe vomitando hasta mi primera papilla —replicó León Niño.

—¡Que os calléis, joder!

Félix cortó en seco la discusión y subió el volumen de la radio del coche, que a esas alturas se entrecortaba sin parar. La nevada, tímida al principio, se estaba intensificando. «La borrasca Margarita empieza a dejarse notar en algunos puntos de la Comunidad, aunque se espera que esta noche llegue lo peor. Las autoridades recomiendan que nadie se mueva de sus casas y que acumulen provisiones para no tener que salir hasta, al menos…». La voz del locutor de radio se perdió definitivamente entre aquellas montañas. Moisés Retuerto se abrochó una imaginaria cremallera en los labios.

—Sigo teniendo muchas dudas sobre todo esto que queréis hacer. Y más ahora. Nos estamos complicando la vida por vuestra culpa. Y encima, es evidente que hay riesgo de quedarnos aquí aislados por la nieve. Creo que deberíamos contar la verdad y punto. No creo que pase nada por hacerlo. Insisto: si somos sinceros con todo el mundo, cortaremos de raíz la posibilidad de sufrir chantajes como el que estamos padeciendo. Quizá muchos de nuestros fans nos comprendan y hasta salgamos reforzados de todo esto.

Félix y León no respondieron, lo que enervó más a Retuerto, que lleno de impotencia y rabia se golpeó una pierna, produciendo un sonido seco.

—Ya estamos, ya hemos llegado —dijo por toda respuesta el agente literario de los dos escritores.

Aparcó el coche en una zona en la que el camino se ensanchaba y los tres se bajaron del vehículo. Félix miró hacia un lado y hacia otro. Vio el solitario paisaje y le llamó la atención algo que había sentido pocas veces: aquel silencio absoluto le provocaba exactamente lo contrario de lo que se podía esperar. Lejos de invitar a la calma y al reposo, le estaba poniendo el pelo de punta. Había algo allí que le desasosegaba. Por primera vez le asaltaron las dudas. Puede que Moisés tuviera razón y él se hubiese equivocado. Quizá no había sido la mejor idea llevarse a las dos grandes estrellas superventas a preparar el lanzamiento y promoción de su segunda y esperadísima novela al rincón más perdido de toda España, que si no era ese pueblo, no le andaría lejos. Con millones de seguidores encima y la prensa observando con lupa todos sus movimientos, le había parecido una idea brillante y original alojarse en aquella casa rural de la que todo el mundo destacaba su inaccesibilidad y su lejanía. Pero ahora, por primera vez, no estaba nada seguro de si había sido la mejor idea.

Él no podía saberlo, quizá solo intuirlo a la luz de lo que había pasado en las últimas semanas, pero lo que ocurriría en las siguientes doce horas dejaría claro que su decisión había sido la peor de todas las posibles. Seguramente se arrepentiría el resto de su vida, la misma vida que estaba a punto de irse al garete.

4

16:10 horas

Olivia Navacerrada subió a toda velocidad el sendero bajo una nevada cada vez más intensa, dejó a un lado el huerto e irrumpió como un rinoceronte en la casa de Pedro González, al que se encontró sentado a la mesa con otro hombre, entrado en la cuarentena, de pelo rubio, ojos verdes y una mirada que no sabría definir muy bien. Diría que era indiferente, pero a la vez penetrante.

—Olivia, te presento a…

Pedro dejó a medias su frase al ver la cara descompuesta de la periodista. Se puso de pie y la invitó a sentarse con ellos.

—¿Qué ha pasado? Te advierto de que eso de la Santa Compaña es solo una leyenda. Llevo aquí cerca de veinte años, pero por la cara que traes se diría que eres la primera que la ha visto.

—Me acaban de rayar el coche. Han escrito «VETE» en el capó —dijo ella sin rodeos. La voz le temblaba.

Se fijó en que a Pedro le mudaba la expresión. Palideció de forma evidente. El hombre que tenía al lado, en cambio, no se inmutó.

—Pero eso es imposible. Ahora mismo no hay nadie más en el pueblo que tú y yo. Y Juan —añadió mirando a su compañero.

—Imposible no es, porque ha pasado. Y vamos a ver qué hacemos ahora, porque esto no se va a quedar así —avisó Olivia, que se sorprendió a sí misma por la rotundidad de sus palabras.

Siempre le costaba ser taxativa, pero esta vez estaba a punto de estallar de rabia.

—Vamos a dejarlo ahí. Ese mensaje que dices que alguien te ha escrito en el coche ya lo traías en el capó cuando llegaste. Estoy seguro. Tan seguro como que no hay nadie más aquí.

La periodista empezó a sentirse incómoda ante la acusación de aquel hombre, que hasta entonces se había mostrado amable y hospitalario, pero cuya actitud había cambiado de pronto.

—¿Y tú? —dijo Olivia observando al otro hombre, que no contestó.

Pedro lo miró como si fuera la primera vez que lo veía y se rio.

—¿Juan? No. Él no ha sido. Te lo garantizo. Pongo la mano en el fuego por él. Pero lo primero que debería haber hecho es presentaros. Juan, esta es Olivia Navacerrada, la periodista de *El Heraldo de Galicia* que te comenté que pasaría aquí el fin de semana. Olivia, este es Juan Almuiña.

La mujer, desconcertada por la situación, no hizo ni el amago de dar la mano, mucho menos dos besos, a aquella persona. Pero es que él, a su vez, se quedó petrificado en su silla. Tampoco tenía la más mínima intención de saludarla.

—A lo largo de estos dos días en el pueblo vas a ver cosas que quizá te sorprendan, porque no son habituales en las ciudades ni en la vida que lleváis. Es posible que una de ellas sea Juan. Vas a comprobar que es alguien que se sale de la norma. Es especial. Y lo más evidente es que no habla. Pero te garantizo que él no te ha estropeado el coche. Yo estaba hablando contigo antes de que bajaras a por la grabadora. Y en el pueblo no hay nadie más ahora mismo, salvo un tal Argimiro Molina, que lleva una semana haciendo turismo por la zona. Está alojado en mi albergue, salió a dar un paseo por los alrededores esta mañana. Así que, sea quien sea el responsable de ese rayajo… no lo ha hecho aquí.

—¿Y los demás vecinos? ¿Los que hacen la cerveza artesana, por ejemplo?

—El pueblo se vacía casi todos los viernes por la mañana hasta los domingos por la noche. Los vecinos suelen salir todos los fines de semana para vender los productos en los mercados que se organizan en los pueblos de alrededor. Los sábados y los domingos quedamos Juan y yo, salvo que venga alguien a la casa rural a pasar el fin de semana.

Olivia ya no sabía qué pensar. Estaba segura de que el capó de su Renault Captur se hallaba en buen estado al llegar al pueblo. Pero Pedro parecía tan convencido, tan tranquilo, que dudaba de sí misma. ¿Y si en verdad le habían rayado el coche antes de llegar? ¿Y si el mensaje ya estaba escrito cuando salió de su casa, en Santiago de Compostela? Se odiaba a sí misma por esas inseguridades que le asaltaban a menudo: por muy convencida que estuviese de algo, en cuanto alguien le rebatía mínimamente se venía abajo y empezaba a dudar de todo.

Pedro pareció, una vez más, intuir sus pensamientos. Se levantó, fue hasta la cocina, llenó un vaso de agua hasta la mitad y lo metió en el microondas.

—Te voy a preparar una tila para que te calmes, te relajes y disfrutes del fin de semana. Además, mira la que está cayendo ya —dijo observando por la ventana los copos de nieve, cada vez más gordos y numerosos—. Me temo que el fin de semana que se nos avecina va a ser como un pequeño Gran Hermano, incomunicados con el exterior.

Le llevó la bebida a la mesa y ambos se sentaron. Olivia decidió que tenía que seguir adelante, aferrarse a la oportunidad de hacer un buen reportaje que le hiciese entrar con buen pie en su nuevo trabajo y olvidarse de ese inicio extraño.

—¿Y a él qué le pasa? —preguntó mirando a Juan.

—No le pasa absolutamente nada, aunque los pocos que viven en el pueblo crean lo contrario. Lo llaman de forma despectiva

el *Mudito* Juan porque no habla y porque se sale de lo establecido. Nada más. No se mete con nadie ni hace mal a nadie, ni
mucho menos.

—¿Es tu hermano?

Pedro sonrió.

—Nada de eso.

—¿Familiar tuyo?

—Tampoco. No creo que nuestra relación tenga mucha importancia para tu reportaje, ¿no?

Las palabras de aquel hombre sonaban amistosas, pero a la
vez cortantes. Al menos lo eran para Olivia, a la que le causaban
incomodidad las conversaciones que se salían de la amabilidad
absoluta. Se armó de valor para hacer la siguiente pregunta:

—Pedro, ¿hay problemas de convivencia entre los vecinos
del pueblo?

—¿Por qué lo dices? No será eso lo que vas a escribir en el
periódico, ¿no?

—En absoluto. Pero afirmas que el resto se mete con Juan.
Eso, unido al mensaje del coche...

Por primera vez desde que llegó, percibió dureza en el rostro
de aquel hombre.

—Te he dicho que lo del capó no te lo ha hecho nadie en el
pueblo. Entre otras cosas, porque es imposible. Y te digo más: si
esa va a ser la tónica general los próximos dos días, por mi parte
cortamos aquí. Te vuelves por donde has venido. Y con Juan no
se mete nadie, simplemente no lo conocen y lo ven como alguien
raro. Y lo raro a menudo no gusta.

Olivia no pudo más que aceptar la última frase de Pedro. Bien
lo sabía. Siempre se había considerado a sí misma «rara», un
calificativo que también era habitual que utilizaran los demás
cuando se referían a ella. Desde el colegio, siempre fue la extraña. Si al resto le gustaban los macarrones, ella estuvo aborre-
ciendo la pasta durante toda su infancia. Si los demás se morían

por ir de excursión, para ella era un auténtico calvario hacer cualquier actividad que se saliese de la rutina. Para el resto, las fiestas de cumpleaños eran la cima de la felicidad. Para ella, un suplicio porque la abocaban a relacionarse con el resto. Aunque lo cierto es que era un viacrucis que tuvo que soportar pocas veces, dado que casi nadie la invitaba nunca a nada. Solo tuvo una amiga en su infancia y aquella relación saltó por los aires cuando la otra, casi en la preadolescencia, se echó novio y decidió que el plan que tocaba los fines de semana era ir a las discotecas, en lugar de, como hasta entonces, pasar los sábados y los domingos en casa de una de las dos, entregadas a juegos de mesa o a videojuegos. Su madre, un poco harta ya de esa forma de ser suya, la había advertido una vez: «Si sigues así, va a llegar un momento en que seas más feliz en los funerales que en las bodas». Y, aunque no era tan exagerado, en el fondo de su ser, Olivia sabía que se movía con más destreza en los primeros eventos que en los segundos, donde tenía casi siempre que impostar una alegría desmedida que no sentía.

Aquellas rarezas suyas la habían acompañado siempre: del colegio al instituto y luego a la universidad. Contaba con los dedos de una mano, y le sobraban bastantes, las amistades que había hecho en esas etapas y que habían perdurado. Tampoco se podría decir que sintiera pesar por no ser popular. Al contrario, cuantos más años pasaban, más se daba cuenta de que era perfectamente capaz de vivir sin nadie. De joven se imaginaba un futuro de soledad y amargura por no tener amigos. Sus padres se lo repetían: «Si no cambias, si no te abres más a la gente, vas a acabar sola». Pero a las puertas de los cuarenta se iba dando cuenta de que esa soledad no era ningún drama. A veces incluso estaba bien.

Con todo, no podía evitar sentir un pellizco de autocompasión cuando se percataba de la nula huella que dejaba en los sitios y en la gente. Hacía poco más de un mes que se había ido de

Madrid, la ciudad en la que vivió durante quince años (desde que por primera vez había abandonado su ciudad natal, Valladolid), y del periódico en el que había trabajado durante trece. Y en su último día allí se dio cuenta de que ninguno de sus compañeros estaba ni de lejos afectado por su marcha. Aquella última jornada llevó bollos y vio cómo toda la plantilla iba en procesión a por los dulces, pero nadie le dedicaba más de las dos palabras de despedida de rigor: «Buena suerte», «que te vaya bien» o «¿te vas a Galicia? Ánimo con el tiempo, no parará de llover». Esas desapasionadas reacciones le servían para convencerse de que el paso que estaba dando era el correcto, aunque *a priori* no lo pareciese: cambiar un gran periódico en el que se llevaba un sueldo más que aceptable y una ciudad con miles de oportunidades por un pequeño medio de provincias donde el más mínimo tropezón no tendría vuelta atrás. Hacía tiempo que había llegado a la conclusión de que su carácter no estaba hecho para la gran ciudad y de que allí viviría amargada e incompleta hasta la jubilación. Pero, pese a ello, no podía evitar cierto dolor al ver que había gente con la que llevaba años compartiendo oficina y que apenas la conocían más que de vista. «Soy el anticarisma», se repetía a sí misma a menudo con resignación y cierto pesar.

Así que sí, cuando Pedro González hizo esa afirmación sobre lo poco que gustan las rarezas, entendidas por tales las formas de ser que se salen del patrón establecido como normal, Olivia no pudo más que callarse, asentir y notar de pronto cierta simpatía por el *Mudito* Juan, que la observaba sin pestañear desde el fondo de aquellos ojos verdes que nadie podía imaginar, ni por asomo, la cruda historia que ocultaban.

5

16:25 horas

LA VOZ DE Pedro la sacó de sus cavilaciones como un despertador que rompe un largo sueño.

—Creo que es mejor que vayamos ya a la casa rural, donde te instalarás estos días. Al paso que avanza la tormenta, en breve nos va a costar caminar por la calle.

Le hizo gracia que aquel hombre llamase calles, con toda naturalidad, a lo que no eran más que senderos de tierra y barro. Su anfitrión miró el reloj de muñeca y se frotó la cara con gesto de preocupación.

—No sé dónde se habrá metido este hombre —dijo buscando alguna reacción en Juan, que le devolvió la mirada, impertérrito. Era como si aquella persona no entendiese su idioma.

—¿De quién hablas? —quiso saber Olivia, que cada vez que formulaba una pregunta, y casi cada vez que hablaba en general, temía sonar demasiado brusca.

—Del que te comenté antes, un tal Argimiro Molina, un tío que es notario en Santander y que llegó el lunes para hacer turismo. Se fue hace ya muchas horas a dar un paseo por la zona, pero mira la que está cayendo y no ha vuelto.

Juan dio un sorbo a algo que parecía una Fanta de naranja, completamente despreocupado, al menos en apariencia, por los desvelos de su compañero.

—Estos días tampoco me ha parecido que fuera la persona más espabilada del mundo para orientarse. Si no vuelve en un rato, veré qué hacer. Juan, igual toca salir en su búsqueda.

Juan dio en aquel momento la primera señal de entender lo que le estaban diciendo, al mirar por la ventana para contemplar la nevada y girar la cara de nuevo hacia Pedro con expresión dubitativa, de estar pensando: «¿De verdad me vas a hacer salir con la que se está montando ahí fuera?».

Pedro y Olivia salieron de la casa por un camino distinto al que subía desde el coche. Descendieron entre la intensa nevada hasta alcanzar un edificio que parecía haberse reformado hacía no mucho tiempo. El hombre abrió la puerta y entraron a un amplísimo salón.

—Bienvenida a La Palloza, el corazón del turismo rural de Beresteira —dijo, con una mezcla de ironía y seriedad—. Este edificio fue la primera casa que tuve en el pueblo y viví en ella durante bastantes años, hasta que me hice con la que acabas de ver. Esta la reformé para dedicarla al turismo.

Aquella estancia, que solo tenía unas pequeñas ventanas en la parte superior de las paredes, hacía las veces de cocina y salón. Una mesa para doce comensales ocupaba el centro. A la izquierda, un gran frigorífico, una encimera repleta de cajas de cereales y otros alimentos, un fregadero y, al fondo, una cocina bilbaína, de las que servían para cocinar y a la vez calentar la casa. Estaba encendida, cosa que Olivia agradeció porque se veía incapaz de hacer funcionar por sí misma el aparato.

—Esta es la sala de estar. Y ahí he dejado comida suficiente para pasar el fin de semana sin problemas, pero cualquier cosa que eches en falta, pídemela, que seguramente tengamos en casa o en el albergue, que está en esta calle, a unos pocos metros. Tu habitación está arriba.

Subieron por una escalera, mucho más accesible que la de la casa de Pedro, y llegaron a un largo pasillo con varias puertas a cada lado.

—Todas las habitaciones tienen baño incorporado, y lo que sí te recomiendo es que no bebas agua del grifo. A los del pueblo no nos afecta, pero tiene una bacteria que no sienta bien a muchos de nuestros visitantes.

Una vez más, la periodista no supo entender si aquello era broma o realidad, pero desde luego le pareció lo segundo.

—Esta será tu habitación —dijo Pedro mientras señalaba una puerta situada a la derecha, cerca de la escalera—. Te he dejado papel higiénico y toallas. Tienes una manta puesta en la cama y otras dos en el armario. Las noches son frías, y más con esta nevada. Para cualquier cosa que necesites, por favor, con toda confianza ven a pedírmela a la hora que sea. No te cortes.

Olivia agradeció la hospitalidad, pero lamentó las últimas tres palabras: «No te cortes». Si se las había dicho era porque él ya había percibido también su timidez, esa rareza que le hubiese gustado ocultar al menos en las siguientes cuarenta y ocho horas. Iba decidida a parecer una periodista normal, pero lo ocurrido con el mensaje que se había encontrado en su coche la había descolocado de tal forma que la actuación teatral que había previsto para fingir ser alguien corriente se había venido abajo.

En aquel momento, Olivia no sabía qué pensar de Pedro. Había sido muy acogedor casi todo el tiempo que llevaba allí, pero había mostrado una cara mucho menos amable cuando se había encontrado rayado el coche.

—Ponte cómoda y, si quieres, descansa un rato en la habitación. Cuando te apetezca, acércate a mi casa y empezamos a hablar de lo que quieras para el reportaje —le dijo antes de darle la llave de la estancia y bajar por las escaleras.

Ella abrió la puerta y un viento gélido le dio una bofetada. A primera vista le llamó la atención que la ventana de la habitación estuviera abierta con el frío que hacía y la tormenta de nieve que estaba cayendo fuera. Corrió a cerrarla; justo debajo del cristal vio una bola de papel. Curiosa, deshizo poco a poco la pelota. Era un folio en el que alguien había dejado un mensaje escrito con lápiz y en letras mayúsculas. Olivia lo tenía sujeto al revés, pero no le hizo falta enderezarlo para entender lo que ponía. Al leerlo, se tuvo que sentar en la cama. Rompió a sudar de inmediato al comprender que se había metido en la boca del lobo y que, con la nevada que estaba cayendo, iba a ser imposible salir de ella.

Lo leyó y releyó varias veces. El mensaje esta vez no dejaba lugar a confusiones: «AQUÍ NO ERES BIENVENIDA. VETE. NO CONFÍES EN ÉL. ES UN TRAIDOR».

6

16:35 horas

Sumergida en el colchón de aquella cama, Olivia se quedó en blanco, incapaz de saber qué hacer. Con los caminos que serían pronto intransitables por la nevada, escapar del pueblo había dejado de ser una opción. Pensó en buscar a Pedro, enseñarle la nota y pedirle explicaciones. Pero, a la vista del mensaje, no le parecía prudente. Si de verdad debía desconfiar de él, lo último que le convenía era mostrar lo que sabía. Así que decidió hacer de tripas corazón y seguir con el transcurso de los acontecimientos como si nada hubiese pasado. Guardó la nota bajo el colchón y se dispuso a descansar un rato para intentar poner en orden las ideas y hacer recapitulación de lo que le había ocurrido desde que llegó a Beresteira. Sin embargo, unas voces que venían de fuera la llevaron a incorporarse y mirar a través de la ventana. Pedro estaba discutiendo con alguien cuyo rostro estaba oculto por las ramas de unos árboles y que elevaba la voz, indignado.

—¡Te lo dije! ¡Te dije que veníamos los tres y que necesitábamos discreción! ¡Discreción! ¿Sabéis en este pueblo qué significa esa palabra? Veo que no.

Pedro encajaba cada golpe verbal con entereza y sin perder la calma.

—¿De verdad pones en duda mi discreción? ¿De verdad? ¿Después de todo lo que he hecho? Es que no sé cuál es el problema. Apenas hay nadie en este pueblo. Dudo que podáis encontrar sitio más discreto que este.

Una tercera voz intervino. Había allí otra persona no menos furiosa que la primera, pero Olivia tampoco podía verla.

—¡Pedimos estar solos aquí! ¿Y qué nos encontramos? ¡Más coches que en la Gran Vía! ¡Y una periodista! ¡Nada más y nada menos que una periodista! ¡Exijo que se vaya del pueblo inmediatamente! ¿Lo has oído? ¡In-me-dia-ta-men-te!

Olivia sintió de nuevo esos sudores que le entraban cuando percibía que molestaba o que no era bienvenida. Una sensación habitual en ella, porque casi siempre se notaba de más. A menudo intuía que eran solo imaginaciones suyas, pero estaba claro que aquella vez no era así.

—La periodista no tiene interés alguno en vosotros, os lo puedo asegurar. Está aquí por el pueblo, para escribir un reportaje sobre localidades abandonadas que vuelven a la vida, no para contar la vuestra.

—¡Somos León Niño y Moisés Retuerto, joder! ¡No tienes ni idea del dinero que ofrecerían ahí fuera por una foto o una información sobre nosotros ahora mismo, a las puertas de nuestra segunda novela! ¡A esa periodista se le va a hacer la boca agua en cuanto nos vea! ¡Exijo que se vaya o me iré yo, y te garantizo que toda España sabrá la mierda de servicio que prestas como anfitrión! ¡Te hundiré el negocio!

Pese a que la desconfianza que tenía en él era total, Olivia no pudo más que sentir admiración por la templanza con la que Pedro encajaba todos aquellos golpes.

—No vas a poder ir a ningún lado, porque con la nevada que está cayendo será imposible que avances más de un centenar de metros camino abajo. Estáis en desacuerdo con lo que está pasando y no lo comparto, pero no hay muchas soluciones, al menos hasta que afloje la nevada. De corazón os lo digo, no os cruzaréis con ella si no queréis. Os podéis alojar en el albergue, que como bien sabéis es un edificio independiente cerca de esta casa, y no tenéis por qué veros en todo el fin de semana.

Una cuarta voz, mucho más serena que la de sus acompañantes, intervino con determinación.

—Vamos a calmarnos todos. Por mi parte, no hay inconveniente en que la periodista esté, aunque no me parece mala idea que nos vayamos a un edificio distinto. Lo mejor, por lo que pueda pasar mientras preparamos el lanzamiento de la novela, es que no haya gente alrededor. Pero no creo que haya problema si está a una distancia prudencial.

Hubo un momento de silencio que Olivia aprovechó para asimilar todo lo que estaba pasando. Conocía de sobra, como imaginaba que la mayoría de los españoles, quiénes eran León Niño y Moisés Retuerto. Su debut literario *El monstruo naranja* había sido un fenómeno editorial como ella no recordaba. Los medios de comunicación habían destacado sin parar la calidad de aquella obra, que aparecía en todos los ránquines de más vendidos y en las listas de recomendaciones, y que había conquistado en pocos meses a miles y miles de lectores, muchos de los cuales habían subido a un pedestal a sus autores como pocas veces había ocurrido con una primera novela. La periodista había leído, cómo no, aquel libro que la había tenido sin poder pestañear durante tres días, pero entendía que todos esos calificativos que le dedicaban eran exageraciones encaminadas a engordar la fama y las ventas. Una fama (y unas ventas) que habían entrado en el campo casi de la leyenda con lo que les había ocurrido a los dos escritores en pleno éxito: habían sufrido un atroz, y, la verdad, también extraño, accidente de tráfico. Según se decía, habían pisado el acelerador bastante más de lo permitido y se habían salido de la autovía hasta acabar, de alguna forma, empotrados contra un árbol. León Niño salió de allí con un brazo destrozado y se llegó a decir que lo habían operado más de doce veces para poder salvarle la extremidad. Moisés Retuerto estuvo en coma un tiempo largo (Olivia no recordaba con exactitud cuánto) y había tenido que pasar por una durísima rehabilitación para poder hacer vida normal. Toda

España asumió que aquello era el fin del dúo más exitoso de las letras españolas y millones de lectores aceptaron a duras penas que *El monstruo naranja* sería algo así como una estrella fugaz que no tendría continuación. Durante el tiempo que duró la recuperación de los dos escritores, la novela se llevó al cine con un éxito arrollador, espoleado seguramente por la tragedia que habían sufrido sus creadores, e incluso una popular plataforma audiovisual había producido una serie que relataba la vida de ambos en la que el accidente de tráfico era el hilo argumental. Al mismo tiempo, en los mentideros periodísticos se hablaba de todo aquello sin parar, pero por razones bien distintas: se decía que había cosas que no cuadraban en la historia, y el runrún sobre aquellos escritores era constante en las redacciones de los medios de comunicación de toda España. Pero hasta ese momento nadie había conseguido pruebas sólidas que permitiesen confirmar y, por tanto, publicar los graves rumores que circulaban, y que muchos daban por ciertos.

Hasta donde ella sabía, no había vuelto a haber noticias de los escritores tras el accidente, por lo que había sido toda una sorpresa verlos allí, montando una buena trifulca precisamente por su culpa y, por lo que deducía, preparando la noticia bomba del lanzamiento de un segundo libro. La tarde, pensó, estaba adquiriendo tintes surrealistas. Y no tenía claro que aquello le gustase.

Olivia centró la mirada en una casa que se alzaba junto al camino que se advertía desde su ventana, en La Palloza. Era pequeña, pero había sido recuperada con gusto y era evidente que estaba habitada. Se fijó en uno de los ventanales y lo que vio allí volvió a sobresaltarla. Aunque Pedro le había asegurado que no había nadie más en el pueblo, distinguió con claridad una figura en medio de la oscuridad. Por un segundo, los ojos de aquella persona se cruzaron con los suyos y de inmediato corrió a ocultarse en las sombras del interior de la vivienda, como un ladrón que huye en mitad de una persecución. Y, justo entonces, uno de esos zambombazos espantapájaros retumbó en todo el pueblo.

7

16:45 horas

Dos golpes en la puerta la sobresaltaron. Olivia comenzaba a estar superada por los acontecimientos, que no dejaban de sucederse. Fue a abrir y se encontró a Pedro frente a ella, equipado a la perfección con ropa de abrigo, botas de nieve y gorro.

—Periodista, abrígate que nos vamos.

Olivia miró hacia atrás, donde estaba la ventana, y vio una nevada de una dureza como nunca había contemplado. Su cara debió de hablar por ella, porque el hombre se justificó con rapidez:

—Tenemos que salir a buscar a Argimiro. No ha vuelto y, con la que está cayendo, dudo de que vaya a poder regresar. Te garantizo que, como no lo encontremos pronto, va a ser alimento para los jabalíes.

La mujer se estremeció por la naturalidad con la que Pedro hablaba de aquel posible y funesto desenlace. Se armó de valor para negarse a participar en aquel disparate. Siempre le incomodaba decir que no a algo, pero le parecía un plan suicida.

—¿Por qué tengo que ir yo? ¿No será más prudente que me quede aquí? Ya te anticipo que puedo ser más un estorbo que una ayuda. Soy bastante torpe.

Detrás de Pedro apareció Juan. Abrigado hasta los dientes, solo dejaba a la vista aquellos ojos que la desconcertaban tanto. Obviamente, el hombre no dijo ni una palabra.

—¿Quieres un reportaje de primera o no? ¿Contar lo que es la vida aquí o hacer como que esto es Disney, periodista? Venga, vamos, que te va a quedar un artículo de Pulitzer.

Olivia sopesó un momento sus alternativas. Acompañarlos suponía meterse aún más en lo profundo de la boca del lobo en compañía de un hombre que, según el aviso que había encontrado en su habitación, no era en absoluto de fiar. Salir de excursión en medio de la nada con la mayor nevada caída en décadas no parecía lo más prudente, y menos aún con unos desconocidos. Era consciente de que podría ser una trampa. No conocía a Pedro de nada y, desde luego, no tenía ni idea de dónde podía llevarla si ponía un pie fuera de aquella habitación. En esos momentos, Olivia no estaba segura ni siquiera de que el tal Argimiro Molina existiera de verdad y no fuera un anzuelo para llevarla Dios sabe dónde. Pero oponerse a seguir la iniciativa de aquel hombre también le generaba dudas, dado que no sabía cómo podría llegar a reaccionar.

—Por cierto, hay un pequeño cambio de planes, pero espero que no te importe. Al final vas a tener que dormir en el albergue porque, por modificaciones de última hora, la casa estará llena este fin de semana. Confío en que te dé igual. El cambio es mínimo: estarás sola con Argimiro, si es que lo encontramos.

El panorama, pensó Olivia, no paraba de empeorar. Se preguntó a qué se debía ese cambio de planes, ya que, hasta donde ella había escuchado, el plan era que fueran los escritores y no ella quienes se hospedasen en el albergue. Vio que no tenía muchas opciones, así que se enfundó toda su ropa de abrigo y salió de la casa junto a Pedro y el silencioso Juan. Recorrieron el camino que llevaba hasta el pueblo, pero en sentido contrario, alejándose del núcleo de población y descendiendo con sumo cuidado para no resbalar con la nieve, que se amontonaba con rapidez en el suelo.

—Tenemos que avanzar más, hasta el punto donde hay cobertura —anunció Pedro.

Los dos hombres llevaban un ritmo endiablado, propio de alguien que está acostumbrado a recorrer aquellos caminos en esas condiciones. Olivia iba detrás; trataba de mantener el tipo y el ritmo a duras penas. De vez en cuando, los hombres echaban una ojeada a su espalda. A la fuerza tenían que verla sufrir, pero no parecía despertar en ellos la menor compasión: no aminoraban lo más mínimo la marcha. Cuando llegaron a un recodo del camino, Pedro sacó su móvil, que empezó a recibir una ristra infinita de mensajes.

—La madre que me… —dijo por toda explicación. La mujer se dio cuenta de que la mirada se le nublaba—. Me ha llamado diecisiete veces. Este tío se ha tenido que meter en un buen jaleo.

Se llevó el móvil a la oreja y esperó. La nieve los cubría cada vez más. Olivia empezó a tener miedo ya no de que Argimiro (si es que aquel personaje existía de verdad) estuviese vivo, sino de que ellos pudieran regresar al pueblo. En ese momento, la voz de Pedro la sobresaltó.

—¿Dónde? ¿Dónde? Por favor, dime qué ves.

Mientras el hombre hablaba con el de Santander, se llevaba una mano a la cabeza. Era la primera vez en toda la tarde que veía perder la compostura a Pedro, lo que no hizo más que aumentar su desazón. Juan, en cambio, esperaba acontecimientos con una calma pasmosa. Más propia, pensó ella, de un insensato que de un valiente.

—¡Escúchame! ¡Escúchame bien! Creo que sé dónde estás. No te muevas. ¿Me oyes? Es importante que me hagas caso. No te muevas, y ahora mismo vamos a por ti.

Pedro colgó la llamada y los miró. Estaba claramente descompuesto, lo que supuso un mínimo alivio para Olivia: o era un actor de primera, o toda aquella historia era cierta.

—Vale. A ver… —comenzó a decirles. La tranquilidad que había demostrado aquel hombre hasta entonces había dado paso a un nerviosismo evidente—. Por las explicaciones que me ha dado, está justo debajo de nosotros, a la orilla del río, en lo que llamamos el «meandro del dragón».

A su lado, Juan hizo un gesto extraño con los hombros. Los subió hacia arriba, como queriendo expresar: «No sé» o «a mí qué me cuentas».

—No tenemos mucho tiempo si queremos llegar allí. No nos va a quedar más remedio que ir campo a través. Venga, no podemos perder ni un segundo.

Acto seguido, los dos hombres se internaron en el bosque que formaban los árboles que quedaban a la derecha del camino. Una pendiente pronunciadísima, sin un camino ni nada que se le pareciese. Con el suelo lleno de nieve, Olivia no pudo apreciarlo más que como una gigantesca pista de esquí llena de obstáculos. Los dos se alejaban mientras ella se había quedado paralizada en medio del sendero. Al poco, ambos se dieron cuenta y se giraron, mirándola. Aquello no tenía más horizonte que el desastre.

—De verdad creo que lo mejor es que me vuelva al pueblo, ahora que regresar es todavía fácil. Voy a ser una carga, es que me veo incapaz de bajar por ahí sin caerme y me voy a convertir en otro lastre.

Pedro miró a Juan y asintió con la cabeza.

—Anda, ve. Date prisa. Y, sobre todo, si no volvemos en hora y media, intenta pedir ayuda.

Dicho eso, las dos figuras se perdieron entre los árboles en un esprint endiablado mientras Olivia daba media vuelta por el camino principal, el mismo por el que hacía solo unas horas había conducido a su llegada.

La nevada no aflojaba y empezaba a sentir un frío desconocido en la cara. Le dolían los ojos y notaba una sensación extraña alrededor de los agujeros de la nariz. Era como si se estuviese generando escarcha en esa zona, aunque se tocaba y no tenía nada. A ello se unía la impresión, cada vez más pronunciada, de que alguien la seguía o la observaba. Cuando ya veía el pueblo a lo lejos, tuvo la certeza de que aquello no era solo una intuición. Había visto con toda claridad una figura humana moverse entre los árboles, a su izquierda. Se quedó quieta de inmediato en medio del camino y escudriñó en el bosque. En una decisión que la sorprendió incluso a ella misma, se adentró con cautela en él, con sumo cuidado para no resbalar pendiente abajo. Y al fin lo vio: un hombre, vestido de negro y al que no reconoció, la miraba desafiante a apenas siete metros.

La periodista dudó un instante. Uno de esos momentos que duran apenas unos segundos, pero que el cerebro procesa a cámara lenta, dilatando el tiempo. En un primer momento se le pasó por la cabeza plantarse y averiguar quién era aquella persona. Pero su instinto de supervivencia (o su eterna cobardía) pudo más. Así que salió corriendo como si fuese su última oportunidad de conservar el pellejo. Subió como pudo de nuevo hasta el camino y allí siguió la marcha, jadeando por la ansiedad, el susto y el esfuerzo. Echó una mirada hacia atrás y contempló el peor escenario posible: como en una pesadilla, aquel hombre había emprendido la marcha tras ella y se aproximaba a grandes zancadas, sin gran dificultad. Cuando ya lo tenía a pocos metros, y en una decisión que volvió a sorprenderla, Olivia se paró y lo miró de frente.

Era un hombre de unos cuarenta años, vestido con ropa sucia. Sin embargo, e incluso en aquel contexto tan desfavorable, le pareció atractivo. Ambos se miraron hasta que él tomó la palabra:

—¿Eres la periodista de la que he oído hablar hace un rato? —fue lo primero que le soltó. Olivia imaginó que esa persona, como ella, habría escuchado la conversación de Pedro con los escritores.

—¿Quién eres y qué quieres? —respondió.

—Escucha. No pueden vernos juntos. Solo quiero avisarte. No sé qué te habrán contado de él o qué te ha dicho, pero ese señor no es como dice ni lo que parece. No te fíes de él, no confíes en él, ten cuidado con lo que diga o haga, ojo con dónde te lleve o con lo que quiera hacer. No es de fiar. Es un traidor. ¿Lo entiendes? ¿Entiendes lo que te digo?

—¿Quién eres?

—Soy alguien que lo conoce bien, más de lo que le gustaría a él, y desde hace más tiempo de lo deseable. Por eso te aviso: más te vale a ti y más me vale a mí que no sepa que hemos hablado.

—¿Cómo sé que me puedo fiar de ti y no de él?

—No lo sabes. Pero te garantizo que te conviene hacerme caso.

—¿Y qué se supone que debo hacer? ¡Estoy atrapada en este pueblo!

—Aguantar el tipo, rezar lo que sepas y contar a todo el mundo la verdad de lo que ha hecho en este pueblo.

Dicho eso, aquel hombre de negro emprendió la marcha a toda velocidad hacia las casas, dejando a Olivia desorientada, desolada en medio del camino e inmersa en una profunda preocupación.

8

17:15 horas

No MUY LEJOS de allí, Pedro y Juan habían finalizado el descenso entre la nieve y se encontraban ya casi en la orilla del río, justo a la altura del «meandro del dragón», un saliente de tierra cuya curva recordaba a un dragón recostado bebiendo agua.

—¿Ves algo? Yo, nada —le dijo Pedro a su acompañante mientras miraba en todas las direcciones, atento al más mínimo movimiento.

Juan lo observó sin emitir ningún sonido.

—¡Argimiro! ¡Argimiro! ¿Puedes oírnos? —El hombre se desgañitaba, poniendo las manos alrededor de la boca para formar un altavoz.

De pronto se fijó en que, a apenas unos metros de ellos, en medio de los árboles, asomaba una gran roca en el límite de un precipicio. Abajo, a los metros suficientes como para que una caída fuese mortal, el río transcurría con calma, recibiendo la infinidad de copos de nieve con serenidad. Con ayuda de Juan, Pedro se encaramó a aquel saliente, que constituía una buena atalaya desde la que observar muchos metros alrededor.

El hombre miró de nuevo con atención, pero no vio nada. El grueso telón de nieve que caía no ayudaba. Volvió a gritar con todas sus fuerzas y escuchó. A lo lejos, como el piar de un ave recién nacida, creyó oír una voz.

—¡Argimiro! ¿Eres tú? ¡Te oigo!

Al poco, escuchó a la perfección que el huésped perdido pronunciaba su nombre. Estaba vivo, lo que supuso un enorme alivio para Pedro, que no se quería imaginar qué habría ocurrido si a aquella persona le hubiese sucedido cualquier desgracia mientras se quedaba incomunicado en el pueblo con una periodista y los dos escritores más famosos de España.

La voz de Argimiro procedía de su derecha, abajo, por lo que podía decir sin miedo a equivocarse que el hombre había caído al río. Antes de que pudiera darse cuenta, Pedro vio que Juan descendía como una cabra por un empinadísimo desfiladero que conducía hasta las aguas del río. Corrió hacia allí y, cuando llegó, miró hacia abajo. Apenas unos segundos después, Juan ya estaba junto a un maltrecho Argimiro, que parecía una mala fotocopia del hombre que se había despedido de él hacía apenas unas horas. Ambos soportaban la fuerza del agua agarrados a unas rocas. Aunque lo habían localizado, Pedro sabía que los problemas no acababan ahí; no había forma humana de que ascendieran el pequeño cañón que separaba la corriente del río del bosque.

—¡Juan! ¡Escucha! Tenéis que dejaros llevar por el agua unos metros. Un poco más abajo se abre una pequeña playa entre el acantilado. Esperadme allí. ¡Aguantad!

El hombre no hizo ni un gesto, pero se puso manos a la obra. A su lado, el recién rescatado no parecía en condiciones de articular palabra, pero ambos siguieron sus instrucciones y se zambulleron en el agua, que debía de estar casi congelada.

Pedro avanzó por la pendiente del bosque, con cuidado de no deslizarse por el terraplén que se abría a su derecha y que solo tenía un final: una caída de unos cuantos metros hasta el río. En medio de una nevada que ya casi impedía ver a tres metros, consiguió llegar a la playa y fue consciente de que tenían un nuevo problema: Molina no parecía en condiciones de desplazarse por sí mismo la distancia que los separaba del pueblo. Y el tiempo corría en su contra a toda velocidad. Con el frío intenso, con Juan y Argimiro empapados hasta las cejas y la nieve que hacía ya casi imposible andar (y mucho menos ascender por el desnivel), Pedro se dio cuenta, por primera vez desde que llegó a Beresteira hacía ya más de veinte años, de que era posible que no saliese de aquella. En todo aquel tiempo había sorteado contratiempos de cualquier tipo: incendios forestales en los que los pocos vecinos del pueblo habían quedado atrapados entre las llamas; envenenamientos por probar hierbas que no debían; accidentes brutales rehabilitando edificios y hasta ataques de jabalíes. Todo ello a cincuenta kilómetros del puesto médico más cercano. Cincuenta kilómetros que, por esos caminos, resultaban muchos más en la práctica. Pero siempre había salido airoso. Y jamás había tenido la impresión de estar en las últimas. Sin embargo, en aquella ocasión, supo que podía no contarlo.

Observó a Juan, que le devolvió una mirada vacía. En los momentos de tensión como ese, mirar a aquel hombre lo reconfortaba. Le daba paz. Quizá por la historia que cargaba detrás, por todo lo que había tenido que vivir; puede que por todos los baches que ya había superado, aquella persona nunca perdía la calma. Algunos lo considerarían simple insensatez. Pero Pedro necesitaba aferrarse a aquella mirada para recobrar un poco la compostura.

—¡Hombre! Pero ¿qué has hecho? Te dije que no caminases en ningún caso hacia el río. Fueron todas las instrucciones que te di: nunca hacia abajo.

Molina, tumbado sobre la nieve que cubría la arena de la pequeña playa fluvial, no era capaz de levantar la cabeza. Hablaba con un hilillo de voz.

—Pedro. Yo… yo… Lo siento mucho. Me desorienté, me he caído toda la cuesta abajo, hasta el río. Me duelen mucho las costillas… Creo que tengo roto algo.

De pronto, aquel hombre pareció tener una iluminación y se dio cuenta de la situación en la que se encontraban.

—Marchaos. Volved. No podéis quedaros aquí, nos vamos a morir todos de frío —propuso Argimiro.

Juan levantó la cabeza, empapado, y miró a Pedro, como esperando instrucciones. Estaba tiritando, los labios morados y los ojos hundidos y rojos.

—Esperadme aquí un rato. No tardaré mucho. Tengo que ir a pedir ayuda al pueblo —decidió Pedro.

Pudo ver el pánico en los ojos del huésped.

—No te va a dar tiempo a volver. Nos vamos a congelar aquí los dos —dijo Argimiro.

Por supuesto, Pedro sabía que el plan era muy arriesgado, que existían muchas posibilidades de que al volver ambos hubiesen perecido y que ni él ni los acompañantes que llevara desde el pueblo pudieran ya regresar. Pero no tenía muchas más opciones. Decidió llevarse a Juan aparte.

—Escucha. No tenemos muchas alternativas. Si te ves al límite, dirígete al pueblo antes de que yo regrese. Con una víctima de esta locura es suficiente.

Juan apoyó la mano en el hombro de su interlocutor y volvió junto al de Santander. Pedro emprendió su marcha, cuesta arriba y bosque a través. Lo que no podía imaginarse es que, al llegar al camino principal, la vida le tendría guardada una nueva sorpresa.

9

17:25 horas

Olivia Navacerrada llegó a La Palloza, en medio de la mayor nevada que había visto en su vida y desazonada tras su encuentro con aquel hombre que vestía de negro. Sabía que tenía que alojarse en el albergue y no en la casa rural, pero tenía sus cosas allí y no se veía con demasiadas fuerzas para subir la corta pendiente que había que ascender para llegar a su nuevo alojamiento. Cerró la puerta tras de sí y se sacudió la nieve que le cubría las botas y la ropa. Cuando alzó la mirada se encontró con los escritores, Moisés y León, que la contemplaban con la mirada fija, como quien observa una pantalla de cine. Se hizo un pequeño silencio que Olivia fue incapaz de romper. Al final, fue el segundo de ellos quien habló en un tono que evidenciaba su indignación:

—Eres la periodista, ¿no? El dueño de la casa nos aseguró que no tendríamos que compartir estancia contigo, que estarías en una vivienda independiente. —En ese punto, León alzó la voz—. No puede salir nada de aquí, ¿entiendes? ¡No puedes contar que estamos aquí! ¡No puede saberlo nadie! ¿Dónde está Félix? Quiero que redacte un documento con una cláusula de confidencialidad o lo que sea. No podemos dejar más cabos sueltos. Estamos echando todo a perder. Queremos salir del fango y cada vez nos metemos más en él.

Olivia notó que le costaba respirar. Le estallaba el pecho. No soportaba que, por segunda vez en tan poco tiempo, alguien la tratase como un absoluto estorbo en medio de aquel lugar sin salida. Se notó tan atrapada entre la espada y la pared que acabó rompiendo a llorar. Lo hacía en muy pocas ocasiones y sintió en el alma que una de ellas fuera precisamente esa, en mitad de la nada y frente a los dos grandes escritores del momento.

Al verla romperse por completo, León se interrumpió y en sus ojos cruzó un destello que podía reflejar cierto remordimiento. Pero el arrepentimiento no era uno de los sentimientos que le solían rondar. Si no, jamás hubiese accedido a hacer lo que hizo años atrás. Moisés reaccionó:

—No hagas caso a este orangután. Hemos venido aquí para preparar un evento importante y los nervios lo tienen loco. Vamos a sentarnos y nos presentamos. Ya habrá tiempo para aclarar las cosas.

El escritor tomó del brazo a Olivia y la condujo hasta un amplio sofá al fondo de la estancia grande. Se sentó con ella mientras Niño se quedaba de pie sin saber muy bien qué hacer.

—Soy Moisés, aunque imagino que eso ya lo sabías. Y este es mi compañero, León. Tú eres…

Dejó la frase en suspenso para que la periodista la completase. Ella lo hizo a duras penas.

—Olivia.

—Encantado, Olivia. Y sospecho que este disgusto tan grande que tienes no obedece solo al amable recibimiento de mi amigo, ¿no?

La mujer asintió, incapaz de articular palabra, superada por la situación. El escritor se calló, dándole margen e invitándola a hablar. Ella dudó. No tenía claro si compartir con aquellos desconocidos lo que le había ocurrido. Quizá la ayudaría a gestionar todo, a tener una visión externa del asunto y a poner en orden la información. Pero no estaba segura de si era lo correcto. Miró a Moisés Retuerto. Tenía a escasos centímetros aquel rostro que había visto miles de veces en televisión, y en las fotografías de periódicos y revistas. El panorama era tan surrealista que se preguntó si no estaría soñando. Había algo en la mirada de aquel hombre que le hizo confiar. Y explotó.

—Llegué aquí hace dos o tres horas. Solo quería pasar el fin de semana en el pueblo para escribir un reportaje más amplio sobre las aldeas abandonadas que vuelven a la vida. Pero todo está resultando extraño. Alguien rayó mi coche y escribió «VETE». —Olivia vio cómo Moisés abría los ojos. León la miraba, perplejo—. Luego encontré una nota en mi habitación en la que alguien escribió que el dueño de la casa rural es un traidor. Hace un momento me he cruzado con un desconocido que me ha advertido de que Pedro no es de fiar, que tenga mucho cuidado y que debo contar al mundo lo que está pasando en este pueblo.

Olivia acabó y se sintió liberada, pero a la vez ridícula. Según salían las palabras de su boca iba sintiéndose como una niña que confiesa a sus padres que se han metido con ella en el colegio.

—¿Lo que está pasando en este pueblo? ¿Y qué pasa en este pueblo? —preguntó León Niño.

—No lo sé. Eso me gustaría saber —replicó ella.

Retuerto la miraba sin pestañear.

—Pero ¿quién era ese hombre? ¿Y quién te rayó el coche? ¿No se supone que en este pueblo no hay nadie? Justo por eso hemos venido nosotros aquí, para estar lejos de miradas indiscretas.

—Pedro me ha dicho eso, que, salvo su compañero Juan y él, no queda nadie; el resto de los vecinos se van los viernes por la mañana y no regresan hasta el domingo porque dedican el fin de semana a vender productos en mercados de otros pueblos.

En ese momento, el sonido de pasos en las escaleras cortó la conversación. Alguien descendía los peldaños despacio, hablando, sin saber que Olivia estaba allí.

—Señores, se acabó la discusión. León tiene razón. Nada puede salir de aquí. Seguiremos callados con el plan establecido.

Si no, se montaría un escándalo nacional mayúsculo. ¿No veis que seríamos el tema del día en las redes sociales, apertura de los periódicos y de los telediarios? No sería un bombazo para la promoción, sería nuestro final. Es que, si lo contamos, tendríamos hasta que abandonar el país. Este fin de semana nos encargaremos de que esto siga siendo nuestro pequeño secreto.

Félix Ruipérez, el agente de los escritores, se quedó paralizado al ver que Olivia estaba allí. Era algo, evidentemente, con lo que no contaba. Se puso rojo de vergüenza y también de furia. Solo una pregunta salió de su boca.

—¿Qué hace aquí y qué hacemos con ella ahora?

10

17:35 horas

PEDRO VIO AQUELLA figura en medio del camino, con un macuto a cuestas, como quien contempla una aparición mariana. Caminaba a duras penas entre la nieve, que ya cubría varios centímetros, rumbo al pueblo. No conocía a la persona en cuestión, pero solo podía ser él.

—¿Fernando? ¿Fernando Ocampo?

Se sorprendió de su propia voz. Apenas la pudo reconocer, tan aguda, temblorosa. No recordaba cuándo había sido la última vez que había perdido la calma, y la sensación no le gustaba un pelo. Y menos todavía sentir esa certeza de descontrol absoluto justo aquel fin de semana, con tantas personas influyentes en su casa. Era consciente de que la gran oportunidad de lanzar su negocio, de convertir el pueblo en una punta de lanza de la repoblación rural, se podía ir por el desagüe por una concatenación de desdichas.

Al oír su nombre, Fernando Ocampo se giró.

—Soy Pedro. Hemos hablado esta semana. Venías a La Palloza por lo de la presentación del libro, ¿no?

Aquel periodista, ya entrado en edad, era la única concesión que habían hecho Félix Ruipérez, Moisés Retuerto y León Niño. Se lo habían dejado claro a Pedro: Fernando sería la única persona externa que podría estar en el pueblo ese fin de semana. Haría la primera entrevista antes del lanzamiento del libro, los ayudaría con los preparativos y pasaría el fin de semana con ellos. Visto desde fuera, parecía una persona de su máxima confianza. Si él se había arriesgado a hospedar también a Olivia, pese a la prohibición expresa de los escritores de que hubiese alguien más allí, era porque la periodista había dejado claro que necesitaba visitar el pueblo para publicar el reportaje lo antes posible. De lo contrario, el texto aparecería sin mención alguna a Beresteira. Y él no podía dejar escapar la oportunidad de salir en ese enorme escaparate que era el periódico.

El periodista miró a Pedro sorprendido.

—Lo que no sabía era que para llegar a este pueblo había que pasar las mil doscientas pruebas de *Humor Amarillo*. He tenido que dejar el coche en medio del camino, ahí atrás, porque no podía continuar con la nieve. ¿Queda mucho para llegar?

—Unos metros. Pero antes, y aunque no sea la forma más hospitalaria de recibirte, tengo que pedirte un favor. Una de las personas que se hospedaba en el pueblo ha tenido un problema al salir a dar un paseo. El caso es que se ha caído y está muy magullado. Se ha quedado ahí abajo —dijo, señalando el fondo de la pendiente— con un compañero mío y quizá entre los tres podamos apañárnoslas para llevarlo hasta el pueblo.

Pedro leyó el absoluto rechazo a la idea en la cara del periodista, que parecía harto de la situación, tras tener que dejar su coche y caminar en medio de la nevada más grande de los últimos años.

—Imagino que con este servicio que me estás pidiendo la estancia de este fin de semana queda pagada, ¿no? Del periodismo se vive, pero mal. En el periódico no veo un aumento desde hace ocho años y no cobro precisamente una millonada. ¿Trato hecho? —propuso.

—Todo corre de mi cuenta, pero vamos rápido —apremió Pedro.

En apenas unos segundos ambos empezaron a deslizarse por la ladera, cada vez con más dificultad porque la nevada era ya tan intensa que los copos apenas dejaban ver con claridad a dos metros. La nieve espesa que se acumulaba sobre la broza no ayudaba. Fernando no parecía tampoco demasiado en forma ni el hombre con más pericia sobre la tierra para andar campo a través. De hecho, Pedro tenía que ir frenándose para no perderlo. Sentía que el corazón se le iba a salir del pecho y por momentos le costaba respirar, consciente de que, con la que estaba cayendo, podrían quedar los cuatro atrapados sin posibilidades de alcanzar el pueblo.

Tras unos metros que a él le parecieron kilómetros, llegaron al fin al lugar donde los esperaban Juan y Argimiro. Tenían un aspecto tan deplorable que Pedro se preguntó si realmente aquel hombre llegaría con vida a la casa.

—¿Cómo estás, Argimiro? Tenías mejor aspecto cuando llegaste al pueblo. ¿Ves por qué dicen que la vida rural hace envejecer más rápido?

Sacó ánimos de donde no los tenía para hacer algo parecido a una broma e intentar aparentar una fortaleza que estaba a años luz de sentir. Molina reaccionó a aquel comentario mirando a Pedro con unos ojos inexpresivos. Tenía el rostro demacrado.

—¿En serio pensáis que vamos a poder llevar a este hombre al pueblo? Está medio muerto —observó Fernando sin ningún tacto.

El periodista había verbalizado lo que él pensaba, que por otro lado era una evidencia, pero Pedro se lamentó por esa honestidad tan brutal e innecesaria.

—¿Puedes ponerte de pie? —le preguntó a Argimiro.

—Creo que sí —respondió él en un susurro antes de apoyar las manos en el suelo, ponerse de rodillas e intentar incorporarse. Fracasó.

—Es imposible. Me dan pinchazos muy fuertes aquí —dijo, señalándose un costado.

—Juan, agárralo de ese lado. Yo lo sostendré por el otro y tú nos das relevos cuando necesitemos recuperar el resuello

—organizó Pedro mirando a Fernando, que observaba la escena con cara de profundo asco.

Entre Juan y él pusieron de pie a Argimiro y fueron ascendiendo a paso de tortuga por la pendiente. Subir aquel desnivel nevado sin cargas era ya complicado, pero hacerlo arrastrando un peso muerto de unos ochenta y cinco kilos era casi imposible. Sin embargo, no tenían más opciones, era una cuestión de vida o muerte.

Se fijó en que Juan tiritaba de forma ostensible. La ropa mojada y el intenso frío empezaban a pasar factura a aquel hombre siempre estólido. Algunas veces Pedro le decía de broma: «Macho, eres como Miguel Induráin, siempre llevas la misma cara. Nunca pareces tener un mal momento, ni sufrir. Eres como una roca». Verlo mostrar signos de flaqueza hizo que la moral de Pedro se viniese abajo un poco más.

Faltaba todavía un buen trecho para alcanzar el camino principal cuando se dio cuenta de que a Juan cada vez le costaba más sostenerse. El color morado se estaba adueñando de su rostro, así que no le quedó más remedio que pedir a Fernando Ocampo que le diera el relevo. El periodista agarró a Molina de mala gana y continuaron el ascenso. El huésped iba prácticamente inconsciente, llevado casi en volandas por ellos dos, pero a Pedro empezaba a preocuparle más el estado de Juan. Empapado por su aventura en las gélidas aguas del río, aquel hombre no iba a quejarse, no iba a romper su eterno silencio, no iba a dar ninguna voz de alarma hasta que cayese reventado. Y a Pedro lo atormentaba esa sensación de que en cualquier momento su compañero cruzara el límite de sus fuerzas.

Sus piernas se hundían ya en la nieve cuando alcanzaron el camino principal. Habían dejado atrás el tramo más complejo, pero todavía los separaban del pueblo unos mil metros en ascenso constante, aunque un poco menos pronunciado.

Ocampo dijo basta en ese punto.

—No puedo más, este tío pesa como un muerto. Quién sabe si no lo está ya. ¿A quién se le ocurre salir a dar un paseo con la que está cayendo?

—Iba a salir por los alrededores del pueblo, pero no daba muestras de ser precisamente Jesús Calleja, así que se desorientó. De todas formas, ya sirve de poco lamentarse.

—Lamentarse sirve de poco, pero yo a este tío no lo cargo más. Uno tiene ya una edad y el periodismo pesa en las costillas. Tú dirás qué hacemos, pero ya es problema tuyo.

Pedro contempló las opciones que tenía; la situación era límite. Ir al pueblo y volver quedaba descartado: en coche ya no podrían volver en medio de la nevada. Y a pie, en el improbable caso de que alguien accediese a ayudar, no les daría tiempo, porque la nieve haría enseguida intransitable el camino. Por no hablar de que la noche se iba a echar pronto encima. Seguir la senda con Molina herido, Juan hecho polvo y Ocampo pasando del tema era utópico. Cayó rendido ante la evidencia: lo más sensato era dejar al herido abandonado allí, a una muerte segura, para salvarse a sí mismo y a Juan, cuyo estado empezaba también a ser comprometido.

Observó la cara demacrada del hombre y recordó el primer día que él llegó a Beresteira, hacía ya más de dos décadas. En aquella época era un auditor de cierto éxito en Madrid. Ganaba un sueldo más que decente, vivía en un piso enorme en pleno barrio de Chamberí con su mujer y sus dos hijos, y en la empresa gozaba de una reputación excelente; había ido escalando peldaño a peldaño en el organigrama y eran muchos los que daban por hecho que era cuestión de tiempo que llegase a la cúspide de la estructura piramidal. Pero él estaba lejísimos de tener una vida plena: la gran ciudad lo asfixiaba cada vez más, su trabajo le interesaba cada vez menos y su única motivación para seguir adelante eran los fines de semana, cuando dejaba a su familia en aquel enorme aparcamiento que le parecía Madrid y huía a

Asturias con un grupo de amigos que representaban lo contrario a lo que él había sido hasta entonces. Si él se veía obligado a ir a la oficina con traje y corbata, ellos no se habían puesto esa vestimenta jamás. Si él se había pasado media vida viviendo de espaldas al campo, ellos huían de la ciudad. Si la sostenibilidad del planeta se le antojaba una utopía propia de *hippies,* ellos eran los *hippies* que vivían su propia utopía en pequeños núcleos de población que iban resucitando poco a poco con sus propias manos.

La primera vez que escuchó hablar de Puertobueno fue en su oficina. Un compañero había ido de vacaciones a Asturias y había entablado cierta amistad con un apicultor que le habló de aquel pequeño milagro en medio de las montañas: un reducido grupo de personas se había instalado en una aldea abandonada y habían ido reconstruyendo casas para formar una pequeña comunidad con la que querían demostrar que otra forma de vivir era posible. Allí cuidaban la tierra sin usar pesticidas ni productos químicos; cada uno trataba y depuraba el agua residual de su casa, normalmente con sistemas naturales a base de plantas y diferentes materiales orgánicos, y las huertas estaban basadas en los principios de la agricultura ecológica. Todas las decisiones se tomaban de forma asamblearia y se organizaban entre ellos para apoyarse en sus trabajos diarios. Cuando Pedro escuchó hablar de todo aquello, algo le hizo clic en el cerebro. Llevaba ya una temporada desmotivado en el trabajo, sin creer en lo que hacía, y en Madrid se sentía como en una cárcel. Así que pidió a su compañero el contacto del apicultor, que a su vez le dio el teléfono de uno de los habitantes del pueblo, con el que pudo contactar después de no pocos esfuerzos e intentos. En apenas unos días estaba subiéndose a su coche y conduciendo rumbo a Puertobueno, donde descubrió otra vida. Una vida mejor. La vida que él quería llevar. Un par de jornadas allí le bastaron para darse cuenta de que no quería pasar el resto de sus días metido en una gran ciudad, trabajando en un enorme rascacielos y siendo parte de la rueda destructora del mundo.

Aquel fin de semana, en el que alojaba en su casa a una periodista y a los escritores más populares del momento, se le antojaba un verdadero punto de inflexión en su nueva etapa. Era consciente de que, si todo salía bien, el impulso al pueblo sería definitivo. Pero, si las cosas se torcían, sería muy complicado que aquello llegase a alguna parte. Al contemplar la cara destrozada, casi falta de vida, de Argimiro Molina, se dio cuenta de que su propio proyecto vital pendía de un hilo. Decidió volver a sus orígenes.

—La situación, como creo que imagináis, es delicada —dijo dirigiéndose a Juan y a Fernando Ocampo—. Según están las cosas tenemos dos opciones: seguir adelante dejando atrás a este hombre, lo que en la práctica supondría condenarlo a muerte, o tratar de llegar al pueblo cargando con él, lo que puede salvarnos a todos o condenarnos a los cuatro. Propongo una votación.

Vio una expresión de extrañeza y desconcierto en la cara del periodista y la mirada inalterable de Juan, que asintió con la cabeza.

—Esto es increíble. Venga, voto que nos vayamos ya al maldito pueblo antes de que nos quedemos todos secos aquí —intervino Ocampo sin dudar.

—Voto por intentar llevar a este hombre como podamos a casa —propuso Pedro.

—¡Estás loco! ¡Nos condenarás a los cuatro! —exclamó el periodista, hecho una furia.

Así las cosas, y con Argimiro completamente fuera de combate, era Juan quien decidiría la cuestión con su voto. Como toda respuesta, y sacando fuerzas de no se sabe dónde, se pasó el brazo del de Santander sobre sus hombros y se puso en pie.

—¡Estupendo! ¡Haced lo que queráis, malditos inconscientes! Yo me piro —gritó irritado Fernando, que emprendió a duras penas y sin esperar a los demás el camino entre la gruesa capa de nieve.

11

18:00 horas

En La Palloza, Olivia Navacerrada asistía perpleja al transcurso de los acontecimientos y se preguntaba en qué más situaciones peregrinas se vería abocada esa tarde. Ruipérez, el agente literario de los escritores, la miraba con un odio visceral.

—¡Joder! ¡Joder! Le dijimos a ese imbécil que nada de tener a esta tía mezclándose con nosotros. ¿Qué pinta aquí?

León, de pie en medio de la escena, miraba alternativamente a todos los presentes, como quien contempla un partido de tenis, a la espera de acontecimientos. Moisés tardó un rato, pero acabó tomando la palabra:

—Olivia, te presento a nuestro agente, Félix. No tengas en cuenta sus malas formas, está nervioso.

—¡No estaría tan nervioso si tú no nos hubieses metido en este embrollo con tus absurdas dudas y tus remordimientos inútiles! ¿Quieres echarlo todo a perder?

Olivia se dio cuenta enseguida de que allí pasaba algo más que ella ignoraba. Suponía, por las palabras del agente, que acababa de producirse una discusión entre ellos tres.

—Opto por que se vaya. Periodista, largo. ¿No te ibas a alojar en otra casa? —León se dirigió de nuevo a ella con un desprecio infinito.

La mujer notó que se hacía pequeña. Retuerto se percató de su situación y salió a su rescate.

—Olivia iba a alojarse en otro sitio, pero, obviamente, no la vamos a obligar a ir a ningún lado ahora, con la que está cayendo ahí fuera. El fin de semana es muy largo. Tendremos nuestros momentos para discutir, para preparar y para hablar. Creo que no es necesario que nadie salga de aquí y se arriesgue a pillar una pulmonía. O algo peor.

Félix se puso a aplaudir con lentitud, en una clara sobreactuación que quería que fuera evidente.

—¡Bravo! ¡Bravo! ¡Moisés, el buen samaritano busca su nominación al Nobel de la Paz! ¡Las apuestas están altas! Ya estoy imaginándome los titulares: «El escritor español de más éxito hace historia al ganar el Nobel». ¡Sí! ¡Estupendo!

Retuerto tuvo entonces un arranque de ira que sobresaltó al otro escritor.

—¡No te consiento ni una falta de respeto más! ¡Ni una! Si no te gusta cómo funciono, puedes irte. ¿Tengo que recordaros a los dos que estáis donde estáis gracias a mí? ¿Que sin mí no sois absolutamente nada? No me hagáis romper la baraja.

—Quieto, quieto, quieto. —León saltó como un muelle al oír aquello. Ahora la que giraba la cabeza alternativamente era Olivia, que por un momento había olvidado sus penas gracias a esa discusión que muchos periodistas pagarían por poder vivir en primera persona—. Nosotros no estaríamos donde estamos sin ti, pero tatúate esto a fuego: tú tampoco serías nadie sin nosotros.

En medio de la discusión tan acalorada, la periodista intentó hacer memoria para recordar todo lo que sabía de aquellos dos escritores que se estaban tirando los trastos a la cabeza a apenas un palmo de sus ojos.

La de Moisés Retuerto y León Niño era una historia que parecía cocinada por un experto que había mezclado los mejores ingredientes para construir el mejor relato posible. Niño era un simple librero, dueño de una librería en Torrelavega que, tras el éxito de la novela, se había convertido en una especie de centro de peregrinación para los fans de *El monstruo naranja*. Había estudiado Periodismo, pero nunca había ejercido esa profesión.

Según había explicado en múltiples entrevistas, sus padres no eran capaces de asumir más gastos cuando acabó la carrera, así que no pudo permitirse el lujo de intentar encontrar un trabajo de lo suyo. No le quedó otra que buscarse la vida como pudo. Y fue entonces cuando se convirtió en empleado de una librería que, finalmente, acabaría comprando a su jefe cuando este se jubiló. Aficionado a la lectura, la vocación por escribir le vino como una forma de llenar los ratos muertos rodeado de libros en su tienda. Era una historia perfecta: el clásico perfil humano con el que se identificaban miles y miles de personas, currantes que se levantan todos los días para ir a trabajar, con una existencia anodina, y que podían ver en León un ejemplo de que nada es imposible si se pelea por ello.

La vida de Moisés Retuerto también hacía que empatizasen con él no pocas personas. Había empezado Periodismo junto a Niño, pero había acabado la carrera justo cuando estalló la burbuja inmobiliaria de 2008, así que como tantos otros no había encontrado trabajo de lo suyo. Le salió un empleo en una conocida fábrica de productos químicos de Torrelavega y empezó a escribir como forma de matar el gusanillo de la creación que lo perseguía desde el colegio, cuando nació su afición por la escritura y su vocación de periodista. Conocía, por tanto, a León desde muy joven y juntos firmaron el debut literario más sonado en décadas. El libro tuvo una acogida espectacular, pero es que además sus historias personales, tan normales y corrientes, ayudaron a que miles de personas les tomasen un cariño enorme. Los sentían casi como miembros de su familia.

Por eso, aquel famoso accidente de coche que sufrieron en su momento de mayor éxito provocó una auténtica conmoción en todo el país, con cientos y cientos de lectores deshechos en lágrimas, como si quien se hubiese empotrado contra aquel árbol junto a la autopista fuese su hijo, su hermano o su padre, y no un par de desconocidos que se ganaban la vida, y muy bien, escribiendo.

Aunque los dos acabaron saliendo adelante, las secuelas que les había dejado el brutal accidente provocaron que la gente asumiese una dura realidad: Retuerto y Niño habían logrado sobrevivir, pero era probable que su faceta como escritores hubiera muerto entre los amasijos del coche. Casi todo el mundo dio por hecho que serían incapaces de volver a publicar nada. La propia Olivia había cerrado sin quererlo esa historia en su mente y lo que menos podía imaginar, ni ella ni nadie, era que Retuerto y Niño fueran a lanzar una nueva novela. Sabía muy bien que aquel secreto, que solo conocían los interesados, iba a ser un bombazo en cuanto se hiciese público. Que iba a abrir informativos, periódicos de papel y digitales, e iba a provocar una avalancha de reacciones en las redes sociales. Habían sabido trabajarse una imagen muy positiva, muy alejada de lo que se sospechaba de ellos en las redacciones y de lo que la propia Olivia había podido entrever esa tarde: eran, en el imaginario colectivo, los yernos que todo el mundo querría tener, los jefes con los que todo el mundo sueña, los mejores amigos para compartir una cerveza.

Continuaba inmersa en todas aquellas cavilaciones, mientras los escritores seguían con su discusión, cuando la puerta de la casa se abrió. Vio entrar a Pedro y a Juan, ambos con un aspecto lamentable, especialmente el segundo, que tenía la piel violácea. Entre ambos sostenían a duras penas a Argimiro Molina, cuya situación, a juzgar por su aspecto, era crítica: parecía inconsciente y a simple vista costaba adivinar si seguía vivo. La escena hizo que el estómago le diera un vuelco, pero lo que la estremeció fue contemplar al cuarto integrante de aquel grupo, al que no había visto hasta entonces allí y al que, desde luego, jamás habría esperado encontrarse en un sitio como aquel: Fernando Ocampo.

El hombre fijó la mirada un instante en ella, que no pudo evitar un escalofrío. De nuevo, sintió unas inmensas ganas de llorar. Su peor pesadilla estaba frente a ella, mirándola a los ojos a solo unos metros de distancia.

12

18:12 horas

PEDRO GONZÁLEZ TOMÓ la iniciativa en cuanto cerró la puerta. Se dirigió primero a Niño y a Retuerto.

—Vosotros dos, ayudadnos a subir a este hombre a una de vuestras habitaciones. Hay que meterlo en la cama ya.

Los escritores se quedaron petrificados, como anclados al suelo con cemento. En el caso de Moisés, fue especialmente llamativo. Al ver el rostro de Argimiro, la cara se le desencajó por completo.

—¡Vamos! ¡Moveos! ¿No veis que esto es un asunto de vida o muerte? Y no es una forma de hablar, os lo aseguro.

Ambos corrieron sin rechistar, sujetaron como pudieron a Argimiro y emprendieron un tortuoso viaje por las escaleras, en busca del segundo piso. Acto seguido, Pedro se dirigió a Olivia.

—Tú, ve al cuarto de la lavadora. Está ahí, al fondo de la sala a la derecha. Hay un calefactor eléctrico y mantas en el armario. Sube todo a la habitación y enchufa el calentador. Tenemos que hacer que entre en calor como sea, si es que estamos a tiempo.

La periodista no tardó ni medio segundo en ponerse en marcha. Mientras ella se dirigía a la parte trasera de la sala, Pedro se giró hacia Juan.

—Sube ya, pero ya, al baño de la primera habitación que veas y métete en la ducha con el agua caliente a tope. ¡Rápido, antes de que te congeles por completo!

El hombre dudó un segundo mientras miraba a su interlocutor con esos ojos enigmáticos y, sin más, se dispuso a cumplir las órdenes.

En medio del caos, Olivia pasó a apenas unos centímetros de Ocampo. Iba centrada en cumplir su cometido, con las mantas colgadas de un brazo y el calefactor en la otra mano, pero al caminar cerca de aquel hombre un latigazo de la colonia que llevaba años usando le golpeó en la nariz. Fue tan fuerte el tortazo emocional como podría haberlo sido un puñetazo. De hecho, estuvo a punto de sufrir las mismas consecuencias, ya que le faltó poco para caer redonda en el sitio. Se obligó a seguir, consciente de que quizá la vida de un hombre dependía de que continuase adelante, pero conforme subía las escaleras no pudo más que recordar algunos de los momentos que había pasado, para su desgracia, con aquel individuo.

Fernando Ocampo y ella habían coincidido en *Plaza Principal*, el periódico de Madrid en el que ella había trabajado en los últimos trece años. Él era una de las figuras principales del diario. Dedicado en los últimos tiempos al periodismo cultural, una mala crítica o una simple palabra suya hacía temblar a escritores, directores de cine, actores y músicos. Olivia suponía que aquel hombre recibiría un dineral por cada letra que escribía (según los rumores, era el mejor pagado de la plantilla), mientras la gran mayoría de sus compañeros sobrevivían a duras penas con los exiguos sueldos que percibían los redactores rasos del periódico, que por otro lado eran los que más horas dedicaban, y con el mínimo reconocimiento.

Cuando trabajaron juntos, hacía ya más de una década, la situación era distinta. Fernando Ocampo era el jefe de la mesa de edición del periódico y desde el principio la avisaron: «"O campo o muerte" es un dicho que se escucha bastante».

A los pocos días de llegar, Olivia se dio cuenta de que no estaba hecha para trabajar allí, al publicar en la web del periódico una versión errónea de un artículo que firmaba un famoso colaborador del diario. Cuando el jefe se percató, la llamó a su despacho y le dijo que cerrase la puerta y se sentase. En ese mismo momento, Ocampo agarró el teléfono que había sobre la mesa y lo estampó contra el cristal que ella tenía justo detrás, y que servía de pared. El golpe fue fortísimo, resonó en toda la redacción; Olivia advirtió por el rabillo del ojo cómo las cabezas de un puñado de periodistas que estaban fuera se giraban para ver qué había pasado. Como el despacho era acristalado, la escena se podía contemplar sin problemas desde casi todos los puntos de la redacción. Y, se imaginaba ella, los gritos de Fernando Ocampo harían que también se oyese todo a la perfección. Todavía tenía grabadas aquellas palabras.

—¡Toma buena nota de esto, señorita! —gritó aquel animal. Fue la primera de los cientos de veces que Olivia escuchó aquella coletilla, «toma buena nota», con la que el monstruo solía empezar sus sermones—. Esto es *Plaza Principal*. ¿Sabes lo que significa eso? ¡Que fallar es pecado! ¡Y los que pecan van al infierno! Si no tienes nivel para esto, tengo el cajón lleno de currículums. Si no aguantas la presión, te vas a un periódico más pequeño, más acorde a tu nivel, y nos ahorras estos bochornos.

Ese «te vas a un periódico más pequeño, más acorde a tu nivel» estuvo persiguiendo y torturando durante años y años a Olivia, que finalmente, y a todos los efectos, había tomado esa decisión por iniciativa propia al marcharse a *El Heraldo de Galicia*, donde acababa de empezar a trabajar.

Pronto se dio cuenta de que cualquier mínimo fallo era suficiente para desencadenar la ira desmedida de Fernando Ocampo. Y también vio cómo la forma de ser de su jefe hacía que el clima de la redacción fuera irrespirable y la presión, extrema. Comprobó que ella no funcionaba así. Nunca se sintió más débil, más vulnerable y más completamente inútil que bajo el mando de aquel hombre.

Había algo más que la reconcomía: todo el periódico, formado por más de cien personas, conocía el proceder del jefe de sección. Todos miraban con ojos compasivos a aquellos pobres esclavos bajo el mando de ese tirano. Todos les mostraban su apoyo en privado. Pero nunca, jamás, nadie movió un dedo por salvarlos de aquella dictadura. Jamás. Aunque hubo quien incluso tuvo que soportar que Ocampo le lanzase lápices y bolígrafos a la cabeza, a punto de llegar a la agresión física directa. Todos callaron, incluidos por supuesto los responsables del periódico, que lo sabían todo y tenían en su mano el poder de hacer algo. También miraron para otro lado. Una persona le dijo una vez a Olivia: «Nadie se atreve a toserle porque la competencia mataría por tenerlo en su plantilla. Es un hijo de puta, pero es muy bueno. Así que a tragar».

Con la perspectiva que dan los años, Olivia había llegado a la conclusión de que la época que pasó bajo el mando de aquel hombre le modificó el carácter. Hizo que fuera más desconfiada y apocada, puesto que levantar la voz o llevar mínimamente la contraria a Ocampo y a sus acólitos podía tener unas consecuencias nefastas. Llegaba a casa todos los días con unos dolores musculares horribles, fruto de la tensión en la que pasaba las larguísimas jornadas de trabajo. Su vida se convirtió en un calvario. El sonido del despertador para ir a trabajar era el mayor de los castigos; en una ocasión, llegó a vomitar antes de salir de casa de pura angustia y a llorar desconsolada al volver. Y, lo que es peor, le hizo cambiar su forma de ver la vida. Ella, que siempre había sido confiada, se volvió pesimista, empezó a percibir su entorno como un lugar hostil y a dar por sentado que todo el mundo quería hacerle daño. Y dejó de fiarse de sus capacidades como periodista. De hecho, llegó a aborrecer la profesión y a sentir envidia por cualquiera que trabajase en cualquier otro sector. La sola presencia de Ocampo en la redacción era una tortura; escuchar su voz, un castigo, y el olor de su colonia, el mismísimo infierno.

Así las cosas, no es de extrañar que la mayor fiesta que Olivia se corrió en toda su vida tuviera lugar la noche del día en que les comunicaron que trasladaban de sección al jefe, que pasaría a dirigir Cultura. Ella y la mayor parte del equipo salieron hasta que cerraron los bares y volvieron a la redacción sin dormir y sin pasar siquiera por casa. La gente les daba la enhorabuena, como si de un ascenso se tratase, aunque a Olivia eso no le servía ya de nada. Quienes les dedicaban ahora sonrisas y palabras amables eran los mismos que durante mucho tiempo callaron, cómplices. Con el paso del tiempo desarrolló en silencio un odio, que fue creciendo y creciendo, contra todos aquellos que no hicieron nada. Y ella creía todavía que ese era, en el fondo, el motivo por el que había decidido cambiar de vida, irse a Galicia y trabajar en un periodismo más local, más elaborado y genuino. Ocampo, por su parte, nunca más volvió a dirigirse a ella, casi ni a mirarla, tras su salida de la sección. Cuando se cruzaban por los pasillos o por la cafetería, él continuaba sin más, como se pasa al lado de un contenedor repleto de basura. Y ahora, toda esa pesadilla que creía haber dejado atrás se presentaba de nuevo allí, sin saber muy bien por qué, justo cuando más lejos creía estar de ella.

Olivia trató de eliminar todos esos pensamientos y centrarse en lo que estaba ocurriendo dentro de La Palloza. Entró con las mantas en la habitación donde León y Moisés habían colocado a Argimiro Molina. El notario de Santander estaba en la cama.

—¿Está vivo? —preguntó ella.

—Parece que respira —dijo por toda respuesta León Niño.

Entre los dos colocaron las mantas sobre el cuerpo ya desnudo de aquel hombre, al que taparon hasta la nariz, y encendieron el calefactor apuntando directamente hacia la cama. Moisés observaba la escena en la misma habitación, a apenas un metro de ellos. Argimiro Molina parecía haber caído en un sueño profundo.

—Me parece que este tío va a tener la suerte de su vida. Se va a salvar.

Quien hablaba era el agente de los escritores, que había subido detrás de ellos a la habitación.

—No lo tengo tan claro —observó Moisés desde su posición—. Ciertamente estará entrando en calor, pero ¿has visto cómo tiene el cuerpo? Este hombre parece haberse precipitado desde un séptimo piso.

Ruipérez se acercó a la cama donde reposaba Molina y movió un poco las mantas, de tal forma que parte de su torso quedó al descubierto. Tenía un costado completamente amoratado y las contusiones eran más potentes a la altura de las costillas. El agente literario colocó allí su mano y apretó con delicadeza, de tal forma que el pobre Argimiro se sacudió un poco, aunque sin llegar a recobrar la consciencia.

—Bueno, vivo está. Ahora, ¿nos podrías dejar solos a los tres? —dijo Félix dirigiéndose a Olivia.

Ella obedeció sin chistar. Echó un último vistazo a Argimiro y salió de la habitación.

Aquella sería la última vez que vería con vida al famosísimo escritor Moisés Retuerto, que en ese momento se encontraba en la habitación pálido como la nieve que los había encerrado en la casa.

13

18:35 horas

OLIVIA BAJÓ LAS escaleras de La Palloza despacio, intentando alargar lo máximo posible el momento de encontrarse de nuevo cara a cara con el ogro. Pero cuando llegó contempló una escena inesperada, que hizo que el corazón le diese de nuevo un vuelco. Las sorpresas negativas no dejaban de sucederse desde que había llegado a aquel pueblo hacía solo unas horas y se preguntaba cuándo el viaje le daría una mínima tregua.

En la enorme sala de estar de la casa descansaba Fernando Ocampo sentado en una silla y Pedro hablaba visiblemente alterado con una persona a la que la periodista reconoció de inmediato. Se trataba del hombre de negro que hacía solo un rato la había asaltado en el camino y que le había pedido que tuviera cuidado con el dueño de la casa rural.

—¡Te digo que no! ¡La casa está llena! No, no y no —gritaba Pedro.

—Sabes de sobra que no te pediría esto si no estuviera en una situación crítica, joder. Te lo ruego, por humanidad.

Pedro caminaba de un lado a otro de la sala, obviamente nervioso. A Olivia la sorprendió verlo así, puesto que hasta entonces había sido la viva imagen de la calma.

—Lo que no puede ser, Lucas, es una cosa y la contraria. Que con todo lo que ha ocurrido entre nosotros ahora me pidas pasar aquí la noche se sale de toda lógica.

—¡Que ya lo sé! —el hombre de negro, el tal Lucas, elevó la voz—. Te digo que es una urgencia. Irene y yo podríamos aguantar, te lo aseguro. Pero sin luz en nuestra casa, y con la que está cayendo, el bebé no va a soportar el frío. ¿De verdad quieres que caiga sobre tu conciencia lo que le pueda pasar? ¿De verdad eres ese monstruo? ¿De verdad me quieres dar la razón sobre el tipo de persona que eres realmente?

Pedro guardó silencio, momento que Olivia aprovechó para echar un vistazo rápido a la sala. Sintió otro escalofrío cuando vio que Ocampo la contemplaba con una sonrisa de suficiencia dibujada en el rostro, aparentemente ajeno a la discusión que se estaba produciendo allí en aquel instante.

—De acuerdo —dijo el dueño de la casa, con un hilo de voz, hablando más para sí mismo que para el resto—. Que vengan Irene y el chiquillo. Pero en cuanto pase la tormenta os vais a vuestra casa.

El tal Lucas miró a su interlocutor, echó un vistazo a Olivia y salió por la puerta. Pedro se volvió hacia ellos.

—Parece que esta noche vamos a ser una multitud aquí. La tormenta ha hecho que la luz se vaya en las casas de medio pueblo. Este chico vive justo enfrente con su pareja y tienen un bebé muy pequeño. Así que vendrán a refugiarse hasta que vuelva el suministro para que no se mueran de frío.

—Pues no parece que seáis muy amigos —dijo con sorna Ocampo, que a pesar de que parecía ajeno a la discusión lo había escuchado todo.

A Pedro se le dibujó una sonrisa que maravilló a Olivia, porque pocas veces había visto algo así. Reflejaba una extraña mezcla entre superioridad, ternura y socarronería. Aún no sabía que era una de las señas de identidad de Pedro y que hacía gala de ella a menudo.

—Ya sabes lo que dicen: pueblo pequeño, infierno grande.

En ese momento reapareció Lucas en la casa.

—La nieve me llega prácticamente por encima de las rodillas. Me va a ser imposible traer al niño, ayudar a Irene y cargar con todas las cosas del bebé. Ya sé que es abusar de la confianza, pero ¿podríais venir a echarme una mano? De verdad, son apenas veinte metros de distancia, pero es que no puedo.

—Espero que después de esto quede todo zanjado, ¿no? —respondió Pedro, sacando a relucir de nuevo esa intrigante sonrisa. Luego, dirigiéndose a los periodistas, les dijo:

—¿Venís un momento? Por cierto, creo que nadie os ha presentado.

—No, pero no hace falta —zanjó, sin evitar ser desagradable, Ocampo, que ya se había levantado y se dirigía a la puerta.

Malditas las ganas que tenía Olivia de tener que compartir espacio vital con aquella mala bestia, pero no le quedó más remedio que seguir al grupo y caminar a duras penas entre la espesa capa de nieve que cubría ya todo el pueblo. Entraron en la casa de los vecinos, justo el edificio a través de cuyas ventanas había visto a una persona observándola apenas unas horas antes. A diferencia de la casa de Pedro, aquel hogar estaba decorado con gusto y parecía limpio a conciencia. Una chica a la que la periodista le calculó unos treinta y muchos años estaba sentada en un pequeño sofá, dando el pecho a un bebé. No era ella ninguna experta en niños pequeños, pero no creía que esa criatura pudiera tener más de tres o cuatro meses. En la estancia, iluminada con velas colocadas en círculos, se respiraba un agradable olor a incienso. La cara de la mujer, serena, se torció por completo cuando Pedro apareció allí. De pronto, la tensión ahogaba el ambiente.

—¿Ahora recurres a él? —Las palabras de la joven, dirigidas a su pareja, desprendían indignación.

—Irene, tenemos que hacer algo. Si nos quedamos aquí esperando a que vuelva el suministro, Breixo lo va a pasar mal. Fuera quizá se alcancen los doce grados bajo cero. Sé que no es el panorama ideal, pero tenemos que hacerlo por él.

Pedro avanzó un par de pasos e intervino.

—Sabéis mejor que yo que no hemos pasado una buena racha últimamente, pero esto no va de ti, Irene, ni de mí, ni de Lucas. Tenemos que hacer de tripas corazón por el niño. Id a casa, pasad allí el tiempo que tengáis que pasar y os volvéis.

Irene separó a su criatura del pecho y se acomodó la ropa. No dijo nada, pero agarró unas mantitas que había sobre la mesa del salón y comenzó a arropar al bebé. Todos lo interpretaron como un sí. Lucas corrió a meter en una bolsa enorme un puñado de pañales, peluches y otras cosas infantiles que Olivia no supo identificar, y se la dio a ella.

—¿Puedes llevarlo?

La periodista cogió aquello y observó cómo el hombre de negro comenzaba a desmontar una cuna de viaje que había también en la sala. Con una pericia que a Olivia le pareció digna de alabar, en solo un par de movimientos consiguió reducir la camita a apenas dos hierros y en pocos segundos más introdujo la cuna desmontada en una funda.

Al rato salieron en procesión hacia La Palloza. Irene llevaba al bebé en brazos apoyada por su novio, marido o pareja, lo que fuera. Detrás caminaba Fernando Ocampo con la cuna de viaje a cuestas; Olivia, con la bolsa que le había dado Lucas, y Pedro, con otro macuto con ropa del bebé. Tardaron apenas unos minutos en entrar en casa.

—Somos demasiados para tan poco espacio y no sé cuánto tiempo vamos a tener que pasar aquí. Así que vamos a intentar organizarnos lo mejor posible antes de cenar algo.

Pedro hablaba con la suficiencia que da haber tenido que organizar grandes grupos muchas veces.

—La casa tiene seis habitaciones y somos diez personas: Juan y yo; los dos periodistas; los dos escritores y su agente; y Lucas, Irene y el bebé. Juan y yo pasaremos la noche en la sala de estar sin problemas. Una habitación tiene que ser para la familia y el niño. Otra exclusiva para Argimiro Molina, por motivos obvios. El trío de los literatos tendrá una cada uno, puesto que eran quienes en principio iban a tener La Palloza en exclusiva. —Miró entonces a Olivia y a Ocampo.

—No os preocupéis, me quedaré con Juan y contigo aquí, me vendrá bien para el reportaje —dijo ella, que prefirió adelantarse a los acontecimientos.

Olivia sintió con claridad cómo Ocampo se revolvía. Lo conocía bien y dudaba de que fuese a quedarse callado.

—Mejor, sí. No vayamos a pasar la noche juntos y te inventes otra vez algo para denunciarme.

El comentario la pilló a contrapié y provocó un pesado silencio en la habitación. Sintió cómo todos la miraban, expectantes. Por supuesto que ella sabía por qué Ocampo decía aquello, pero no podía estar más confundido. Cuando la dirección del periódico cambió al periodista de sección, no lo hizo porque sí. Tenían poderosas razones: alguien, se supone que algún redactor, puso una denuncia anónima contra él por acoso laboral. El asunto no fue a mayores y el periódico tapó el caso como pudo para que no trascendiera, ya que habría provocado un escándalo nacional. No obstante, para aplacar los ánimos e intentar contentar a todos, los responsables del diario tiraron por la calle del medio: alejar a Ocampo de allí, pero ni hablar de despedirlo. Obviamente, nunca se supo quién había denunciado. Sin embargo, el comentario que él acababa de hacer, unido a la indiferencia y desprecio absoluto con el que la había tratado desde ese momento, hicieron deducir a Olivia que aquel ogro pensaba que había sido ella.

Fue Pedro quien rompió el silencio. Se acercó al periodista levantando el dedo índice. Esta vez no había sonrisas. El rictus del hombre era serio. Se diría que incluso agresivo.

—No sé a qué viene ese comentario, pero te callas. Si te ha hecho algo, te callas. Si no te lo ha hecho, te callas. Estamos en mi casa y no voy a tolerar machirulos ni cuñados. Una palabra más así y pasas la noche al raso. Te aseguro que voy muy en serio. Y, ahora, cada cual a su habitación. Voy a preparar algo de cena para todos. En un rato estará lista.

En ese momento, a Olivia le dieron ganas de lanzarse a abrazar a aquel hombre y sus sentimientos se hicieron un revoltijo. No sabía qué pensar sobre él. Los avisos que había recibido del vecino, Lucas, eran claros, pero Pedro no le parecía una persona peligrosa de la que desconfiar. Es más, había demostrado ya en varias ocasiones aquella tarde un comportamiento íntegro. De hecho, la periodista sintió por primera vez cómo, al fin, alguien estaba de su parte. Alguien la protegía del monstruo. Alguien se preocupaba por ella en lugar de ponerse de perfil. Pero seguía sin saber si hacer caso al hombre de negro y no bajar la guardia ante lo que le pudiera hacer Pedro. O quizá nada de eso tenía sentido y lo mejor era, al fin, relajarse y confiar en él. Confiar, de nuevo, en alguien.

Todos, incluido Fernando Ocampo, que se había quedado sin habla, empezaron a subir las escaleras hacia las habitaciones. Ella se quedó en la sala a solas con Pedro.

—Gracias —le dijo. Quería añadir algo más, pero no supo hacerlo.

El hombre la miró con expresión de bondad. La periodista creía imposible que aquellos ojos, que parecían desbordar dulzura tras esas gafas de Papá Noel, ocultasen algo de malicia. Pero los avisos que había recibido habían sido tan graves que era incapaz de fiarse del todo.

—No hay de qué. Las mujeres no tenéis por qué aguantar determinadas cosas. Deduzco que os conocéis de antes.

—Pfff… Sí, es una larga historia —Olivia prefirió dejarlo ahí. El hombre la miró y sonrió.

—Me imagino que serán historias de periodistas.

Ella sabía que aquella frase era una invitación a hablar, a desahogarse, pero no quiso irse de la lengua. Al ver que no decía nada, Pedro no forzó la situación.

—¿Te apetece algo de beber antes de cenar? Tengo cerveza artesana, como la que has tomado antes. O si prefieres té, limonada o un descafeinado.

Olivia agradeció ese momento de parón tras una tarde de vértigo. Aceptó la invitación.

—Pues quizá una cerveza no me vendría mal para bajar el ritmo de este día.

Pedro no dijo nada. Intuía que Olivia y el periodista compartían una historia no precisamente agradable. ¿A qué se refería Ocampo con la denuncia? Agarró dos botellines del frigorífico y caminó con ellos hasta un hueco que había al fondo de la sala de estar, que otorgaba privacidad respecto al resto de la estancia, porque estaba escondido en un recoveco. Allí, por mucho que los demás bajaran por las escaleras o incluso saliesen a la calle, cosa improbable con el armagedón de nieve que seguía cayendo, no los verían ni molestarían.

—Sí, la verdad es que ha sido una tarde movida. No te vayas a creer que aquí la vida es siempre así de emocionante —dijo Pedro para romper el hielo—. Ya te digo que el día a día normalmente es bastante más anodino. De hecho, muchos diríais que es aburrido.

Olivia dio un par de tragos a la cerveza y notó de inmediato un regusto extraño; imaginó que porque aquella sí era una bebida genuinamente artesana y no como las que se venden como tales al por mayor en los supermercados. De pronto se sintió mucho más relajada. Decidió que era el momento de tirar de la lengua a ese hombre.

—Ya has podido ver que Fernando Ocampo y yo no somos los mejores amigos. Pero, por lo que deduzco, tú tampoco te llevas bien con tus vecinos.

El rostro de Pedro era un libro abierto de expresividad. La periodista vio cómo le cambiaba la cara y se le dibujaba un gesto de amargura.

—Tú me has dado a entender que lo vuestro son cosas de periodistas. Bueno, pues esto supongo que serán cosas de pueblos.

Pedro notaba que ella quería sonsacarlo y parecía apurada. No obstante, no le pareció mal momento para intercambiar confidencias.

Olivia dio otro trago al botellín, tratando de encontrar el valor suficiente para decir lo que pretendía.

—Pedro, ¿podemos hablar en confianza?

—Claro, mujer.

—¿Por qué me dijiste esta tarde que no había nadie más en el pueblo? Ha quedado claro que me mentiste.

—Porque, en realidad, Irene y Lucas es como si no estuviesen. Para mí no existen. De hecho, esa que has presenciado es la primera conversación que tenemos en años.

—¿Siempre fue así? —Olivia vio que a aquel hombre imperturbable se le humedecían los ojos.

—La verdad es que no. Ni mucho menos. Hace ya muchos años que se establecieron aquí y juntos trabajamos mucho y bien al principio.

—Pero…

—Pero creen que he prostituido el pueblo. Para ellos, he corrompido el espíritu inicial de la idea. Al lanzar el proyecto del turismo sostenible, dicen que he echado todo a perder. Ellos creen que La Palloza es lo mismo que los hoteles gigantescos de Benidorm que llenan el Mediterráneo de guiris que solo buscan alcohol, fiesta y comida barata.

—¿Y no es así? —Olivia quería saber la historia para entender mejor todo, pero también era consciente de que su reportaje ganaba mucha enjundia con aquello.

—Claro que no. Salta a la vista que no puedes comparar el turismo de masas con esto. Aquí vienen, como mucho, cuatro familias al mes. Yo no puedo, ni quiero, vivir de esto. Los ingresos que me proporciona son ridículos. La Palloza no quiere ser el Gran Hotel Benidorm, sino un pequeño imán de atracción de gente interesada en lo rural, a los que intento meter el gusanillo, mostrar que es posible otra forma de vivir sin arrasar los recursos. ¿Lo estoy consiguiendo? La verdad es que no tengo ni la más remota idea, pero trato de lograrlo por todos los medios. Cuando alguien viene a la casa…, ya has visto que no hay cajetines con llaves como en los apartamentos turísticos. Aquí es todo personalizado al máximo: si vienen en tren, los voy a buscar a la estación de AVE más cercana con mi propio coche. Les ofrezco productos elaborados por la gente del pueblo, los mismos que ellos venden en los mercados de alrededor. Confecciono yo mismo las guías para visitar la zona y elaboro pequeños folletos en los que explico cómo surgió este pequeño milagro llamado Beresteira y cómo nos organizamos. Te puedo asegurar que la mayoría quedan fascinados. Y humildemente creo que sirve, como mínimo, para hacerles pensar en si tiene sentido la rueda consumista en la que viven en sus ciudades. Roberto, el dueño de una de las casas al final del pueblo, conoció esto gracias a que vino a pasar un fin de semana a La Palloza. Le contamos el proyecto, vio cómo vivíamos y se instaló.

Olivia dio un trago largo a la cerveza.

—Entonces, ¿qué ven los demás de malo en eso?

—Los demás no. Por favor, no pienses que todo el pueblo ve con malos ojos el proyecto. Se trata únicamente de Lucas y de Irene. ¿Qué es lo que tanto les molesta? Si te soy sincero, y tengo que serlo contigo, puede que yo cometiera también algunos errores. Al ser el primero que se instaló aquí, el que creó el proyecto, soy también, y de largo, el de más edad. De los demás, aparte de Juan, el mayor es Lucas y tiene treinta y nueve años. El resto…

es raro el que supera la mitad de la treintena. ¿Me confié y tomé la decisión de montar el proyecto rural un poco por mi cuenta, sin un debate previo con los demás? Es una pregunta que me hago a menudo. Quizá sí. Quizá cometí ese error, pero es que estaba convencido de que iba a ser muy positivo.

El pensamiento de Pedro voló muy lejos, al tiempo en que todo eran promesas.

Su cambio de vida no se produjo, ni mucho menos, de la noche a la mañana. Al principio, iba con aquella gente, sus amigos de Puertobueno un fin de semana de cada ocho. Luego, conforme se iba implicando más en los proyectos del pueblo, fue espaciando menos sus visitas. Pasó a viajar hasta allí una vez al mes. Fue entonces cuando algunos habitantes de esa pequeña urbe decidieron emprender un nuevo proyecto utópico en otro lugar, para intentar extender su idea de vida a otras poblaciones. Y Pedro vio su oportunidad, la oportunidad de empezar de cero en otro lugar. Junto a otros dos amigos recorrieron pueblos que habían quedado desiertos en los años sesenta y en los setenta en Asturias, León y Galicia. Eso que algunos llaman ahora la España vaciada y que para él se ajusta más al nombre de «la España abandonada», en todos los sentidos. Así hasta que llegaron a Beresteira y todos se quedaron prendados de la aldea. Su ubicación, prácticamente inaccesible; el estado de conservación de las casas, precario, pero más que digno para lo que solían ver, y el incomparable paisaje hicieron que de inmediato se decidieran a emprender allí un nuevo proyecto utópico. Les costó Dios y ayuda encontrar a los dueños de las edificaciones abandonadas, que en muchos casos eran ya los hijos de los vecinos que habían abandonado el pueblo con la esperanza de encontrar una vida mejor en la ciudad. Y no fue menos complejo llegar a acuerdos de compra con ellos. Pero todo fue saliendo adelante con más o menos trabajo. Al cabo de pocos años, los compañeros que habían lanzado aquella idea con Pedro regresaron a Puertobueno y durante una temporada él se convirtió en el único habitante de aquel pueblo semirresucitado. Pero, poco a poco, publicitando su proyecto en determinados círculos, consiguió atraer a nuevos pobladores, casi todos artesanos interesados en formas alternativas de vivir, de consumir y de producir. Siempre mirando a pequeña escala, la más sostenible.

Todos esos esfuerzos por sacar adelante su utopía fueron debilitando su relación con la gran ciudad, con su trabajo y también con su familia. Su mujer y sus hijos contemplaron de forma progresiva y sin remedio cómo Pedro pasaba temporadas cada vez más largas en Beresteira y se interesaba cada vez menos por lo que ocurría en Madrid. Su rendimiento en el trabajo fue bajando y los toques de atención de sus superiores empezaron a ser frecuentes. Fue entonces cuando tomó la decisión de cortar por lo sano y apostar del todo por su cambio de vida. Tras meditarlo mucho, pensó que lo mejor era montar un negocio de turismo rural que le permitiese tener unos mínimos ingresos y, a la vez y no menos importante, dar a conocer a todo el que quisiera alojarse allí el proyecto de vida sostenible de Beresteira, ese pequeño milagro que sentía como propio. Pensaba que, de esta forma, podría poner su granito de arena en expandir una forma de vida cada vez más necesaria. Su idea, empero, no tuvo una acogida entusiasta en ninguna parte. Su familia no comprendió que abandonase una vida llena de comodidades para irse a vivir a lo que a sus ojos era simplemente un poblado *hippie*. Su hermano lo vio como una simple ocurrencia y, al margen de burlarse en cierto modo de él, no tuvo ni un buen gesto ni una mala palabra. En definitiva: indiferencia. Su mujer le pidió el divorcio, convencida de que estaba perdiendo la cabeza y en vista de que apenas se verían un fin de semana cada tres o cuatro meses.

Mientras, sus compañeros de Puertobueno no se opusieron, pero mostraron sus reservas sobre su proyecto de turismo rural al considerar que podría masificar aquella experiencia sostenible y, precisamente, destruir el propio concepto. Pero él tenía clarísimo el horizonte de su nueva vida y nadie consiguió bajarlo del burro.

Pedro abandonó sus recuerdos, incomodado por el exigente tono de Olivia:

—Pero hay una cosa que no acabo de entender. ¿Por qué me rayaron el coche? ¿Qué culpa tengo yo de vuestras peleas? A estas alturas doy por hecho que fueron ellos…

—Se les está yendo la cabeza, creo yo. De un tiempo a esta parte, Lucas e Irene han visto que no les sirve de nada ir contra mí y lo que intentan es sabotear el negocio. Así que tratan de asustar y amedrentar a quienes se alojan aquí. Imagino que creen que, así, los huéspedes pondrán las peores reseñas en internet y que mi proyecto se irá a pique poco a poco.

—Me resulta curioso que dominen las nuevas tecnologías hasta el punto de hacer ese razonamiento.

En la cara de Pedro se volvió a dibujar esa sonrisa a medio camino entre la bondad y la suficiencia.

—Te recomiendo que no caigas en esa trampa. No creas, como muchos que viven en las grandes ciudades, sobre todo Madrid y Barcelona, que por estar aquí y no tener cobertura no sabemos lo que es un *smartphone*, un ordenador o cómo funcionan las redes sociales. No confundáis nuestra independencia de la tecnología con el analfabetismo. Es justo al revés.

Olivia no solía beber alcohol y ya había apurado el final de aquella cerveza, así que empezó a notar la mente nublada y un pequeño mareo. Quizá por eso se atrevió a plantear una pregunta que, de otra forma, jamás habría hecho.

—Antes, cuando entré en la habitación que me asignaste, me encontré un papel en el que ponía que no me fíe de ti, que eres un traidor, peligroso, y que tengo que contar lo que está pasando en este pueblo. No quiero que me mientas. ¿Se referían a esto que me estás contando o hay algo más aquí que tenga que saber?

Pedro se puso de pie. Ahora estaba más serio que nunca.

—¿Qué más va a haber, Olivia? No sabía que habían hecho eso, pero la verdad es que tampoco me extraña. Que me llamen traidor coincide con lo que te estoy contando, ya lo ves. Creen que traicioné el espíritu de sostenibilidad e independencia del pueblo. Por eso lo de traidor. ¿Qué crees, si no? ¿Que soy yo un secuestrador de turistas o el asesino del pueblo fantasma? ¿Que uso la casa rural para atraer a ingenuos y alimentarme de su sangre?

La periodista iba a responder, pero la conversación quedó interrumpida cuando Juan entró en el pequeño apartado en el que estaban hablando. El hombre se sentó en silencio en una butaca que quedaba libre, como si no pasase nada, y se quedó observándolos. Su aspecto había mejorado notablemente tras ducharse. Olivia había tomado carrerilla y pensaba aclarar todos los puntos que le desasosegaban.

—¿Y él? Es otro de los misterios que me torturan desde que puse el pie en este pueblo.

Pedro la miró sorprendido, aunque para sus adentros pensó que Olivia parecía muy interesada en su amigo. La había pillado varias veces dirigiéndole miradas fugaces.

—¿Juan? ¿Un misterio? Juan no tiene mayor misterio.

—Antes me has dicho que no sois familia.

—Y así es.

—Entonces, ¿qué sois? —Olivia se sorprendió al decir eso. Pero en ese momento, cuando ya no había remedio, esperó expectante la respuesta de Pedro.

—¿Cómo llamáis los periodistas al momento en que os cuentan algo que no podéis publicar?

—*Off the record*.

—Eso, que no me salía la palabra. Bueno, pues todo lo que te cuente a partir de aquí es *off the record*.

Olivia levantó los brazos, en señal de aceptación de la petición, y Pedro miró a Juan, como pidiéndole permiso para empezar a hablar. Si aquel hombre se lo otorgó, la periodista no se dio cuenta, porque no hizo ningún gesto. Nada en absoluto. Simplemente miró a su interlocutor.

—Te vas a tirar de los pelos por no poder contar esto, porque la historia de Juan sí que da para escribir un libro. Hace muchos, muchísimos, años que no habla. Pero tuvo una vida antes de convertirse en el Mudito. Hasta los ocho años, aproximadamente, era un niño corriente, sin ningún problema para comunicarse.

Esta vez fue Pedro el que dio un trago a la cerveza, que no había tocado hasta ese instante. Consideró por un momento evitar hablar sobre el pasado de Juan. Tal vez a su amigo le molestaría. Sin embargo, constató que el otro escuchaba la historia de su vida como quien oye un cuento de ficción.

—¿Y qué pasó entonces? —Olivia dio un empujón narrativo a Pedro para que siguiese.

—¿Lo que pasó? Eso sí fue una verdadera desgracia.

14

Beresteira, agosto de 1979

Isolina Seoane tenía todo preparado para marchar. A sus treinta y cinco años sabía que, en cuanto pusiera un pie fuera de esa casa, una importante historia terminaría. Su madre, y la madre de su madre, y la madre de la madre de su madre, y así ascendiendo por el árbol genealógico hasta donde ella conocía, habían nacido, crecido y muerto en aquel pueblo que ahora daba sus últimas bocanadas. Isolina se imaginaba Beresteira como un anciano de la familia al que estaba acompañando en sus últimas horas de vida. Sus ojos lo habían visto marchitarse poco a poco, pero de forma irremediable. Con cada marcha de cada vecino, y habían sido muchas en los últimos años, ella se imaginaba que aquella urbe se desangraba un tanto. Isolina había luchado por mantenerlo con vida, pero sabía que, si seguía empeñándose en salvar al pueblo de la despoblación total, al final la que moriría sería ella. Y con ella, su familia. Y eso no podía permitírselo. En breve, los cuatro arrancarían rumbo a Madrid. Era Madrid, pero podría haber sido Bilbao, Barcelona o León. Tanto daba. A la capital se habían marchado años antes varios vecinos del pueblo a los que no les había ido mal y le habían encontrado una colocación a Venancio, su marido. Si a ella le preguntasen (pero quién le iba a preguntar a ella), diría que no le hacía ni pizca de gracia irse a Madrid. A ella aquella ciudad, que no conocía más que de oídas, se le antojaba un enorme y gris aparcamiento, una verdadera jungla para la que no estaba preparada. Se imaginaba allí, en casa, con unos vecinos que no conocía, a la par que su pueblito moría. Mientras pasease por la Gran Vía, se imaginaba ella, las malas hierbas lo comerían todo, la humedad se impondría y el tiempo haría de las suyas. De aquellas casas no iban a quedar ni los cimientos en unos años. Y ella no lo podría contemplar desde tan lejos, como no vería los brotes de los árboles en primavera, ni el crecimiento de las castañas en otoño, ni las nieves de diciembre. No tendría nada de eso en Madrid. La ciudad era, a sus ojos, un decorado de cartón piedra. Un escenario para vivir una vida que no era vida. Pero ¿qué podía hacer ella, más que resignarse al correr de los tiempos? ¿Qué vida le iba a dar al pequeño Juan y a su hermano, ese bebé que sostenía en brazos y que le devolvía la mirada despreocupada, totalmente ajeno al hecho de que sus padres estaban a punto de iniciar un camino que cambiaría su vida para siempre?

Asomó la cabeza por la ventana, con cuidado de que el niño en sus brazos no se golpease con el marco. Fuera, Venancio terminaba de colocar todos los cachivaches en el maletero.

—¡Juan! ¡Juan! Corre, recoge y vete al baño, que ya está todo. Ya nos marchamos.

El niño la miró y, de mala gana, obedeció y se metió en casa. El chiquillo era el que más le preocupaba a Isolina. Estaba en una edad, los ocho años, difícil para los cambios. Ella no imaginaba cómo iba a poder adaptarse esa pobre criatura a las reglas y las maneras de la gran ciudad, viniendo de una aldea donde había sido el rey toda su vida porque era prácticamente el último niño del lugar.

El pequeño Juan, al que solo le quedaban unos minutos para convertirse en el *Mudito* Juan, pasó junto a su madre, se detuvo y se la quedó mirando muy serio, desafiante, y le hizo una pedorreta. A Isolina se le caía el alma a los pies. Aunque su marido y ella llevaban meses hablando con el niño, explicándole las razones por las que tenían que dejar el pueblo, intentando hacerle ver una parte positiva de Madrid que ni siquiera ellos veían, el chiquillo no entraba por el aro. No quería irse de su casa y no disimulaba ni un poco su descontento.

—¡Que no me quiero ir!

—Juan, cariño, ya lo hemos hablado muchas veces. No nos queda más remedio que irnos. Papá va a tener allí trabajo, vamos a tener una casa genial y además viviremos cerca del Santiago Bernabéu. ¡Si hasta podremos ir a ver al Real Madrid!

Isolina contenía las lágrimas como podía al escucharse a sí misma decir aquellas bobadas que ni ella se creía.

—Yo no quiero eso, yo quiero quedarme aquí y poder jugar en el campo. Madrid es gris. Os lo he escuchado decir.

—¡Pero tú la pintarás de color! Podemos volver aquí de vez en cuando, cariño. Venga, vete al coche, que papá está allí. Ahora voy con tu hermano y nos vamos.

—¡Caraculo!

Y esa palabra tan mundana, tan poco épica, fue la última que pronunció Juan. O al menos eso es lo que se había contado siempre.

Isolina se entretuvo un buen rato en buscar las llaves de la casa, pero se quedó con la tarea a medio hacer. La interrumpió un grito animal que se cortó enseguida, tras el tremendo estruendo. La mujer corrió hacia fuera con el niño en brazos, con la certeza de que había acontecido una desgracia. Muchos años después, Isolina todavía habría de recordar a cámara lenta aquel cortísimo trayecto que separaba el salón de la puerta de su casa durante el que supo que todos sus proyectos en la gran ciudad se habían truncado de raíz.

Al llegar al quicio de la puerta no pudo evitar un grito. La escena que contempló era dantesca. Una auténtica pesadilla. Apretó al bebé contra sí, para que no pudiera ver nada. El Renault 7 de Venancio había emprendido la marcha de alguna forma cuesta abajo, por el camino por el que se llegaba y salía del pueblo, mientras su dueño estaba fuera, y le había pasado por encima como un torbellino. Su marido estaba tirado en el suelo, sin vida. El coche se había estrellado varios metros más abajo, al salirse de la senda, y acabó empotrado contra un árbol. Y allí, de pie en medio de aquel desastre, estaba Juan, que miraba el cuerpo de su padre como quien está viendo una película de terror.

15

20:10 horas

Pedro González dio un larguísimo trago a la cerveza. Había acabado su relato a duras penas, entre sollozos. Olivia miró a Juan, pero no consiguió advertir en él ninguna señal de nada. Era como si a aquel hombre lo hubieran vaciado por dentro o como si, directamente, no fuera consciente de nada de lo que lo rodeaba. Esa apariencia imperturbable, pensó ella, no dejaba de tener su punto atractivo.

—Es horrible. Lo siento mucho, Juan —acertó a decir. Pero él la miró con aquellos ojos verdes misteriosos que no expresaban nada de cara al exterior y a la vez parecían comunicarse directamente con sus más profundas emociones. Ella se estremeció—. ¿Cómo sabes la historia? —le preguntó a Pedro tratando de serenarse.

—Es historia de este pueblo. Cualquiera que haya tenido la más mínima relación con Beresteira lo sabe.

—Pero ¿y qué pasó? Quiero decir, ¿cómo pudo su padre morir atropellado por su propio coche? —Olivia se giró hacia Juan, pero enseguida apartó los ojos. La intensa mirada de Juan quemaba.

Pedro hablaba como si su amigo no estuviese delante.

—Acuérdate de que todo esto es *off the record* porque, además, a partir de aquí son todo especulaciones. La verdad, obviamente, solo la saben el pobre Venancio y él, que no ha vuelto a decir nada desde aquel día. Pero lo cierto es que hay dos teorías. La oficial es que su padre había dejado mal puesto el freno y el coche, en un momento dado, se precipitó camino abajo con tan mala suerte que se lo llevó por delante a toda velocidad.

El dueño de la casa rural se interrumpió. Olivia hizo un gesto con los ojos, sin decir palabra, animándolo a seguir.

—Y la otra… A ver, la otra es fruto de las malas lenguas. No hay ninguna prueba. Pero es cierto que caló mucho entre los conocidos de Isolina Seoane en su momento y, claro, ha ido pasando de unos a otros con el boca a oreja.

—¿Y cuál es?

—Que Juan, desesperado como estaba porque no quería irse del pueblo, accionó de alguna manera el coche. No se sabe si intentando conseguir lo que ocurrió, que muriese su padre, o simplemente para dar un susto a sus padres, llamar la atención o vete tú a saber.

Olivia evitó mirar a Juan y se inclinó hacia delante, observando a Pedro:

—Y tú, ¿qué piensas?

A Pedro se le había borrado la sonrisa completamente de la cara. Parecía haber envejecido diez años en el trascurso de aquella narración.

—Conozco a este hombre y estoy seguro de que ahora mismo no le haría daño a una mosca. Pero ¿es alguien capaz de ponerse en la mente de un niño de siete u ocho años al que le van a destrozar por completo todo el mundo que conoce? ¿Qué sería capaz de hacer un chiquillo desesperado por conservar el reino en el que vive y evitar precipitarse al temor que da lo desconocido?

Olivia, esta vez sí, se volvió a mirar a Juan, que mantuvo su enigmático silencio.

—De toda esta historia hay algo que no me queda nada claro —admitió al fin Olivia, dirigiéndose a Pedro.

—Dispara.

—¿Cómo acabó él viviendo aquí contigo? Se me escapa totalmente el proceso.

Aquella sonrisa que tanto fascinaba a Olivia volvió a aparecer en el rostro del hombre.

—Es que solo te he contado el inicio del inicio de la historia.

Dicho eso, Pedro miró el reloj que llevaba en la muñeca, grande pero sencillo, de manecillas, atado con una correa lo suficientemente elegante como para desentonar con todo lo que lo rodeaba.

—Ya te contaré el resto. Tendremos tiempo mañana y pasado. Ahora voy a preparar algo de picoteo. Si quieres ayudarme, puedes ir poniendo cubiertos y vasos en la mesa.

Los tres se iban a levantar cuando apareció en aquel apartado del salón el agente de los escritores, hecho una furia.

—¿Te estás riendo de nosotros?

Pedro lo miró de hito en hito, sin saber de qué estaba hablando.

—¡Te pedimos discreción, una cierta privacidad, y has metido aquí a media Galicia! ¿No entiendes el castellano? ¡Ahora me metes aquí a una familia y hasta con un bebé! ¿Quién te has creído que eres?

El dueño de la casa rural se aproximó al agente. Pedro no era alto y aquel otro hombre, que mediría cerca de dos metros, le sacaba más de una cabeza, pero desde luego parecía no importarle lo más mínimo.

—Has formulado la pregunta más oportuna, pero te has equivocado de destinatario. ¿Quién te crees tú? Esa gente son unos vecinos, que tienen un bebé y están sin luz en casa y a los que, desde luego, no voy a dejar en la calle para que se mueran de frío. Si te gusta, perfecto. Si no, puedes irte. Aquí funcionamos así. Se llama apoyo mutuo, algo de lo que tú jamás podrás disfrutar ni en tus sueños.

Olivia vio cómo el odio y la furia se desataban en los ojos de Félix Ruipérez, un tipo alto, bien parecido, pulcramente peinado y vestido con elegancia. En suma: era la antítesis de Pedro. Se acercó a su oreja y habló casi en susurros de tal forma que la periodista no pudo evitar sentir miedo.

—Cuando podamos salir de este maldito pueblo, te voy a buscar la ruina, puedes estar seguro. Te vas a arrepentir de esto.

Y, dicho eso, se fue por donde había venido instantes antes. Se abrió el silencio entre Olivia, Juan y Pedro, que al final fue el que habló.

—Ya se le pasará. Y, si no, da lo mismo. En peores plazas he toreado.

Félix Ruipérez tardó apenas unos minutos en volver a bajar al salón, de nuevo totalmente excitado.

—¿Dónde está? Mira que no estoy para bromas.

Los ojos de todos se centraron en Pedro, que no parecía saber de qué estaba hablando aquel hombre.

—¿Dónde está Moisés?

—¿No está arriba con vosotros? —Pedro parecía, esta vez sí, perdido por completo.

—¡No! No está en ningún lado. Nos hemos retirado un rato a descansar, cada uno a su habitación y ahora no aparece.

A esas alturas, las voces del agente habían alertado a todos los ocupantes de la casa y por las escaleras bajaban ya Lucas, Irene con el bebé y el desagradable Ocampo. Todos ellos con caras que reflejaban una mezcla de confusión y curiosidad. Poco después se unió a ellos León, que fue quien habló.

—No está. Por ninguna parte.

Pedro y Juan, que en esta ocasión sí parecía estar enterándose perfectamente de qué iba la película y parecía alterado, subieron corriendo por las escaleras y fueron registrando una a una las habitaciones. Al poco, el dueño de la casa bajó de nuevo con el rostro descompuesto. A su lado, Juan guardaba de nuevo la compostura.

—Tampoco está Argimiro Molina —afirmó Pedro.

Un rumor de voces estalló en el salón. Olivia se percató de que no hacía falta ser el más avispado del mundo para ver que la situación era difícilmente comprensible. La casa se registraba con facilidad y no había sitio para escondrijos. Así que, si no estaban allí, por fuerza tenían que estar fuera. Pero eso no tenía el más mínimo sentido porque la nevada era fortísima y la capa de nieve, tan espesa que apenas se podía ya andar sobre ella. Por no hablar de la situación en la que Olivia había visto por última vez a Argimiro, que hacía imposible que ese hombre hubiese podido bajar siquiera de la cama por su propio pie.

—¡Calma! ¡Calma! —Pedro intentó elevar la voz en aquella jaula de grillos—. Faltan dos personas que estaban alojadas en la casa. Molina, que estaba en una situación de salud muy precaria, y Retuerto. La casa solo tiene una puerta, la principal del salón. Así que, a no ser que hayan saltado por una ventana, y lo dudo en el caso de Argimiro, han tenido que salir por ahí.

Ocampo, que era la persona que más cerca estaba de la entrada, abrió la puerta. Fuera todo estaba oscuro, aunque la luz del interior de la casa alcanzaba a alumbrar unos metros en el exterior. Nevaba con menos fuerza, así que la nieve no había tenido tiempo para cubrir completamente un rastro que se extendía desde la entrada y que, aunque ya débil, se perdía donde dejaba de alcanzar la iluminación del interior del edificio.

Pedro se puso una linterna frontal en la cabeza y de un cajón sacó varias más que fue repartiendo a todo el mundo.

—Hay que encontrarlos. Fuera no hay luz, hay zonas con mucho desnivel y, si se han caído, con este frío y esta nevada les va a ir muy mal en muy poco tiempo.

Dicho eso, salió escopeteado hacia el exterior junto a Juan. Y todos los siguieron, incluyendo a Olivia, que veía discurrir los acontecimientos a tal velocidad que no tenía tiempo ni calma para digerir lo que estaba pasando, que a sus ojos no tenía ningún sentido.

En fila india, avanzando con grandes dificultades y hundiéndose más de media pierna en la nieve, aquel gran grupo fue caminando y siguiendo el rastro, que, aunque cada vez más desdibujado, aún era evidente. Las huellas salían de la casa y avanzaban por el camino unos metros para luego subir hacia la zona más alta del pueblo. En la parte delantera de aquella peculiar procesión, Pedro se detuvo. La periodista escuchó que le decía algo a Juan y luego se giraba para informar al resto.

—El rastro se encamina hacia lo alto del pueblo. No sabemos a dónde han ido, pero por ahí pueden estar en cualquier parte salvo en el río, que queda allí abajo. El que quiera puede darse la vuelta ahora, si ve que va a pasarlo mal por el frío.

Irene, que había salido con su bebé en brazos, fue la primera en volver. Lucas dudó unos instantes, pero acabó acompañándola de regreso. Los demás se miraron bajo la luz de las linternas. Había curiosidad, desazón y Olivia intuyó que también miedo en algunos rostros. No obstante, todos decidieron continuar con esa particular excursión nocturna.

Iban avanzando cada vez con mayor dificultad por el desnivel y la espesa capa de nieve, cuando, de pronto, Juan levantó un brazo. Era la primera vez que la periodista veía a aquel hombre tomar la iniciativa en algo, aunque fuera mínimamente. Se detuvo, y todos se pararon detrás de él. Se llevó un dedo a la oreja. El resto del grupo se quedó petrificado. Olivia no oía nada más allá de su respiración, agitada. Veía salir el vaho en cada exhalación y tenía un frío como pocas veces en su vida. Al menos la nevada había aflojado mucho a esa hora y la luz de la luna trataba de asomarse entre las nubes, aunque con escaso éxito. Su instinto de periodista y su curiosidad innata le impedían darse media vuelta, pero desde luego cualquier persona sensata hubiese regresado al refugio. Seguían todos parados, escuchando, mientras el rastro se dibujaba en la nieve cuesta arriba.

—A Juan le ha parecido oír algo. —Pedro traducía a su compañero como si hiciese falta, como si el gesto de llevarse el dedo a la oreja dejase algún margen a la interpretación—. Estemos atentos, por favor, el primero que crea notar algún ruido por algún lado que avise.

Pero no hizo falta. Un nuevo sonido gutural se elevó en la oscuridad. Lo habían escuchado todos, aunque Olivia no podía afirmar si se trataba de una persona o de algún animal. Y no sabía qué sería mejor porque, si aquel alarido era de un ser humano, quien fuese estaba chillando de puro pánico. Era un bramido bestial.

—Parece que viene de la iglesia —aclaró Pedro. Y Olivia, en ese momento de tensión, se sorprendió a sí misma pensando en que jamás se hubiese imaginado que en el pueblo hubiese un templo.

Continuaron avanzando, sin dejar nunca de seguir el rastro de la nieve, que conducía, en efecto, hasta las ruinas de la iglesia de Beresteira. Cuando las linternas alumbraron la construcción, la periodista se dio cuenta de que se había confundido; aunque en un estado de conservación calamitoso, era mucho más imponente y señorial que los demás edificios del pueblo. El ábside se conservaba de forma digna y lo que un día tuvo que ser la espadaña intentaba mantenerse en pie, aunque lo lograba a duras penas. Más allá de esa zona, el edificio se reducía prácticamente a unos muros de piedra de poca altura, aunque la suficiente para ocultar lo que había en su interior. Los gritos, desgarradores y que ya se escuchaban con toda claridad, provenían sin ninguna duda del otro lado de las ruinosas paredes.

—¡Ayuda! ¡Ayuda, por Dios! ¡Hay un hombre muerto!

Aquellas palabras hicieron que el grupo se detuviese en seco. A Olivia le recorrió el cuerpo un escalofrío y se fijó en que al imperturbable Fernando Ocampo se le escapaba un gesto de fastidio o de terror, no sabría decir bien qué. Pedro encabezaba el grupo y corría como podía hacia el otro extremo de la iglesia, donde debía de estar el pórtico y donde un cruceiro aguantaba de una forma envidiable el paso del tiempo.

Al llegar allí, la periodista vio que la entrada no tenía puerta, y por ese hueco se colaron todos los integrantes de aquella procesión. Cuando las linternas iluminaron la estancia, Olivia contempló la imagen más dura y brutal que había visto en toda su vida.

PARTE II

16

Santander, 2 de febrero de 2015

Los DÍAS QUE marcan la vida de una persona tienen un punto desazonador. Son traidores, se esconden entre la rutina para saltar y dar el zarpazo cuando uno menos se lo espera. Suelen amanecer como todos: despertador, ducha, un café rápido, esas tostadas que se queman, la mochila del niño, no te olvides del bocadillo, ese atasco interminable otra vez, el claxon del coche de atrás, el «hola, buenos días» al entrar a la oficina. A lo largo de una vida suele haber cuatro o cinco días bisagra, de esos que abren la puerta a lo desconocido. Tal vez seis en el caso de personas con ritmos trepidantes. Pero no más. Días de esos en los que pasa algo que decidirá hacia dónde va el porvenir de alguien, como la bifurcación de un camino que ves, pero sin poder elegir el rumbo que tomar. Esos días son tan traidores, se saben camuflar tan sumamente bien entre la cotidianidad, que muchas veces solo nos damos cuenta de que aquel fue un día bisagra una vez que ha pasado el tiempo. Quizá incluso años.

El 2 de febrero de 2015 fue un día bisagra en la vida de Alejandro Retuerto. No lo supo ver al inicio, pero cuando acabó la jornada tuvo la certeza de que nada de lo que vendría después sería ya igual.

Se levantó de la cama, se dio una ducha rápida y se fue corriendo a la cocina a preparar el desayuno de los niños. Leche con cacao y tostadas con aceite para Julia y yogur natural y galletas con mantequilla para Manuel. Colocó los platos en la mesa del salón, entró en la habitación de la niña y la despertó con dos besos y una caricia. Luego llegó a la del niño e hizo la misma operación antes de volver a la cocina, prepararse un café que tomaría a toda prisa y organizar el almuerzo que tenían que llevar los chiquillos al colegio. Pensó un segundo qué día de la semana era. Lunes. Claro, luego pasarían los meses y no se le olvidaría ya nunca que aquel día era lunes. Así que tocaba lácteos. Tomó sendos cartoncitos de leche, los puso en las mochilas, rellenó las botellas de agua hasta el borde y apremió a los niños para que se dieran prisa. Alejandro Retuerto repetía cada día exactamente los mismos pasos, exactamente a la misma hora y los mismos minutos. Todos los pasos automatizados, como en una especie de ritual eucarístico que reproducía ya casi sin darse cuenta. A las 8:41, ni un minuto menos ni un minuto más, cerró la puerta con llave, bajaron los tres en el ascensor hasta el garaje, arrancó el coche y emprendió la marcha hasta el colegio, donde se despidió de sus hijos a las 8:57. Ni un minuto más ni un minuto menos.

En ese momento, cuando metió la primera velocidad del vehículo y emprendió la marcha hacia el trabajo, sus preocupaciones eran tan mundanas que, vistas con perspectiva, le producían sonrojo. Casi eran para él motivo de burla. Aquel día la inmobiliaria en la que trabajaba tenía pactada una visita a un piso a las 9:40. Se trataba de una vivienda de un buen tamaño en un barrio residencial de Santander, su ciudad.

Aparcó el coche cerca de la puerta del bloque de pisos donde estaba la casa que tenía que vender y desde allí vio a su presa: una pareja de unos treinta años que esperaba a la entrada del edificio.

Tras la visita, el vendedor acompañó a aquellos inexpertos compradores hasta el portal y se despidió de ellos con la certeza de que harían una oferta por el piso. Misión cumplida. Al sentarse en el coche, sintió ganas de orinar. Observó el reloj. Eran las 10:25. En la agenda no tenía apuntadas más visitas hasta las 13:00. Así que se bajó de nuevo del vehículo y empezó a caminar por aquel barrio en busca del bar más cercano. No tardó en aparecer uno. Bar Balandro, decía en el cartel.

Entró y pidió un café con leche. En cuanto se lo sirvieron, agarró un periódico deportivo y la taza y se lo llevó a una mesa apartada para tomarse un respiro. Pero, antes de nada, lo primero era lo primero y tenía que ir a orinar. Los segundos que tardó en recorrer los escasos metros que separaban aquella mesa del baño serían los últimos de la vida tal y como la concebía: una jungla en la que el amor a su mujer, que en paz descanse, a sus hijos y el dinero, que tampoco le sobraba, eran los pilares en los que se asentaba todo lo demás.

Entró en el cubículo del fondo, donde estaba el retrete normal. Miccionó mirando al frente, analizando una pequeña pintada que nunca olvidaría, como no se olvidan los momentos absurdos que suceden en medio de las grandes ocasiones: «MEA CONTENTO, PERO MEA DENTRO». Acabó, agachó la cabeza para tirar de la cadena y todo cambió. En esa décima de segundo que Alejandro Retuerto tardó en bajar su mirada de la pared al retrete llegó el último momento bisagra que tendría en su vida. El agua al fondo del váter estaba roja. Roja, roja, roja. Acababa de orinar sangre.

17

Santander, 2 de febrero de 2015

Un sudor frío, pegajoso, que picaba, recorrió el cuerpo de Alejandro. Sintió que se mareaba. Tuvo ganas de vomitar. Como pudo, reprimió una arcada, tiró de la cadena y observó cómo el tono rojo se iba diluyendo, dando paso rápidamente de nuevo al agua limpia. Por un instante, el hombre deseó con todas sus fuerzas que aquello no hubiese pasado y que el enorme problema que se le dibujaba en el horizonte se fuese con la misma facilidad con la que el agua se había llevado la sangre.

Salió del pequeño cubículo que albergaba el retrete. Se apoyó en el lavabo y se observó detenidamente en el espejo. Ahí estaba, con sus cuarenta y un años y una vida insípida a sus espaldas que daba paso ahora a un futuro que él, aprensivo como siempre había sido, veía oscurísimo. Él, Alejandro Retuerto, que creció soñando con ser un abogado de éxito, que acabó por abandonar la carrera de Derecho a la mitad, desencantado con la universidad y con lo que intuía que iba a ser su profesión, que se metió a trabajar en una inmobiliaria para salir del paso, como asidero temporal. Y, como pasa en tantos otros ámbitos de la vida, la resignación acabó convirtiendo lo temporal en permanente. Alejandro, en lo más profundo de su alma, aunque lo quisiera negar, aunque le doliese pensarlo y lo considerase injusto consigo mismo, se sabía un perdedor en lo profesional. Era, a fin de cuentas, un simple vendedor de casas, engatusador de incautos, maestro en el arte de empaquetar humo.

En eso pensaba Alejandro al mirarse en el espejo de aquel bar. Los ojos que lo observaban fijos desde el espejo eran los de un hombre con una espina clavada, un hombre que, a menos que hiciera algo rápidamente, no iba a dejar un legado. No, ese hombre que se miraba en el espejo no iba a lograr trascender.

Otro cliente del bar entró en el baño y lo sacó de esas cavilaciones. Abrió el grifo, formó un cuenco con las manos y se llevó el agua acumulada a la cara. Repitió la operación cuatro veces y volvió a mirarse al espejo. Se preguntaba qué se hacía en un caso como aquel. ¿Pedía cita al médico de cabecera? ¿Iba a urgencias? ¿Esperaba a tener otra vez ganas de mear para ver si la orina salía transparente por arte de magia y ahí no había pasado nada?

La función que había desarrollado su mujer ya fallecida la había ocupado en los últimos meses su hermano, Moisés, que se había convertido en paño de lágrimas y sustento al que recurrir con problemas de toda índole: desde recoger a los niños cuando el trabajo no le daba tregua, a proveedor de fiambreras de comida más a menudo de lo que a él le gustaría. Él trabajaba en una fábrica de productos químicos y siempre en el mismo turno: de 6:00 a 14:00, lo que le dejaba toda la tarde libre para poder llevar a Julia a natación y a Manuel a fútbol muchos días. Cocinaba más que decentemente, así que a menudo se despistaba con las cantidades (o eso decía) y echaba tres raciones más de lo que correspondía para él solo. Y, claro, les llevaba lo que le sobraba.

De pronto, Alejandro vio claro que tenía que llamar a su hermano y contarle lo que acababa de pasarle. Miró el reloj. Las 11:04. Ni un minuto más ni un minuto menos. A esas horas, Moisés estaría trabajando y la producción no entiende de emergencias familiares. No iba a descolgar el móvil por apurada que fuese su situación porque no iba a enterarse de la llamada. Se aflojó la corbata, que de repente lo estaba asfixiando. Decidió que, por primera vez, iba a seguir las instrucciones que Moisés le había dejado por si algún día tenía una urgencia mientras él estaba trabajando. Agarró el móvil y marcó el número de teléfono de la fábrica. Al tercer tono, descolgaron.

—Buenos días. Me gustaría hablar con Moisés Retuerto.

—Espere un momento.

Al otro lado se hizo un silencio que Alejandro aprovechó para pensar qué le iba a decir a su hermano. Dudaba entre soltarle lo ocurrido a bocajarro o citarlo para hablar en persona. Dos minutos después, escuchó su voz.

—Moisés, soy Álex.

—¿Qué ha pasado? ¿Son los niños? —respondió su hermano. En su voz se intuía una angustia similar a la que se puede sentir cuando el teléfono suena a las 4:00 de la madrugada. Son esas ocasiones en las que antes de descolgar sabes que vas a recibir pésimas noticias.

—No, qué va. Ellos están bien, en el colegio —Alejandro se detuvo en seco, sin saber muy bien cómo continuar.

—¿Entonces?

—Soy yo, Moisés. Me ha ocurrido algo y… bueno… necesito hablar contigo.

Su hermano calló un instante, sopesando si la ocasión sería lo suficientemente relevante como para abandonar el puesto de trabajo en mitad de la jornada.

—Claro. Me cambio y salgo disparado para allá. ¿Dónde estás? ¿En casa?

—No… Estaba trabajando y, bueno, estoy en el Bar Balandro.

Alejandro estiró el cuello para tratar de ver el nombre de la calle a través del cristal de la cafetería.

—Llego en veinte minutos —acabó diciéndole Moisés tras tomar nota de la dirección.

El hombre dio varios sorbos rápidos a su café, que ya se había quedado frío, y observó a la clientela del bar. Alejandro volvía a sentir el mismo nudo en el estómago que había tenido los días posteriores a la muerte de Rita. Una de las peores cosas de aquello fue sentir su propia insignificancia al constatar que el mundo seguía con su ritmo, impasible, como si su desgracia no importara lo más mínimo, multiplicando de una forma dolorosa su sentimiento de soledad absoluta. Su mujer había fallecido de una forma repentina y traumática y el mundo continuaba como si nada, ajeno a la desdicha. Pues así se sentía otra vez él en ese momento.

Su hermano irrumpió en la cafetería con la misma urgencia de quien huye de un edificio en llamas. Miró a un lado y a otro hasta que lo vio y se acercó a su mesa en cuatro grandes zancadas.

—¿Qué te pasa? ¿Estás bien? —le preguntó alterado. Estaba totalmente descompuesto.

—No. Quiero decir… sí. No lo sé.

—Joder, Álex. ¿Qué pasa?

—He orinado sangre —soltó Alejandro.

Verbalizó esas tres palabras como quien dice: «Me acabo de morir».

Su hermano no dejó de mirarlo ni un segundo.

—Pero eso puede ser por muchas causas, ¿no? No es ningún certificado de muerte, si es lo que estás pensando.

Alejandro hizo un gesto con la mano, como intentando dar a entender a su hermano que no siguiera por ese camino.

—Ya. Pero ¿qué hago? ¿En estos casos se pide cita con el médico? ¿Se va a urgencias? ¿Qué?

Moisés Retuerto se pasó la mano por la cara.

—Me preguntas como si tuviese yo mucha experiencia en estas lides. Vamos a urgencias, ¿no? Y luego, Dios dirá.

Su hermano era un ateo convencido, así que aquella sentencia, en principio inocua, le causó no poco desasosiego.

El médico que habló con ellos tenía unos ojos azules como el agua del mar y una sonrisa que daba paz solo con verla.

Alejandro no pudo más que relajarse mientras aquel hombre hablaba y pensó que, probablemente, tanto la mirada como la forma de los labios del doctor tenían poco de improvisados. Eran, con toda seguridad, fruto de muchos años de experiencia, de mucho tiempo practicando el lenguaje corporal idóneo para que sus pacientes digiriesen mejor las malas noticias que, sin duda, estaba acostumbrado a dar.

—Ya sabemos de dónde viene la hematuria —dijo.

Alejandro le escuchó pronunciar esas palabras con tal serenidad que por un instante pensó que iba a recibir buenas noticias. Que todo se iba a quedar en un susto.

—Hemos encontrado un pólipo en la vejiga —soltó el doctor a continuación.

Una vez más, se expresó con tanta calma que el vendedor de casas pensó en un primer momento que aquello no era nada. Pero no. Poco después, Alejandro se dio cuenta de que la sonrisa calmada del médico estaba escondiendo una tempestad; de que sus ojos claros tapaban una realidad muy oscura; y de que había pronunciado la palabra «pólipo» para evitar otra bastante menos amable: tumor. Y, entonces sí, se sintió como un náufrago golpeado y a merced de las olas en medio de un enorme océano embravecido.

18

20:50 horas

LA PERIODISTA SE hizo a un lado para vomitar. No pudo evitarlo, por más que le diera reparo tener esa reacción tan visceral delante de tanta gente. En cualquier caso, no creía que nadie reparase en lo que ella estaba haciendo en ese momento. La escena que tenían delante era macabra, como sacada de una de esas películas de cine *gore* a las que ella era aficionada de adolescente. Argimiro Molina gritaba de puro dolor, de terror y desesperación. Estaba tumbado en el suelo, bocarriba. Su aspecto era terrible y daba la impresión de que mantenía la consciencia porque el dolor que sentía era tan inhumano que le impedía caer rendido. Pero lo peor sin duda era lo que estaba a su lado: el cuerpo (cadáver a todas luces) de Moisés Retuerto, que había tenido que sufrir un golpe fortísimo en la parte posterior de la cabeza, un poco por encima de la nuca, que le había desfigurado el cráneo. El rostro no había sufrido daños y los ojos miraban sin vida hacia la zona en la que Argimiro se desgañitaba. Tenía atada la muñeca a la del cadáver del escritor con una cuerda.

—¡La hostia! —El primero en hablar fue Fernando, que rápidamente se giró hacia Olivia—. Tenemos aquí la noticia del siglo y tú y yo sin cobertura y sin poder contárselo a nadie, ¿eh?

El comentario le provocó tantísima repulsión a Olivia que sintió un arrebato. Hubiese golpeado allí mismo a aquel insensible, pero era consciente de que eso solo habría empeorado la situación. El resto de los que estaban allí no escucharon aquella monstruosidad que había salido de la boca del periodista o, simplemente, prefirieron ignorarlo.

León dio unos pasos, se puso de rodillas junto al cadáver de su compañero, y rompió a llorar sin decir ni una palabra, desconsolado. Olivia sintió que se le revolvía de nuevo el estómago al ver a aquel hombre, que con ella se había mostrado esa misma tarde hostil y antipático, hecho añicos ante la muerte de su amigo.

Pedro y Juan tardaron solo unos instantes en reponerse del *shock* y se centraron en Molina. El dueño de la casa rural se quitó el abrigo y se lo puso por encima al herido, a modo de manta.

—¿Qué ha pasado, Argimiro? ¡Cómo ha podido suceder esto!

Olivia se dio cuenta de que Pedro estaba llorando.

—No lo sé. No sé qué hago aquí ni cómo he llegado. Sé quién es este hombre, porque lo he visto alguna vez en la tele, pero no sé quién le ha hecho eso ni por qué está aquí. Lo único seguro es que me estoy muriendo de dolor y de frío.

Ruipérez se acercó a él.

—¡Tienes que recordar algo! ¡No me puedo creer que no sepas nada! De momento eres el principal sospechoso de lo que acaba de pasar.

Pedro miró con los ojos húmedos y llenos de odio al agente literario de los escritores.

—¡Cállate, desgraciado! Vamos a llevar enseguida a este hombre a casa y ahora hablamos todos largo y tendido. Es horrible, pero lo de Moisés ya no tiene remedio. Centrémonos en salvarlo a él y luego veremos qué hacemos.

León se incorporó y se dirigió como un poseído hacia Pedro, lo agarró del jersey y le dio tal bofetada que aquel pobre hombre cayó al suelo como un saco.

—¡Tú eres el culpable! ¡No sé quién lo ha matado, pero tú eres el responsable! Si te hubieses limitado a cumplir lo que te pedimos, que la casa estuviese disponible solo para nosotros, esto no habría pasado. ¡Tú lo has matado!

Por primera vez desde que Olivia lo había conocido, vio en el rostro de Juan una expresión diferente. Era pura rabia. Y, de pronto, se arrancó como un cabestro y empujó a León, que cayó de espaldas sobre la nieve. Se puso encima de él y levantó el brazo. La periodista temió que cometiese un disparate, pero Félix y Pedro lo agarraron antes de que pudiera hacer nada y lo separaron del escritor. El dueño de la casa elevó la voz:

—¡Ya está bien! Vamos a hacer lo que yo os diga y, en cuanto hayamos salvado la vida a Argimiro, nos matamos a golpes entre todos y discutimos lo que haga falta. Ahora, tú, tú, tú y tú —dijo refiriéndose a Juan, a Félix, a León y a Fernando—, ayudadme y entre todos lo llevaremos a La Palloza. Habéis visto que no es mucha distancia, pero con la nieve y el desnivel va a ser trabajoso.

—¿Y qué hacemos con él? No pretenderás que lo dejemos aquí, tirado como a un perro —avisó Niño, señalando el cuerpo sin vida de Moisés.

—Volveremos a por él más tarde —zanjó Pedro—. Si no, dadas las circunstancias, la suya no va a ser la única desgracia de la noche.

Según pronunciaba esas palabras, la nevada volvió a arreciar. El hombre observó el nudo de la soga que Molina tenía alrededor de la muñeca. Quien fuera que hubiese anudado aquello lo había hecho con mucha fuerza y el notario tenía unas enormes heridas fruto de la presión, que a su vez le estaba cortando la circulación sanguínea a la mano. Por más que lo intentó, le fue imposible deshacer aquello.

—Vamos a necesitar un hacha, unas tijeras de podar, cualquier cosa.

Juan salió escopeteado rumbo al pueblo en cuanto Pedro pronunció esas palabras que, en realidad, no iban dirigidas a nadie en concreto. Luego, les dijo a los otros:

—Podemos estar seguros de una cosa: entre nosotros hay un asesino. Y os garantizo que vamos a saber quién es porque no hay muchos candidatos. No sois tantos los que estáis en este pueblo.

—¿Te estás excluyendo de los sospechosos? Porque para mí, desde luego, eres uno más. Incluso el principal —saltó con agresividad Niño.

—Solo estoy diciendo que quien haya sido puede estar seguro de que va a ser descubierto. Es más: le recomiendo que lo reconozca ahora para ahorrarnos la angustia que va a provocar esto.

Las luces de las linternas que llevaban se entrecruzaron. Se miraban unos a otros sin abrir la boca. Se mantuvieron así, en una actitud de tensión y vigilancia, hasta que Juan volvió con un hacha en la mano. Se acercó hasta donde estaba León Niño. La tensión era absoluta. Olivia observó con atención a aquel hombre, en cuyos ojos no se había apagado la ira. Era como si el ataque del escritor a Pedro hubiese activado algún mecanismo en el cerebro de Juan que ahora no había forma de apagar.

—¡Suelta el hacha, anormal!

La voz de Ruipérez retumbó en la oscuridad. Pero Juan no hizo caso. Siguió mirando fijamente, desafiante, a León, que no le quitaba ojo.

19

21:10 horas

PEDRO AVANZÓ HASTA ponerse a su lado y agarró la herramienta sin que Juan opusiese resistencia, aunque este no apartó ni un segundo la mirada llena de odio hacia el escritor. Lo observaba de una forma tan honda, expresando sentimientos desde tan adentro que a Olivia le dio miedo.

Ahora era el dueño de la casa rural quien tenía el hacha y se acercó al agente editorial. Habló con una tranquilidad que desentonaba con el ambiente.

—Te lo voy a decir otra vez y va a ser la última. Y os lo digo a todos. Se acabaron las faltas de respeto. Lo de «anormal» sobraba. Ahora vamos a llevar a este hombre a casa y a dejarnos de mamarrachadas.

Acto seguido, y de un golpe certero con el hacha, rompió la cuerda que ataba a Argimiro al cadáver de Moisés. Levantaron al herido entre todos y esta vez sí, en equipo, lo comenzaron a llevar en volandas.

Olivia se apresuró a alumbrar con su linterna el camino al resto del grupo, que a duras penas podía arrastrar a aquel hombre. Cuando llegaron a la casa rural, lo subieron a su habitación y lo acostaron en la cama como pudieron.

—Aquí no tengo gran cosa, pero esto te calmará un poco los dolores y quizá puedas descansar. En cuanto podamos, pediremos ayuda para que un médico pueda verte esos golpes.

Pedro le dio una pastilla a Argimiro, que no había tenido fuerzas para hablar desde que lo encontraron, y condujo al grupo al salón.

—Vamos a sentarnos todos a la mesa a intentar aclarar lo que ha pasado.

Irene y Lucas habían presenciado ojipláticos la entrada del grupo con Argimiro a cuestas y contemplaban perplejos el panorama. Todos tomaron posiciones alrededor de la mesa.

—El escritor Moisés Retuerto ha aparecido muerto, diría que lo han asesinado, en el interior de la iglesia. A su lado estaba Argimiro Molina en unas condiciones lamentables y atado al cadáver con una cuerda que, ya lo anuncio aquí para que no haya suspicacias, es mía. Tengo varias así junto a más herramientas en la caseta pequeña que hay al lado de este edificio. La puerta no estaba cerrada con llave, así que ha podido entrar alguien y llevarse cualquier cosa de allí.

Todos guardaron silencio.

—Tal y como yo lo veo —continuó Pedro—, solo hay algo claro: una de las personas que están alrededor de esta mesa ha matado a Retuerto y ha dejado a Molina aún más malherido de lo que estaba. Y tenemos que descubrir quién es para que no haya males aún mayores. No podemos saber qué otros planes puede tener. ¿Estamos de acuerdo?

Fernando Ocampo intervino:

—¿Y no puede ser que el asesino sea alguien del pueblo que no esté aquí?

—Esa posibilidad queda descartada —zanjó Pedro—. Todos los vecinos de Beresteira se van los fines de semana para vender en los mercados de los pueblos de alrededor. Las únicas excepciones, por razones de maternidad y paternidad, son Irene y Lucas, que viven ahí enfrente y que, como sabéis, están aquí porque su casa se ha quedado sin luz.

—¿Y qué se supone que vas a hacer? ¿Tomar las huellas al cadáver y compararlas con las de todos? —dijo en evidente tono irónico el periodista.

—Obviamente, no tenemos muchos recursos. Pero propongo que hagamos las cosas a la manera que se suelen hacer aquí: hablando, debatiendo y llegando a un acuerdo. Iré dando la palabra a todos y tendréis que decir el nombre de quién pensáis que ha matado al escritor y las razones que os llevan a señalar a esa persona.

—¿Y qué pasa con el que tenga más votos? ¿Lo echas de la casa de Gran Hermano? ¡Esto es absurdo! ¡Esto no es un *reality*! —se quejó el periodista.

Olivia dejó a un lado sus pocas ganas de hablar para apoyar a Pedro:

—Si tú tienes una idea mejor que no sea sentarte a ver pasar la noche y criticar todo sin proponer nada, estaremos encantados de escucharla.

Ocampo la mató con la mirada.

—Intuyo que tú tienes un candidato claro y seré yo, ¿verdad? Como no pudiste conmigo de una forma, ahora vas a por mí de otra.

—Volviendo a tu pregunta —calmó Pedro—. Quien consideremos que ha hecho la barbaridad de matar a un hombre tendrá que ser custodiado por el resto hasta que la situación mejore y alguien pueda venir a ayudarnos. ¿Estamos de acuerdo con el sistema?

—Empiezo yo —bramó León—. Es evidente que ha sido el raro. ¿Cómo lo llamáis? El mudo.

Juan miró con un odio absoluto al escritor. Había dejado atrás esa mirada inexpresiva y perdida que había mantenido hasta entonces y ahora era puro fuego. Pedro habló sin perder la calma mientras se levantaba y buscaba algo en los cajones de la cocina.

—¿Qué te hace pensar que ha sido él?

—Creo que está claro y que es evidente: este pobre idiota no está en sus cabales. Solo hay que ver la reacción que ha tenido en la iglesia. Me ha agredido y si no llegáis a pararlo, me mata. Eso por no hablar de lo que ha hecho después, cuando, hacha en mano, ha estado a punto de cometer otro disparate.

Pedro agarró un cuaderno y un bolígrafo, se sentó de nuevo a la mesa y apuntó el nombre de Juan y, al lado, colocó una marca. A Olivia aquel sistema le recordó a la forma que tenían los mayores de llevar la puntuación de las partidas de cartas y no pudo dejar de sentir cierta repulsión por lo que estaba ocurriendo allí. Habían matado a un hombre, y no a cualquiera, y exceptuando la primera reacción de León, nadie parecía demasiado afectado. El sistema de puntuación, como quien vota al delegado de clase, no hacía más que aumentar la sensación de irrealidad que la envolvía desde que había llegado al pueblo.

—Muy bien. Juan, tienes un voto por el momento. El resto, cero. Ahora, si os parece, hablaré yo y expondré cómo veo el asunto. Os aviso de que quizá me extienda, pero lo considero necesario.

Ocampo se inclinó hacia atrás en la silla, en un gesto de aburrimiento y total desinterés por lo que estaba ocurriendo allí.

—Creo que quien ha matado a Moisés ha medido muy bien los tiempos —empezó explicando Pedro—. Ha tenido que aprovechar uno de los momentos en que no había nadie en la puerta de la casa para conducir tanto al escritor como a Argimiro hasta la iglesia. Por tanto, pienso que solo hay dos opciones: o Moisés fue por su propio pie hasta allí, todavía vivo, u obligatoriamente esta atrocidad ha sido obra de dos personas. Es imposible que un ser humano cargue con dos cuerpos por la nieve en tan poco tiempo.

El silencio en la habitación se hizo espeso. A Olivia la asfixiaba el ambiente, que además estaba cargado de olor a leña quemada de la cocina bilbaína. Diría que incluso había una especie de neblina en la estancia. La periodista constató, tras escuchar el razonamiento de Pedro, que no tenía ni un pelo de tonto. Puede que muchos en aquella sala lo menospreciaran, pero a sus ojos tenía una cabeza privilegiada, con todo lo que ello podía suponer, para bien y para mal.

—Vamos a suponer que han sido dos los autores —prosiguió—. Pudieron aprovechar el momento en que todos nos fuimos a la casa de Lucas e Irene, a ayudarlos a traer al bebé y sus cosas, para cometer la atrocidad. En ese caso, como ya habréis deducido, mis candidatos son Félix y León.

Ambos se pusieron en pie. Habló Félix, escupiendo saliva en cada palabra:

—¡Es inadmisible! Si me estás acusando de algo, tendrás que aportar pruebas, y muy convincentes, de lo que dices. Si no, vas a tener graves problemas en cuanto salgamos de aquí.

—Esto ahora mismo no funciona exactamente así. ¿O los argumentos que ha presentado León contra Juan son poderosos? Ya te anticipo yo que no —respondió con tranquilidad Pedro—. Hemos aceptado jugar con estas reglas. No somos detectives, ni policías, ni tenemos a nuestra disposición recursos para aportar pruebas sólidas. No acusamos de nada, solo planteamos hipótesis. Quien tendrá que dictaminar realmente qué ha pasado será la Guardia Civil cuando podamos avisarlos. Ahora solo hay que decidir qué tesis es la más plausible para someter a vigilancia al que, entre todos, consideremos el mayor sospechoso.

Esas palabras parecieron amansar a los dos hombres. Olivia tomó la palabra:

—Creo que tu teoría tiene un fallo.

Pedro la observó serio pero calmado.

—Adelante.

—Si ellos dos hubiesen salido de la casa cuando nosotros estábamos fuera, al volver nos habríamos fijado en el rastro que habrían dejado en la nieve. Y no vimos nada.

—O puede que lo viésemos y diésemos por hecho que era el rastro que nosotros mismos habíamos dejado al salir —contraatacó Pedro.

—Puede que sí. Pero el camino a la casa de Lucas e Irene y el camino a la iglesia comparten muy pocos metros. Para ir al templo hay que desviarse enseguida. Creo que habríamos visto algo que no cuadraba, como una bifurcación en las huellas.

—¿Con la pésima iluminación de nuestras linternas? Te digo por experiencia que es muy difícil darse cuenta de eso con tan poca luz en el exterior. Me temo que es imposible comprobarlo.

Félix Ruipérez, todavía muy alterado, levantó la voz:

—¡Es absurdo! ¡No puede haber un plan en el mundo que nos convenga menos que deshacernos del autor de un libro superventas, que es una auténtica máquina de hacer dinero!

A Olivia le temblaba todo el cuerpo cuando dijo lo que creía que estaba obligada a decir:

—Y, sin embargo, yo escuché cómo discutíais, y mucho, entre vosotros esta misma tarde.

Todas las miradas se dirigieron hacia ella. Incluso Ocampo dejó aquella pose de indiferencia y se puso a escuchar con interés.

—Yo estaba aquí, acababa de llegar del exterior, cuando tú, Félix, bajaste las escaleras. Dijiste algo como que nadie podía saber lo que habíais hecho vosotros tres, que el escándalo sería enorme y que eso continuaría siendo vuestro secreto.

Olivia sintió que había soltado una bomba directa a los pilares de Niño y Ruipérez, que esta vez no reaccionaron.

—¡La virgen! —exclamó Fernando.

—Claro, es evidente que hemos matado a Moisés, nuestro amigo de toda la vida, por una de las muchísimas discusiones habituales que hay cuando se prepara un evento de la magnitud del que tenemos entre manos. ¡Cómo no! —exclamó León.

Pedro dio un golpe con el cuaderno sobre la mesa, como si quisiera poner en orden los folios.

—Ciertamente esta información es fundamental. Pero yo no había acabado mi reflexión. En realidad, no son ellos quienes creo que han cometido esta tropelía. Aunque solo fuera por su propio interés, no les convenía eliminar a Moisés justo en el momento en que más lo necesitaban.

—¡Por fin alguien dice algo coherente! —celebró el agente.

—En mi opinión, y repito que es mi opinión, los que más papeletas tienen de haber hecho esto son Lucas e Irene.

Pedro soltó la frase y se calló, esperando respuestas. Pero no las hubo. La pareja se quedó petrificada mirando sin pestañear al dueño de la casa.

—Como tengo que dar argumentos, pero no quiero entrar en muchos detalles íntimos, me limitaré a deciros que ninguno de los dos está de acuerdo con que en el pueblo haya un proyecto de turismo. Han intentado saboteármelo por todos los medios y, como no han podido, han entrado en una nueva fase totalmente desquiciada, que es intentar amedrentar a los turistas. Puede parecer gracioso, pero creen que me he sumado al turismo de masas que tantos estragos está causando en otras partes de España. Olivia puede dar fe, porque ya ha sufrido alguna de sus tretas. Mi hipótesis es que han querido dar otro susto a quienes se hospedaban aquí, aprovechando, además, su fama. Y se les ha ido la mano. No digo que lo hayan hecho queriendo. Pero sí afirmo que han podido hacerlo. Si me preguntáis cuándo, también tengo la respuesta. Cuando todos subisteis a las habitaciones, Olivia, Juan y yo nos quedamos ahí atrás, en la pequeña sala que parece un reservado aparte del salón. Desde esa posición no se ve la entrada de la casa. Y, si consiguieron ser discretos, tampoco se oye gran cosa desde allí.

Dicho eso, Pedro bajó la cabeza para mirar su papel, escribió el nombre de Irene y de Lucas y colocó sendas marcas a su lado.

—Y, digo yo, ¿nadie nos podía haber avisado antes de venir de estos duelos a garrotazos que hay en este pueblo? Como hayáis sido alguno de vosotros, os habéis arruinado la vida —advirtió Niño, que parecía descolocado con el último giro de guion en la exposición de Pedro.

Hubo un *impasse*, como si todos estuvieran digiriendo las cartas que se iban poniendo sobre la mesa. A Olivia la situación le empezaba a recordar a *Doce hombres sin piedad*, la película dirigida por Sidney Lumet, pero sin necesidad de aportar tantos argumentos como en aquella historia en la que un jurado popular debía decidir si un acusado de asesinato era culpable o inocente.

—Por alusiones, creo que ahora me toca intervenir a mí —dijo levantando la mano Lucas. Pedro asintió con la cabeza—. Seré muy breve. Como aquí estamos destapando ya todo, allá voy yo también. Yo creo que el asesino es el Mudito. Y tengo una poderosa razón para asegurarlo.

Como en un partido de tenis, todas las cabezas se giraron hacia él. Pedro aguardaba acontecimientos, pero Lucas no arrancaba.

—Adelante. Estamos todos esperando a oírlo.

—Creo que ha sido Juan, porque ya ha demostrado que es capaz de matar. Por si no lo sabéis, Juan mató a un hombre. Juan ya era un asesino antes de esta noche.

20

Beresteira, agosto de 1979

Isolina Seoane no era capaz de recordar qué es lo que pasó exactamente aquel día. Sí sabía que, al ver a su hijo Juan de pie en medio del camino, contemplando el cuerpo inerte de su padre, ella empezó a gritar. Fue una reacción un tanto animal, histérica, irracional, porque por mucho que se desgañitase nadie iba a escucharla. Las casas del pueblo, todas ya abandonadas, eran fantasmas que rodeaban aquel drama con el que Beresteira cerraba su historia. Una historia que se quedaría en punto muerto hasta que décadas después un tal Pedro González llegase allí con la loca idea de resucitar el pueblo.

—¿¡Qué has hecho!? ¡Juan! ¿Qué ha pasado?

La mujer corrió hasta donde estaba el niño, que miraba con ojos vacíos a su padre sin mover un músculo. Isolina se agachó con su bebé en brazos y comprobó lo que a todas luces era una obviedad: su marido estaba muerto. El Renault 7 le había pasado por encima como un misil y el vehículo había ido a estamparse contra un árbol un poco más abajo. La mujer rompió a llorar y su hijo más pequeño la siguió. Por una vez, a ella no le importó el desconsuelo del niño. Siguió llorando y gritando desesperada, mientras Juan observaba la escena como si una fuerza sobrenatural le hubiese clavado los pies en ese punto del camino.

Aunque pasaron los años, Isolina nunca pudo recordar cuántos minutos se detuvo el tiempo así, pero estaba segura de que no fue menos de media hora. Luego consiguió levantarse y, tratando de recobrar la compostura, se acercó a Juan. Le acarició la cara y le apartó de la frente el pelo que se asomaba por allí.

—Cariño, me tienes que contar qué ha pasado. No te preocupes por nada, no te va a suceder nada malo. Solo dime: ¿cómo es posible que el coche haya atropellado a papá? ¿Lo arrancaste tú?

El niño se quedó mirando a su madre un buen rato, con aquellos ojos perdidos que lo acompañarían ya para siempre, sin pronunciar una palabra. Era como si no reconociese a la mujer que tenía delante.

—Amor mío, sé que lo que acabas de ver es durísimo. Escúchame: seguramente es lo más duro que vayas a ver en tu vida. Y entiendo que estés impactado y que no quieras hablar. Pero es que eres el único que sabe qué ha pasado, nos lo vas a tener que contar.

Isolina no podía saberlo en aquel momento, pero nunca más en su vida escucharía la voz de su hijo. Sin teléfonos cerca (la línea fija seguía sin llegar a aquel pueblo) ni ninguna forma viable de pedir ayuda, la mujer arrancó a andar camino abajo con su bebé en brazos y Juan de la mano. En aquella época, todavía había núcleos de población más o menos habitados cerca de Beresteira, así que no le llevó más de cuarenta minutos de caminata alcanzar la casa de Isaías Castro, la primera vivienda del pueblo más cercano, Reixas, que pocos meses después también pasaría a aumentar la lista de núcleos abandonados.

—¡Han matado a Venancio! —gritó la mujer, que se dio cuenta de inmediato del verbo que había utilizado. Eso, una simple palabra, fue seguramente el inicio de la leyenda que perseguiría de por vida a Juan y que le colgó el cartel de asesino de su padre para los restos.

Castro, que estaba trabajando en el huerto, se sobresaltó al ver a Isolina, cuya familia conocía de siempre. Corrió a su encuentro y agarró al bebé en brazos para aliviar un poco la carga de la mujer, que parecía al límite de sus fuerzas.

—¿Qué dices? ¿Qué ha pasado?

La mujer relató lo que había visto: cómo había escuchado un estruendo y cómo había salido de la casa y se había encontrado la macabra escena en el camino. Isaías Castro miró a Juan, que permanecía inmóvil junto a su madre, los ojos clavados en aquel suelo de tierra.

—Y el chiquillo, ¿qué dice?

—Se le ha comido la lengua el gato —replicó parcamente Isolina entre lágrimas.

—Juan, ¿me oyes? Nos tienes que contar qué ha pasado porque, si no, vamos a pensar que la culpa es tuya.

Pero el niño no movió los labios, como si no hubiese escuchado la acusación velada que le estaban haciendo y que fue la primera de las muchas que tuvo que soportar en su vida. Su madre tampoco puso objeción al comentario de aquel vecino, que montó a la familia en su vieja furgoneta y los llevó hasta el puesto de la Guardia Civil más cercano, en Castrofeirín. Allí, un agente tomó nota del relato de Isolina, se echó hacia atrás con las manos sobre la barriga y observó con detenimiento al niño.

—¿Y dice usted que fue justo antes de salir para Madrid y que el chico no quería dejar el pueblo?

—No había manera de convencerlo. Era hablar de irnos y se ponía como un loco, y él nunca había sido así. Había sido un niño muy educado, una maravilla de niño.

—Ya veo —observó el agente sin quitarle ojo a Juan, que seguía con la mirada perdida, en este caso centrada su atención en un viejo mapa de Galicia que colgaba en la pared, detrás del sitio donde estaba sentado el guardia civil—. ¿Y usted qué piensa? —le dijo con calma a la mujer.

—Pienso que mi marido está muerto, eso es exactamente lo que pienso. Y que nos vamos a ir de ese maldito pueblo, ahora más que nunca. No puedo quedarme allí y no creo que pueda volver nunca al escenario de mis pesadillas.

—¿Y tú no dices nada? Acabas de escuchar a tu madre, os vais a marchar del pueblo y no vas a volver jamás.

El agente estaba provocando de forma un poco torpe al niño para que hablase, pero este no pestañeó. El guardia civil siguió con los ojos la trayectoria de la mirada del pequeño hasta que vio el plano gigante que tenía a su espalda.

—Sí, míralo, míralo bien, que a partir de ahora me parece que solo vas a ver Galicia en los mapas.

—Da igual lo que se le diga, es como si se hubiese quedado mudo. Sordo y mudo, eso es —recriminó Isolina.

—No se preocupe, señora, los niños son así. Pero ya verá que pronto acaba hablando y contando con pelos y señales lo que pasó. Ya lo verá.

21

22:05 horas

LAS PALABRAS DE Lucas cayeron como dinamita sobre la vieja mesa de madera del salón de La Palloza. Nadie movió ni un músculo. Tampoco Juan, que permanecía impasible mirando a Lucas. Fue, una vez más, Fernando Ocampo, el único que se atrevió a intervenir, muy en su estilo:

—¡Arrea! ¡Esto se pone interesante! Y yo sin palomitas.

—Me imagino —dijo Pedro, sin prestar atención al comentario del periodista— que tienes pruebas o al menos argumentos que sujeten esa acusación tan seria que acabas de hacer.

—¿Quieres pruebas y argumentos? La historia de cómo mató Juan a su padre es tan vieja que todo el que ha pasado aquí más de dos meses la sabe.

—Bueno, pues haznos un resumen a los recién llegados —pidió Ocampo con sorna.

Lucas miró a su mujer, que sostenía en brazos a su hijo y que parecía evitar cruzar la mirada con la de su marido. El hombre dudó un poco.

—Claro, adelante, cuéntanos a todos la leyenda —animó Pedro, remarcando esa última palabra.

—Lo que siempre se ha dicho en el pueblo es eso, que Juan dejó de hablar el mismo día que mató a su padre. Era un niño, no tendría más de ocho años, y vivía aquí, en Beresteira. Su familia fue la última en irse del pueblo antes de quedar definitivamente abandonado. Pues bien, para intentar impedirlo, porque no quería dejar su hogar, Juan aprovechó un descuido de su madre, arrancó el coche que ya estaba cargado con todo el equipaje para emigrar, y pasó por encima de su padre. Le sirvió de poco, porque se fueron igual. Pero él no habló nunca más, se supone que por el trauma que le generó la atrocidad que había cometido.

—¿Alguien fue testigo de cómo sucedía eso? —preguntó Pedro.

Olivia se dio cuenta de que el hombre sabía la respuesta, pero trataba de dejar al descubierto las costuras de la teoría de su vecino.

—Obviamente no. En el pueblo no quedaba ya nadie. Su madre estaba en casa y de la escena solo fueron testigos su pobre padre y él. Nadie vio lo que pasó, pero sí está claro que él estaba vivo y su padre había muerto atropellado por su propio coche. Muchas más posibilidades no hay.

—Entonces, lo que estás diciendo —volvió a tomar la palabra Pedro— es que acusas a Juan de haber matado a un hombre esta noche basándote en una simple leyenda ocurrida hace cuarenta años. Es eso, ¿no?

—Acabas de decirle a ese hombre —dijo Lucas, y señaló a Félix— que aquí no acusamos, que solo planteamos hipótesis. No me negarás que mi razonamiento es, como mínimo, plausible.

Pedro guardó silencio. Olivia sabía que Lucas acababa de darle de su propia medicina y que aquella reflexión tenía pocas contestaciones posibles. El dueño de La Palloza claudicó y dibujó otro palito junto al nombre de Juan.

—El resultado entonces iría así: Irene y Lucas, un voto. Juan, dos votos.

—Que sean tres. El argumento de este hombre es perfectamente válido y cabal. De los aquí presentes me parece que el tal Mudito es el único con antecedentes o al menos fama de ser un poquito asesino. Para mí es más que suficiente —terció Ocampo.

Pedro negó con la cabeza, pero sumó otro voto a su compañero. Félix levantó la mano.

—Mi voto también es para él por dos motivos: el primero, la reacción absolutamente violenta que ha tenido contra León, propia de alguien que no controla sus impulsos. Si a eso le añadimos lo que acabamos de escuchar…, creo que no hay muchas dudas. Como mínimo, está quedando claro que este ser es un peligro para todos.

Pedro no levantó la cabeza esta vez.

—El recuento quedaría entonces encabezado por Juan, con cuatro votos, seguido de Irene y de Lucas, con uno cada uno. Solo quedan tres personas por hablar: Olivia, Irene y el propio Juan. Esto quiere decir que solo un voto más convertiría a Juan en el sospechoso principal al que habría que vigilar hasta que llegue la Guardia Civil.

Olivia sabía que era su turno, a pesar de que estaba hecha un lío. Lo único que tenía claro era que, pese a su desconfianza inicial, Pedro no podía haber matado a aquel hombre porque había pasado la tarde con ella. No podía poner la mano en el fuego por nadie más.

—Mi voto es para Lucas —soltó no sin reprimir el asco que le daba participar en ese repugnante sistema de votación.

El hombre le dedicó una mirada de perplejidad. Fernando bramó:

—¡Milagro del Señor que esta mujer no me acuse de algo esta vez!

La periodista hizo como que no había escuchado el comentario, aunque lo cierto es que provocó que algo se removiera dentro de ella hasta el punto de sentir una náusea.

Se obligó a seguir.

—Pedro os ha dicho antes que yo he sufrido las tretas, creo que las ha llamado así, de Irene y de Lucas, que están intentando espantar a los turistas que vienen a La Palloza porque no están de acuerdo con este negocio. Yo, para ser justa con lo que ha pasado, tengo que sacar de esta ecuación a Irene, porque no estoy segura de que haya hecho algo.

La mujer miraba a su bebé sin levantar la cabeza. A Olivia aquel lenguaje corporal le parecía el de alguien que se avergüenza por algo.

—Al poco de llegar esta tarde al pueblo, alguien ha rayado mi coche para escribir sobre el capó la palabra «VETE». Luego me han hecho llegar una nota en la que se me apremiaba a irme de aquí, porque, según decía, Pedro no era de fiar. Y, por último, Lucas me ha asaltado en el camino para decirme lo mismo: que Pedro es un traidor y que cuente a todo el mundo lo que está pasando aquí. Como sé que Pedro no ha hecho nada, porque ha pasado la tarde conmigo, solo puedo pensar que Lucas se mueve por odio hacia él. Y el odio es capaz de llevar a las personas a terrenos que jamás habrían pensado pisar, como matar a un hombre.

Sin decir nada ni invitar a Olivia a decir más, Pedro colocó una señal junto al nombre de Lucas.

—La cosa quedaría así hasta ahora: Juan, cuatro votos; Lucas, dos votos; Irene, un voto.

—¿Y el mudo cómo va a votar? —Ocampo parecía decidido a seguir en su papel de secundario tocapelotas.

Pedro no dijo ni una palabra, simplemente miró a Juan. Este, de inmediato, señaló de forma inequívoca con el dedo índice a Lucas, que estaba sentado justo enfrente de él. Mientras hacía ese gesto, abrió mucho los ojos e hizo un movimiento extraño con los labios. Por un instante, Olivia creyó ver que pronunciaba la palabra «tú», aunque de su garganta no salió sonido alguno. Era, en cualquier caso, el momento en que más cerca había estado Juan de hablar en toda la velada.

—¡Hay que joderse! —exclamó Lucas—. Pero es evidente que esto lo hace para vengarse de mí por haber destapado aquí sus trapos sucios. ¿Y en qué se basa para acusarme? ¿No hay que argumentar los votos? Pues que hable.

La periodista vio que Juan se ponía rojo, mirando a su vecino. Pero se quedó ahí.

—Es evidente que no va a poder hacerlo —avisó Pedro.

—Estupendo. Propongo entonces que este voto no sea válido porque viola las normas que se han impuesto —señaló Lucas, que contó con el apoyo inmediato de Félix y de León.

—¡Que vote! ¡Que no se acabe nunca este espectáculo! —gritó Ocampo, que definitivamente parecía estar disfrutando a lo grande con aquello que, a ojos de Olivia, era a todas luces un esperpento.

—Votos a favor de que la opinión de Juan se tenga en cuenta —anunció Pedro antes de levantar la mano.

La periodista no podía creerse que ese sistema de locos para impartir justicia se estuviese asumiendo con la mayor naturalidad por parte de todo el mundo tras el asesinato de una persona, pero se vio abocada a levantar la mano. Juan también lo hizo. Y también Fernando.

—Cuatro votos a favor. El resto, supongo, estáis en contra, lo que provoca un empate a cuatro.

—No hay empate. Yo también levanto la mano.

La voz de Irene retumbó en la sala y pilló por sorpresa a todo el mundo, especialmente a Lucas, su pareja, que volvió la cara hacia ella, estupefacto.

—Perfecto. Entonces se da por bueno el voto de Juan. Recuento hasta ahora: Juan, cuatro votos; Lucas, tres votos; Irene, un voto. Falta solo Irene por votar, así que será ella quien decida el resultado —anunció Pedro.

—¡Pues ya está! ¡El mudo es el culpable! ¿Los demás nos podemos ir ya a descansar? —preguntó Ocampo.

Pero entonces sucedió en La Palloza lo que nadie, lo que absolutamente nadie, vio venir. Irene, que estaba dando el pecho a su bebé, se lo apartó con delicadeza, se colocó la ropa y habló con una tranquilidad pasmosa.

—Lo siento. Mi voto es para Lucas.

En ese momento sonó un cañonazo, como si alguien hubiese accionado el mecanismo a propósito, y todos brincaron en su asiento.

22

22:20 horas

—Y, AHORA, QUIERO explicarme —pidió aquella mujer con la misma calma con la que había acusado a su pareja de asesinato.

—Ardo en deseos de oírte —avisó Lucas.

—¡Y yo! —gritó entusiasmado Ocampo.

—Realmente no creo que Lucas haya matado a ese escritor. Pero sí es cierto que el odio hacia todo lo que representa Pedro ha ido creciendo en él hasta llegar a unos extremos que nunca pensé que podría alcanzar. No sabía lo de tu coche —dijo mirando a Olivia—, pero te pido disculpas en nombre de mi familia. No somos así. No queremos ser así. Por muchos desacuerdos que tengamos con el dueño de esta casa, estos ataques no están justificados.

—¡Pero si acabas de decir que no crees que yo lo haya hecho! ¿Por qué me acusas?

—Porque después de lo que ella ha contado que la has hostigado, ya no estoy segura de quién eres ni de qué eres capaz de hacer.

—¡Por Dios bendito! ¿Crees que soy un asesino?

—No lo sé. Pero ya no puedo estar segura.

—¡Mírame a la cara! ¿Crees que soy el culpable? ¡Si no nos hemos separado esta noche! —la voz de Lucas subía de volumen a pasos agigantados.

De repente, como si un resorte se hubiese activado en su cabeza, Irene dejó atrás toda esa calma de la que había hecho gala hasta ahora y miró con dureza a su pareja. Olivia casi podía ver cómo le enseñaba los dientes.

—¿Quieres que siga hablando? De verdad, ¿quieres que hable? ¿Quieres que cuente lo que no te conviene que cuente?

Las preguntas quedaron flotando en la cada vez más cargada sala de estar de La Palloza. Lucas, que se había incorporado, se dejó caer contra el respaldo de su silla, en un gesto que dejaba claro que se había rendido.

—Cuenta, cuenta —dijo Ocampo, cuya actitud era más propia de quien está contemplando una obra de teatro.

Irene se volvió hacia él.

—Creo que mi postura ha quedado bastante clara. Con eso es suficiente.

Pedro se había quedado embelesado viendo la escena y tardó un poco en reaccionar.

—El resultado da, por tanto, un empate. ¿Alguien quiere cambiar su voto?

—¡Lo estás disfrutando, traidor! —Lucas parecía ahora fuera de control. Miró a Olivia—. Escúchame bien, si te he dicho que este tío es un traidor, no es solo por haber montado aquí su pequeño Benidorm. Este hombre que ves ahí, con esa pinta tan apacible, ha hecho cosas peores. Mucho peores que esa.

Las miradas se dirigieron de inmediato a Pedro, que observaba a Lucas mientras daba vueltas con las manos al bolígrafo que utilizaba para apuntar los votos. Pero no fue él quien habló, sino Irene.

—Lucas, por favor, cállate. Al final vas a hacer que hable de cosas que ahora mismo no vienen a cuento.

Pedro saltó por encima de todo aquello y se dirigió al resto.

—Repito, ¿alguien quiere cambiar su voto? Si todos mantenemos lo que hemos dicho, tendremos que vigilar a dos personas esta noche: a Juan y a Lucas.

—¡Como los evangelistas! Faltan Mateo y Marcos. —Ocampo disfrutaba cada vez más con la situación—. Pues sí, yo cambio mi voto. Este tío no me parece trigo limpio. Ni su mujer se fía ya de él, así que tiene que esconder algo muy chungo.

A Olivia le pareció ver un gesto de satisfacción en la cara de Pedro, que dejó el bolígrafo en la mesa y se levantó, solemne.

—Entonces será Lucas el que quede sometido a vigilancia durante la noche y hasta que alguien pueda venir a ayudarnos. Se quedará en la pequeña sala que hay al fondo de esta estancia. Haremos guardias de dos en dos. Me ofrezco a hacer el primer turno junto a Olivia, si ella no tiene inconveniente. En dos horas nos darán el relevo Félix y León. Quienes estén vigilando pueden quedarse en este mismo salón. La única condición es que el sospechoso no salga de su sala. Si tiene que ir al baño, en la parte de arriba, habrá que acompañarlo hasta la misma puerta.

—¡No me puedo creer nada de lo que está pasando! ¿Vais a convertir ese cuartucho en una celda?

—Las normas están claras. El resto, mientras no tenga guardia, puede ir a su habitación a descansar. Juan y yo haremos turnos también en la habitación con Argimiro, para vigilar que esté bien y ayudarlo rápidamente si le pasa algo. ¿Preguntas, ruegos y súplicas?

Nadie habló. Lucas se levantó furioso y, sin decir palabra, se metió en el pequeño cuarto que le correspondía. Con eso, quedó desconvocada la reunión y cada cual se fue a su habitación.

23

Santander, 2 de febrero de 2015

SALIERON DEL HOSPITAL con el tiempo justo para llegar al colegio. Julia y Manuel se volvieron completamente locos cuando vieron a Moisés en el patio, esperándolos junto a su padre. Alejandro se alegraba, aunque no podía evitar sentir una cierta envidia, cuando intuía en los ojos de los niños un destello de orgullo al ver a su tío.

—¡El hermano de mi padre trabaja en la fábrica más grande que existe!

Su hijo decía eso, entusiasmado, cada poco tiempo a sus amigos. Alejandro lo observaba con la tranquila certeza de que jamás ocurriría una escena así respecto a él. ¿Qué iba a decir aquel chiquillo de su padre?

Vio con claridad en los ojos de los niños al contemplar a su hermano que no hacían falta grandezas para que un hijo se sintiera orgulloso de su padre. Quizá es suficiente con no ser un timador, una pieza del sistema de engranajes que lleva a la ruina a la sociedad. Lo que él sentía que era, en resumen. ¿Dedicar todos los años de tu vida a apretar la misma tuerca de la misma pieza en una fábrica? ¿Vender libros en una librería? Con eso es suficiente. No es necesario ser Mahatma Gandhi, ni Alexander Fleming ni Pablo Picasso.

Moisés, Alejandro y los niños hicieron el camino de regreso en silencio. Para aquel vendedor de casas, el volumen de los gritos en un coche es el mejor termómetro para detectar si ocurre algo en una familia. La ecuación es simple: cuantos más decibelios, mayor felicidad. Y aquello, esa tarde, parecía un velatorio.

Comieron y los niños se fueron a sus habitaciones a hacer los deberes. Alejandro y su hermano se volvieron a sentar a la mesa.

—Te lo veo en los ojos, hermano, estás ya pensando en qué música quieres que suene en tu funeral.

Alejandro tomó un sorbo de agua. No respondió.

—Eso es que sí, claro. Pero vayamos paso por paso. Ahora toca eso.

Con «eso», Moisés se refería a una operación. El médico de ojos marinos y sonrisa suave les había explicado que lo más sensato sería extraer el «pólipo» con una sencilla intervención para la que no era necesaria cirugía de bisturí. Había algo en todo aquello que angustiaba a Alejandro, y no tenía que ver ni con los hospitales ni con las enfermedades. Se trataba de las palabras. Sustituir «tumor» por «pólipo»; «cáncer» por «la enfermedad» y «eso», como acababa de mencionar su hermano, por la «operación» le causaba palpitaciones. Poner nombre al maligno lo hace menos temible, más asequible. Tratar de referirse a él con mil eufemismos, como si su propio nombre causase la muerte, hace creer a uno que lo que tiene delante es de una fuerza tan insondable que es mejor ni mencionarlo.

—¿Qué va a ser de los niños? —preguntó a bocajarro Alejandro, intentando llevar la conversación por un camino alejado del que había planteado su hermano, que lo miró un tanto descolocado.

—¿Cómo que qué va a ser de los niños? ¿Qué dices? ¿Piensas que te vas a morir ya? Tienes un pólipo, ¿me oyes? Todavía no sabemos si es bueno o malo.

«Malo», pensó Alejandro. La palabra perfecta para esquivar «canceroso».

—Un tumor en la vejiga es casi siempre maligno, Moisés. Puede que no me muera y que viva cien años, pero llegados a este punto hay que contemplar todos los escenarios.

Su hermano se levantó de la mesa y se puso a dar vueltas por el salón.

—Lo que quieres saber es qué va a pasar con los niños si palmas, ¿no? ¿Es eso? Pues te lo digo: se quedarán conmigo. No tengo grandes gastos, ni pareja, ni intenciones de tenerla. Con mi sueldo podemos vivir los tres sin problemas. ¿Contento?

Alejandro comenzó a juguetear con el vaso, ya vacío, que tenía en la mano, dibujando círculos en la mesa con su parte inferior.

—Sí, contento. Y tranquilo. Pero hay algo que me ronda la cabeza desde hace tiempo, que me preocupa. Y siento que ahora se me puede estar acabando el tiempo.

Su hermano lo miró entrecerrando los ojos, evidenciando que no tenía ni idea de por dónde iba.

—¿Qué van a pensar Julia y Manuel de su padre cuando crezcan? Y más todavía si me he muerto.

—¿Te estás escuchando, Alejandro? Estás delirando. No tiene sentido ahora mismo ponerse así. Vamos a ir paso a paso.

—No son delirios, Moisés. Lo llevo pensando años, desde que nació Julia. Aunque no me muriese ahora: ¿qué legado voy a dejarles? Cuando tengan cincuenta años y recuerden a su padre con sus amigos, ¿qué crees que van a decir? Me aterra la idea de irme sin trascender.

—¿Qué es para ti trascender?

—Ir más allá. Seguir estando cuando ya no estás.

Moisés guardó unos instantes de silencio.

—Pues entonces, ya has trascendido.

Alejandro lo miró, confuso.

—Lo que quiero decir es que, si tu desvelo es dejar algo en el mundo a través de lo que se te pueda recordar, que al final es como decir que no quieres morir del todo, ya lo has hecho. Los hijos son, al final, una forma de seguir con vida cuando ya no estás.

El vendedor de casas hizo un gesto con la mano, como descartando aquella idea.

—No quiero convertirme nunca en agua pasada. Tampoco una vez muerto. Y voy camino de serlo.

24

Santander, 4 de marzo de 2015

Un mes después de lo que los médicos llamaban pomposamente hematuria, que es simple y llanamente orinar sangre, Alejandro Retuerto se sometió a la primera cirugía. La intervención no duró más de una hora y su hermano fue el encargado de hablar con el doctor. Aquellos ojos claros transmitían dureza ese día. No había ni rastro de la sonrisa apaciguadora de la última vez. A Moisés le dio la impresión de estar frente a una persona distinta, como si un actor se hubiese despojado de su careta y estuviese mostrando entonces su verdadera cara. El médico estaba sentado en el pico de una mesa. Una pierna le colgaba en el aire y apoyaba la otra en el suelo. Llevaba una bata verde y pantalón del mismo color, un tono que a Moisés le desasosegaba porque le recordaba, precisamente, a ocasiones como aquella. El ambiente olía a desinfectante, pensó él, aunque el olor a limpieza extrema le resultaba en aquel momento insultantemente sucio. De la pared colgaba un cuadro de la playa del Sardinero en un día soleado. Todo eran contradicciones en ese ambiente tan sombrío.

—No le voy a dar buenas noticias.

Moisés sintió una punzada de angustia en la boca del estómago.

—El pólipo es grande, muy grande. Para que se pueda hacer una idea, tiene el tamaño de una naranja.

El hombre sintió que se le vaciaban las piernas. Por un momento, la vista se le fue a blanco y negro y temió desmayarse.

—La intervención de hoy no va a ser suficiente. Tendremos que volver a operar y esta vez sí será algo delicado. Hay que retirarle la vejiga completamente. Le crearemos una neovejiga utilizando una porción del intestino delgado. Tardaremos horas, quizá seis o siete, y no está exento de riesgos. Pero, si sale bien, con el tiempo acabará teniendo el control sobre la orina y podrá hacer una vida normal.

Moisés sintió que su mente o su cuerpo se desdoblaba. Comenzó a ver la escena con el médico como si se tratase de una película, como si no fuese él el protagonista del momento. En parte, pensó luego, porque estaba sufriendo en propias carnes una de esas situaciones que uno cree reservadas para el resto de la humanidad, pero no para los suyos. Sintió como si un gigante lo abofeteara en la cara y lo tirase al suelo y, de esta forma, lo hiciese consciente de su mortalidad y de la de su hermano.

Completamente aturdido, buscó la salida del hospital mientras Alejandro se recuperaba de la intervención y subía a planta, donde podría volver a verlo. El aire fresco lo ayudó a recomponerse un poco, pero lo ahogaba la angustiosa sensación de que acababa de entrar en una nueva fase de su vida, compleja y dura. Cuanto más caminaba alrededor del hospital, más convencido estaba de que esos eran los primeros pasos de una nueva etapa, de una dimensión desconocida para la que no creía estar preparado. De pronto sentía que la vida le venía grande.

Esperó media hora y regresó al interior del hospital. Aquel olor tan característico se coló hasta el fondo de su cuerpo y le provocó una náusea. Alcanzó la habitación de su hermano y lo vio tumbado en la cama, un tanto aturdido. Se acercó a él y se miraron.

—Bueno, ¿qué? —le soltó a bocajarro.

Moisés no supo qué responder. Había tenido tiempo para poder planear qué contarle a Alejandro y cómo, pero sus pensamientos se habían ido por otros derroteros. Esos segundos de pausa, de duda, fueron suficientes para un ojo tan observador como el de su hermano.

—Vamos, que estoy jodido.

Lo dijo sin ninguna emoción en la voz, con un tono monocorde, como quien recibe la confirmación de una noticia que no le hacía falta confirmar. Su hermano lo agarró de la mano.

—¿Y ahora?

Moisés intentó reproducir las palabras del médico, explicarle lo de la neovejiga, lo de las siete horas de operación, lo de que podría hacer vida normal si todo iba bien. Pero la expresión neutra de los ojos de su hermano le hacía venirse cada vez más abajo.

—Se lo tenemos que contar a los niños, Moisés. Necesitarán saber a qué nos enfrentamos.

25

22:40 horas

PEDRO GONZÁLEZ VOLCÓ una bolsa de frutos secos en dos boles que previamente había sacado de un armario de la cocina y se dirigió a un pequeño sofá que había en la sala de estar de La Palloza, donde lo esperaba Olivia. Le tendió uno de ellos y la periodista aceptó con gusto. No había probado bocado desde que llegó al pueblo, aunque tampoco tenía especial apetito. Todo lo ocurrido aquella tarde le había quitado el hambre.

—Tengo tantas preguntas que no sé por dónde empezar —le dijo al dueño de la casa. Se estaba dando cuenta de que cada vez le costaba menos hablar con Pedro y, teniendo en cuenta su carácter retraído, era algo que le sorprendía hasta a ella misma.

—A mí también me gustaría plantearte algunas dudas. Lo cierto es que es más por curiosidad que por otra cosa, pero creo que me vendría bien hablar de algo que no sea el terrible panorama que tengo encima con todo lo que ha pasado. —Aquel hombre volvía a lucir la misteriosa sonrisa que tan fascinada tenía a Olivia.

—Adelante.

—¿Qué te pasa con ese tal Fernando Ocampo? Te anticipo que me cae como una patada en las narices y que, si nos encontrásemos en otras circunstancias, no iba a permitir que un señor así estuviera en mi casa. Así que no te cortes si te apetece echar pestes sobre él.

137

La periodista no tenía muchas ganas de contar todo lo que había vivido con él, pero imaginó que no tendría más remedio que soltar información si quería que Pedro hiciese lo mismo.

—Si las circunstancias fueran otras, yo tampoco estaría compartiendo oxígeno con ese ser.

Pedro se rio de lo lindo con aquel, en apariencia, manido comentario y Olivia se dio cuenta de que tenía una risa contagiosa. Se asombró al percatarse de que estaba riéndose ella también.

—Fernando Ocampo fue el primer jefe que tuve. ¿Conoces el periódico *Plaza Principal*?

Pedro volvió a reír.

—Métete en la cabeza que no somos una tribu perdida en mitad de la selva. Que me digas si conozco el periódico más importante de España es casi ofensivo. Te recuerdo, además, que viví muchos años en la gran ciudad.

—Vale, vale. En aquella época yo era una simple becaria con ganas de comerme el mundo. Soñaba con ser Woodward o Bernstein. ¿También sabes quiénes son?

—Ahí me pillas. Solo me suenan vagamente.

—Son los periodistas del *Washington Post* que destaparon el Watergate, el escándalo que acabó costándole la dimisión a Richard Nixon como presidente de Estados Unidos. ¿Ahora sí?

Pedro asintió.

—Te parecerá una bobada, pero con toda la carrera por delante me veía capaz de ser como ellos. De todo y de más. Veía al alcance de mi mano convertirme en una de las periodistas de más renombre de España. Todo el mundo me decía que valía, que llegaría lejos, que me lloverían los premios, que tenía talento y un gran futuro. Pero...

—... pero, como dice la canción de José Ignacio Lapido: «Entramos soñando con grandes arcos triunfales y salimos por pequeñas puertas de atrás». ¿No?

—No conozco la canción, pero es exactamente así. En mi caso, los arcos triunfales los empezó a derribar ese tío, Ocampo. Me quería comer el mundo y por poco el mundo me devora a mí. No te puedes ni imaginar cómo era el ambiente en la sección que él encabezaba: gritos, violencia verbal y física… Lo peor solían ser las tardes, cuando Fernando venía encorajinado, por llamarlo de alguna forma, tras las comidas. Ya me entiendes. Si uno de esos días te llamaba al despacho, podía pasar cualquier cosa y ninguna buena.

—¿Y nadie hacía nada? *Plaza Principal* es precisamente un periódico combativo en sus informaciones con ese tipo de comportamientos.

Olivia esbozó una media sonrisa.

—Te recomiendo que no te creas nada de lo que pregonan los medios ni de los valores que dicen defender. Decía mi abuela que una cosa es predicar y otra dar trigo. Pues esto es lo mismo. Todo el mundo allí dentro sabía lo que hacía ese señor, muchos nos mostraban su solidaridad en privado, pero nadie movió nunca ni un solo dedo por salvarnos. Hasta que…

—Hasta que te cansaste y lo denunciaste. Lo deduzco por los comentarios que te ha hecho sin parar esta noche.

—¡Ojalá lo hubiese denunciado! ¡Ojalá me hubiese atrevido! Yo no fui. Pero sí, alguien se cansó y tomó medidas. Lo que hizo el periódico, para que el escándalo no llegase a manos de la competencia, fue taparlo como pudo. Lo cambiaron de sección, lo llevaron a Cultura, y aquí paz y después gloria. Pero sí, deduzco que él piensa desde el principio que fui yo quien lo denunció.

Pedro se recostó en el sillón y se llevó un buen puñado de frutos secos a la boca.

—En la confianza que nos tenemos después de estas horas tan intensas… ¿te puedo decir algo más o menos personal?

—Claro.

—Lo primero que pensé esta tarde, al verte, es que te salías mucho del prototipo que yo tenía en mi cabeza de lo que es un periodista: gente echada para adelante, extrovertida, preguntona, indiscreta. Me da la impresión de que eres justo lo contrario.

Olivia seguía sorprendiéndose con la sagacidad de aquel hombre.

—Pues premio para el caballero. Es así. Y le he dado muchas vueltas a ese tema. Realmente no sé si soy así desde siempre o aquellos años con Ocampo me transformaron hasta convertirme en una mujer apocada. Ten en cuenta que, si permanentemente te gritan por cada cosa que dices, acabas pensándote cuatro y cinco veces lo que vas a expresar. Y la mayoría de las ocasiones acabas concluyendo que lo mejor es no decir nada, que no vale la pena, que para qué te vas a buscar un problema o comentar algo si a nadie le importa tu opinión. Si día tras día te hacen sentir como una mierda y nadie de los que te rodean te dice que eso no es así, te aseguro que acabas convencido de que eres una mierda. La mayor mierda de todas las mierdas. Y recuperarte de eso, volver a tener confianza en ti misma y, sobre todo, en los demás... no es fácil. Pasé de pensar que iba a ser Bernstein a sentir que no valía ni el aire que respiraba. Todos los que me decían que valía mucho desaparecieron en cuanto vieron que venían mal dadas. Y así muchos años, más de trece, porque la marcha de Ocampo a otra sección logró que las heridas no se hicieran más profundas, pero se quedaron ahí sin cerrar. No sé si alguna vez me recompondré del todo. De hecho, este reportaje en el que estoy metida es mi primer trabajo serio para *El Heraldo de Galicia*. Por eso te insistí tanto en venir este fin de semana y no dejarlo para más adelante. No puedo permitirme entregar el texto tarde nada más empezar a trabajar en un sitio. En fin, que acabé decidiendo que Madrid me venía grande, me lie la manta a la cabeza y di un giro absoluto. Creo que estoy buscando ser quien quería ser cuando salí de la universidad.

La sonrisa de Pedro volvió a brillar.

—¿Has escuchado la penúltima frase que has dicho? Es que la podía haber pronunciado yo mismo. Al final, fíjate lo que es la vida, tú y yo vamos a parecernos mucho más de lo que pensábamos hace unas horas.

Olivia sonrió y se metió unos frutos secos a la boca.

—Pues ya tienes lo que querías saber. Solo soy una periodista mediocre que anda dando bandazos para buscar su sitio.

—Pues si de esta noche no te sale un reportaje de Pulitzer… Más ingredientes no puedes tener.

—Ahora me toca a mí. La última pregunta que te hice antes de que todo esto estallase es cómo acabó Juan viviendo aquí contigo. Y me inquieta ahora otra cosa más porque, sinceramente, me ha dejado preocupada lo que ha dicho Lucas: eso de que si te llama traidor es por cosas mucho más serias que haber montado esta casa rural.

Pedro echó un vistazo a su reloj de pulsera.

—Has hecho las preguntas precisas, señora periodista, porque las dos cosas van tremendamente unidas.

—¿Cómo? —preguntó, descolocada, Olivia.

—Pues eso. Lo que pasó conmigo y con Juan es la verdadera razón por la que ese tipo me considera un traidor.

26

Madrid, septiembre de 1979

La Guardia Civil fue incapaz de sentenciar con seguridad qué había pasado aquella mañana en el pueblo. Lo que quedaba del coche tras el fortísimo impacto contra el árbol no permitió a los investigadores sacar ninguna conclusión en claro. No se atrevían a decir si algún fallo en el vehículo podría estar tras la muerte de Venancio o no. A partir de ahí nadie quiso lanzar una afirmación irrefutable, por lo que se dejó como versión oficial que Venancio se había olvidado de accionar el freno de mano por el trajín de los bártulos que tenía que cargar en el viejo Renault y el coche emprendió la marcha sin nadie al volante por la empinada pendiente, cuesta abajo, transformándose en un misil que se llevó por delante todo lo que encontró a su paso. Pero, como nunca hubo pruebas que demostrasen que eso fue así, la libre imaginación de cada uno hizo el resto. Eso, unido al silencio de Juan y a aquel «han matado a Venancio» que pronunció su madre, provocó que enseguida se extendiera (con más fuerza que la versión oficial) esa otra malintencionada conjetura según la cual el chiquillo había bajado a propósito el freno de mano en un descuido de su padre con la intención de destrozar, o al menos inutilizar, el coche. Y conseguir así, de forma indefinida, retrasar la marcha de la familia del pueblo. La muerte del hombre habría sido, según esa tesis, un daño colateral del plan de Juan.

Nadie supo si ese era realmente el propósito del chiquillo, pero lo que quedó claro es que no lo consiguió. Los mismos

antiguos vecinos de Beresteira, que habían encontrado colocación para Venancio en una fábrica de cervezas de Madrid, se
volcaron en ayudar a Isolina tras la desgracia y rápidamente, en
cuestión casi de horas, le consiguieron un empleo en una pequeña mercería del barrio de Carabanchel, una zona que se convirtió en un verdadero infierno para Juan.

Cuando el niño empezó el colegio aquel mes de septiembre,
la casa en la que se había instalado la familia todavía estaba llena
de cajas sin colocar y de cortinas sin poner. Tenían un sofá, una
antiquísima reliquia que maltrataba los riñones de quienes se
atrevían a sentarse en él, y unas camas, que apenas eran unos
camastros que habían dejado los antiguos dueños del piso y que
eran auténticos potros de tortura; el baño, con pequeñas pero
insistentes fugas de agua. Y una cocina rebosante de porquería
que convertía cocinar en una operación de altísimo riesgo sanitario.

Así que el *Mudito* Juan se presentó el primer día de clase sin
haber pronunciado una palabra desde hacía un mes; en un colegio que triplicaba fácilmente las dimensiones de la escuela de la
que procedía; con decenas de compañeros a los que no conocía
de nada y viviendo en una casa que estaba lejísimos de percibir
como su hogar. Por si todo eso fuera poco, su reputación empezó
pronto a no ser muy boyante en el barrio, donde vivían bastantes
conocidos de Isolina que también habían dejado Beresteira y que
habían declarado al niño culpable del asesinato de su padre. El
rumor corrió como una riada por el barrio.

—¡Chicos, atención! ¡Escuchadme! Este año tenemos un compañero nuevo. Se llama Juan Almuiña y viene de Galicia. ¿Alguno de vosotros conoce Galicia?

La profesora, Esperanza Antón, era por entonces una joven
maestra con más ganas de ayudar que experiencia y dotes para
hacerlo.

Juan no levantó la vista del suelo, en un gesto que se convertiría en una seña de identidad en él, mientras tenía a sus treinta nuevos compañeros enfrente, vigilantes.

—¿Este es el que mató a su padre? ¡Mi madre me ha dicho que ni se me ocurra acercarme a él! —gritó un chaval desde el fondo de la clase.

—¡Míralo, mira para abajo porque sigue pensando en cómo lo atropelló! —exclamó otro.

Enseguida, una tremenda algarabía estalló en el aula mientras Esperanza Antón trataba de poner orden sin ningún éxito. Fue en ese momento cuando Juan Almuiña, que ya empezaba a ser para muchos el *Mudito* Juan, tuvo conciencia de que le esperaban años de sufrimiento y soledad.

—Mi abuelo dice que además de asesino es mudo. No habla. ¿A que no hablas? —le dijo una niña desde los pupitres de la primera fila.

Juan levantó ligeramente la vista para mirar a aquella compañera, pero una bola de papel procedente de la parte izquierda de la clase le impactó de lleno en un ojo.

—¡Basta ya! —el chillido desquiciado de la maestra se impuso por fin en aquella jaula de grillos—. Juan está aquí para ser uno más y como tal vamos a tratarlo. Se sentará, de momento, junto a Héctor Lamadrid.

Juan se dirigió a su sitio cabizbajo, sintiéndose el objetivo de las miradas despiadadas de todos sus compañeros. Héctor, un chico que doblaba en tamaño a los otros de su edad, pero que tenía la mitad de entendederas que ellos, lo recibió de la mejor manera que se podía esperar: con absoluta indiferencia.

El primer recreo fue un calvario para el muchacho, que contempló con impotencia cómo surgía un nuevo juego entre los niños de su clase que se convertiría con el tiempo en el pasatiempo preferido de todos. Lo bautizaron como «la peste de Juan» y el funcionamiento era muy sencillo: alguno tocaba al chico en cualquier parte del cuerpo (valía un brazo, una pierna, el cuello, lo que fuera) y, con la mano con la que había establecido el contacto levantada, corría por el patio persiguiendo al resto. Cuando conseguía pillar a alguno, gritaba: «¡Llevas la peste de Juan!». Y el otro comenzaba a perseguir de nuevo a los demás para liberarse de esa peste contagiándosela a otro. Y así sucesivamente, recreo tras recreo.

El Mudito intentó enseguida zafarse de todo aquello. Ideó una fórmula exitosa durante un tiempo. Se buscó un escondite al que acudía con rapidez cuando empezaba el recreo. Se quedaba agazapado entre el edificio del colegio, donde se daban las clases, y el que albergaba el gimnasio. Era una zona alejada de las canchas donde se reunía el grueso de los alumnos, que al no encontrarlo los primeros días desistieron de seguir buscándolo. De esta forma, consiguió limitar la tortura que le suponía «la peste de Juan» a algún rato muerto entre clase y clase. Pero los profesores descubrieron el escondrijo que utilizaba el chico en el patio. Juan se percató de ello y adoptó una actitud *a priori* absurda: desde su trinchera, apartada de todo y de todos, simulaba estar vigilando al resto de niños, como si realmente estuviera integrado en el grupo y formase parte de algún juego del escondite. La mentira coló unos días hasta que un profesor, al que el resto llamaba Carapedo y cuyo nombre verdadero Juan desconocía, se acercó a donde estaba y se lo quedó mirando desde detrás de sus gruesas gafas.

—Chaval, ¿qué haces?

Juan lo observó con ojos de cordero degollado, suplicando con la mirada a aquel profesor que le concediese el indulto y no lo obligase a salir de allí. Pero una sonrisa maliciosa se dibujó en la cara del maestro.

—Ale, a jugar con el resto. Aquí no pueden estar los niños.

El chaval recorrió los metros que separaban su escondite del patio central como el reo que se encamina hacia el pelotón de fusilamiento. Y en parte así fue, porque en cuanto sus compañeros vieron dibujarse su silueta al fondo, corrieron hacia él, entusiasmados por poder volver a poner en marcha su cruel divertimento.

Un día, ya bien entrado el otoño, Héctor Lamadrid cruzó la fina línea que separaba el maltrato psicológico que suponía la «peste de Juan» de la agresión física directa. No hubo razón aparente. Todos estaban haciendo unas divisiones que les había mandado la maestra Esperanza cuando ella les anunció que se ausentaba un momento.

El chico temía esas breves ausencias de los profesores, porque sus compañeros las aprovechaban para lanzarle bolas de papel o emprenderla de nuevo con el jueguecito de la peste.

Pero aquel día fue distinto. Apenas había salido Esperanza Antón por la puerta cuando, de buenas a primeras y sin esperárselo, Héctor lo golpeó con furia en la nuca con la mano abierta. Juan, que estaba inclinado haciendo las tareas, se vio sorprendido y no pudo evitar que el impacto le arrastrase la cabeza y se golpease contra la mesa. Apenas se había incorporado cuando su compañero de pupitre gritó: «¡Y, entre oreja y oreja, colleja!». El nuevo golpe fue, si cabe, más brutal que el primero y Juan sintió que la nariz le estallaba tras el impacto contra la mesa. El dolor fue agudísimo, pero lo que más le asustó es que enseguida notó como un río de sangre le brotaba de uno de los agujeros y también por los labios. Por primera vez desde su llegada al colegio, el silencio se hizo en la clase hasta que regresó la profesora, que se encontró a Juan con la cara completamente ensangrentada. Sin pensarlo mucho, la mujer agarró al muchacho, lo montó en su coche y lo llevó a un pequeño sanatorio de monjas que había cerca del colegio.

Allí le cortaron la hemorragia y, en el camino de regreso, Esperanza trató de hablar con Juan.

—Tendré que llamar a tu madre para que venga a charlar conmigo. Lo que ha pasado es muy grave, ¿sabes?

El niño miraba a su maestra con los preciosos ojos inundados.

—Sé que te están haciendo la vida imposible y créeme que me gustaría ayudarte, pero no sé cómo. Si hablases, si te comunicases más, todo sería más fácil. Lo sabes, ¿no?

Juan apartó los ojos de los de la profesora y miró por la ventanilla del coche, que atravesaba aquellas calles que al muchacho todavía se le hacían un mundo, extrañas.

Isolina Seoane vio entrar aquel día en casa a su hijo con la cara hecha un trapo, pero no pidió más explicaciones. Intuía, más que sabía, que el pequeño Juan no lo estaba pasando bien en el colegio. Una tesis que le confirmó Esperanza Antón a los pocos días, cuando acudió a una reunión en el centro escolar.

—Verá, señora Seoane, Juan está teniendo problemas bastante graves para integrarse. Sus dificultades para comunicarse no están poniendo las cosas fáciles y en el barrio… —La mujer se interrumpió sin saber muy bien cómo abordar ese tema. Isolina, que no iba a facilitarle la tarea, esperó sin prisa a que acabase—, en el barrio ya sabe lo que dicen.

—No, no lo sé. ¿Qué dicen?

La profesora agachó la cabeza.

—Bueno, pues que Juan mató a su padre allí en Galicia.

—Y usted, ¿qué cree?

—Pues ese es el problema, señora Seoane, que yo no puedo creer nada porque el niño es como un muro de hormigón. No sé cómo es Juan porque en clase es un saco de boxeo. Soporta sin rechistar los golpes de todo tipo que lleva recibiendo estas semanas. Pero no puedo decir más de él.

—¿Y no piensa hacer nada? ¿Va a dejar que llegue con la cara hecha un cromo todos los días hasta que pase una desgracia?

—Señora Seoane, le aseguro que pongo todo de mi parte para evitarlo. Pero en esta clase hay más de treinta fieras, con sus respectivas familias, que se han encargado de meterles en la cabeza que su hijo es un peligro. Y le digo más: hay profesores en los que ha calado la idea.

Isolina se pasó la mano por la cara.

—¿Qué propone entonces? Quizá lo mejor para todos es que lo cambie de colegio.

—Yo en su lugar no me molestaría. Por desgracia, en todos los centros de la zona le ocurrirá lo mismo. Este barrio es, al final, un pequeño pueblo y todo se sabe. Va a estar en las mismas.

La madre de Juan, desbordada como estaba por el cambio de vida, la muerte de su marido, la crianza de un bebé en una ciudad enorme y extraña y los problemas de su hijo mayor, decidió cerrar los ojos, correr el telón y lavarse las manos, esperando que Juan acabase por aceptar su suerte, por las buenas o por las malas. Como había hecho ella misma tras el fallecimiento de Venancio.

27

23:20 horas

—Es TERRIBLE, POBRE criatura —intervino Olivia, que había escuchado el relato de Pedro casi sin pestañear.

—Y no lo has oído todo —dijo el hombre mientras se levantaba a echar un vistazo a la puerta del cubículo donde habían metido a Lucas.

A Olivia le molestó la interrupción, pero tenían una responsabilidad y no podían bajar la guardia.

—¿Tú crees de verdad que ha sido tu vecino el que ha hecho eso al escritor? —preguntó la periodista, esquivando la palabra matar, que le producía casi mareos.

Pedro se la quedó mirando tan serio que a Olivia le recorrió un escalofrío. Aquel hombre tenía la capacidad de transmitir la serenidad más absoluta, pero también de aparentar una completa expresión de ira. Y podía cambiar de un registro a otro en cuestión de segundos.

—¿Y tú?

La periodista bajó la mirada.

—La verdad es que no lo sé. Si tuviera que jugarme la vida, diría que tienen más que ver los otros dos, León y Félix.

El dueño de la casa inclinó la cabeza hacia un lado.

—¿Y por qué no has dicho eso en la votación?

—Lo primero que tengo que decirte es que me parece un sistema un tanto superficial para la gravedad del caso. Casi nauseabundo. Y lo segundo: cuando yo hablé, ninguno de ellos llevaba ningún voto. Y no quería que se acusase a Juan. No creo que haya sido capaz de hacer eso.

—Pero no lo conoces. Solo tienes de referencia fragmentos de su historia.

—Por esa regla de tres, a ellos tampoco los conozco. Solo sé de ellos la imagen que han transmitido los medios de comunicación. Y lo que se rumorea de ellos en el mundillo —musitó entre dientes Olivia, que saltó a otro tema—. De todas formas, no has acabado la historia. Me has dejado igual que estaba, no me has dicho cómo acabó Juan viviendo aquí, contigo.

El hombre había tomado aire y estaba a punto de responder cuando un enorme estruendo sacudió la casa. Procedía, sin duda, de la primera planta de La Palloza y le siguió el sonido de fuertes pisadas de alguien que corría en el piso superior. Luego se escuchó un gran portazo. Olivia y Pedro se miraron un instante y, sin hablar, el hombre le hizo una seña a la periodista para que mantuviera la calma y no se moviese. Acto seguido fue hacia los cajones de la cocina y agarró un largo cuchillo de los que se utilizan habitualmente para cortar pan. Ambos se quedaron quietos, de pie al inicio de la escalera que conducía a la primera planta de la casa. Escucharon con atención, pero no oyeron nada. Fuera, la nevada había aflojado hasta casi parar. El hombre inició el ascenso peldaño a peldaño, subiendo con lentitud, intentando no hacer ruido, pero sin tener en cuenta que dejaban sin vigilancia a Lucas. La periodista iba detrás, a solo unos centímetros. Aunque ninguno de los dos sabía a ciencia cierta qué se iban a encontrar, ambos tenían la extraña certeza de que no sería bueno.

A mitad de la escalera, Pedro se detuvo y volvió la cabeza hacia Olivia, que esta vez no supo descifrarle la mirada. Estaba serio, sin duda, pero sus ojos eran en ese momento completamente inexpresivos. Le dio la súbita impresión de que a aquel hombre se le estaban marcando las arrugas a pasos agigantados.

Se quedaron quietos donde estaban. El silencio era absoluto. No se había vuelto a escuchar ni el vuelo de un mosquito desde los dos enormes estruendos.

Prosiguieron el camino moviendo las piernas con extremada lentitud, posando los pies en los escalones con una suavidad y una delicadeza propias de quien pasea por un campo de minas. Al fin alcanzaron el piso superior. Durante aquel breve viaje a la segunda planta, Olivia había dibujado en su cabeza distintos escenarios que podrían encontrar, desde una persona herida a absolutamente nada pasando por un nuevo cadáver. Pero no había alcanzado a imaginar algo parecido a lo que vieron.

Allí, en medio del pasillo, se encontraba Juan, como un espectro de medianoche. El hombre estaba de perfil, petrificado como una estatua, mirando hacia el interior de una de las habitaciones. Pedro y Olivia se acercaron a apenas metro y medio de él, que tenía la mirada fija en un punto de la estancia y parecía no haberse percatado de que estaban allí. Pero ni el dueño de la casa ni la periodista conseguían ver desde su posición qué es lo que miraba con tanta atención.

Pedro se acercó más, pero de pronto Juan reaccionó, como si se hubiese dado cuenta de que ya no estaba solo. Miró a los ojos fijamente a su compañero con una cara de verdadero pavor. Y fue entonces cuando Olivia lo vio.

El hombre tenía en la mano derecha un cuchillo ensangrentado. También el dueño de la casa se fijó y habló en voz muy baja:

—¡Juan! ¿Qué es eso? ¿Qué has hecho?

El hombre abrió la boca y los labios se le quedaron pegados en las comisuras. Sus ojos eran un espejo de terror.

—¡Dame eso! ¿Me oyes? ¡Dame ese cuchillo ahora mismo! —ordenó en apenas un susurro Pedro.

Juan levantó el brazo en el que tenía el arma, el filo teñido de rojo, y se lo tendió al dueño de la casa. Olivia contuvo la respiración

151

un momento. Ya no alcanzaba a imaginar de qué podría ser capaz aquel hombre, que parecía en estado de *shock*. En un rápido movimiento que sorprendió a la periodista, Pedro le arrebató el cuchillo.

—¡Ahora baja! ¡Baja a la sala de estar! —le ordenó con voz muy firme, siempre en susurros, tratando de que nadie lo escuchase.

Juan emprendió la marcha escaleras abajo. Pasó a unos centímetros de Olivia, a la que no pareció ver, y sin más llegó al salón. Mientras, arriba, y con el cuchillo en la mano, Pedro se asomó a la habitación. Se quedó bajo el quicio de la puerta y la periodista pudo contemplar su expresión de horror y cómo se llevaba las manos primero a la boca y después a la cabeza.

—No me lo puedo creer. ¡No me lo puedo creer! Es una pesadilla. No puede estar pasando esto. ¡No, no, no!

La mujer se acercó a él y miró al interior de la habitación por encima del hombro del dueño de la casa. Y lo que vio dentro era más propio de una escena de cine de terror que de la vida real. En el suelo, junto a la cama y sobre un enorme charco de sangre, estaba tendido el cuerpo de Fernando Ocampo.

28

23:40 horas

EL PRIMER IMPULSO de Olivia fue salir corriendo. Hacia donde fuera. Eso daba igual. Sintió que se ahogaba, que algo le aprisionaba el pecho, y temió sufrir un ataque de ansiedad. Pedro fue capaz de reaccionar más rápido. Se acercó al cuerpo del periodista, le tomó el pulso en el cuello y solo le llevó un instante comprobar lo evidente. De inmediato, buscó en los bolsillos de su pantalón y sacó un manojo de llaves. Salió de la habitación y cerró con llave, para asegurarse de que nadie más tenía acceso a aquella escena. Luego miró hacia el fondo del pasillo. El resto de las estancias (había cuatro en esa planta y dos más en la superior) estaban cerradas y supuso que allí estarían metidos los demás huéspedes. Solo había una excepción: la de Argimiro Molina, donde debería estar descansando Juan, sí estaba abierta. Se asomó y vio que el notario estaba en su cama, aparentemente dormido. Todo le extrañó mucho.

Se fijó en los ojos desquiciados de la periodista y le dio un abrazo. Pedro no sabía quién de los dos lo necesitaba más. Pero Olivia no pudo corresponderle, y se quedó con los brazos pegados al cuerpo, incapaz de digerir nada de lo que estaba pasando.

—Tenemos que aguantar, hay que intentar entender qué ha pasado, y cuando puedan venir a ayudarnos, irnos de aquí. Este pueblo está marcado por la muerte. Es como si expulsara a la gente.

A la periodista le sorprendieron esas palabras tan duras de un hombre que hasta entonces se había mostrado profundamente enamorado de Beresteira. Sin más, bajó las escaleras y ella lo siguió como pudo. Olivia notaba que todo le daba vueltas. Ya no era solo la conmoción por la visión de un segundo cadáver. Ahora, además, veía con claridad que su vida podía correr peligro. Nadie podría asegurarle, ni a ella ni a nadie, que no fuera la siguiente víctima del asesino que estaba encerrado en aquella casa.

Cuando terminaron de bajar las escaleras se encontraron a Juan sentado en una silla, junto a la mesa en la que hacía apenas una hora habían condenado como culpable de asesinato a Lucas. Pedro se sentó justo enfrente. Dejó el cuchillo ensangrentado en medio de los dos y miró con fijeza a su compañero.

—¿Qué ha sucedido? Me vas a decir qué ha pasado, ¿verdad? Este cuchillo es de los que tenemos en la cocina.

Fue al cajón donde guardaban los cubiertos. Empezó a señalar con el dedo hasta que sentenció:

—Debería haber veinte y aquí hay diecisiete. Eso quiere decir que alguien tiene otro escondido.

Juan se inclinó hacia delante, dejando caer casi todo su peso sobre la mesa, a punto de incorporarse y mirando intensamente a Pedro. El ambiente se tensó. El rostro de ambos hombres era durísimo. El silencio se impuso durante lo que a Olivia le pareció una eternidad. Ella observaba los acontecimientos de pie a pocos metros.

—Juan, por favor, no es la primera vez que estás metido en un embrollo parecido a este y llevas cuarenta años pagándolo. Si no hablas, sabes de sobra que tienes todas las papeletas para cargar con dos muertes.

El otro hombre ladeó ligerísimamente la cabeza hacia su izquierda y por primera vez bajó la mirada. Observó el cuchillo que había sobre la mesa y pocos segundos después volvió a clavar los ojos en los de Pedro. No dijo nada. El dueño de la casa, en un impulso que pilló desprevenida a Olivia, dio un fortísimo puñetazo sobre la mesa.

—¡Joder, Juan! ¡Joder! Es que no me puedes hacer esto después de todo lo que ha pasado, de todo lo que he hecho por ti. Me he buscado prácticamente la ruina por ti y ahora, ¿qué? ¿Se puede saber qué has hecho? El pueblo ya no se recuperará de esta, entre todos hemos condenado a Beresteira a su segunda muerte, pero trata de salvarte tú por una vez.

El dueño de La Palloza se puso a dar vueltas alrededor de la mesa mientras Juan seguía inmóvil en la silla. Olivia decidió intervenir.

—Me meto donde no me llaman, Pedro. Pero creo que es mejor dejarlo. No va a decir nada. Es que no puede.

Miró a Juan con intensidad, como si lo interrogara, tratando de hacerlo reaccionar. Él le devolvió la mirada, sus ojos verdes brillaban. Sin embargo, no habló.

—¡Ya lo sé! ¡Ya sé que no va a decir nada! Pero ¿qué propones? En menos de nada todos los que están en esta casa van a ver lo que ha pasado y, a falta de una buena explicación, lo que parece clarísimo es que este señor se ha cargado a dos personas esta noche. Y no podemos ni intuir el porqué.

—No estoy tan segura de que haya sido él —dejó caer Olivia, que pronunció esas palabras mientras su cerebro iba a mil por hora. Pedro se la quedó mirando, esperando más explicaciones.

Olivia, a su vez, fijó los ojos en los de Juan. A pesar de lo tenso del momento, una extraña corriente que ella interpretó como empatía circuló entre ambos. La periodista casi pudo sentir el alud de fuertes emociones que lo sacudían. Nunca había experimentado nada semejante. Por fin, se volvió hacia Pedro:

—¿Qué has oído cuando estábamos aquí abajo?

—Un estruendo, una carrera y un portazo.

—Eso es. Si Juan hubiese corrido, tendría que haber llegado a alguna parte, ¿no? Pero estaba allí quieto, a apenas unos metros del cadáver de ese desgraciado.

Pedro la miraba con la mayor de las atenciones.

—Y tú mismo has dicho que luego se escuchó un portazo, ¿no? Yo también lo oí. Eso fue clarísimo. ¿Qué puerta cerró este hombre, si estaba en medio del pasillo como una estatua?

Juan se pasó el dedo índice muy rápido muchas veces por debajo de la nariz. Tenía de nuevo la mirada perdida.

—Eso no prueba que no lo haya hecho, obviamente. —Olivia se giró hacia Juan, tratando de despertar de nuevo en él ese chispazo que había podido sentir—. Sigue teniendo todas las papeletas. Pero, al menos, hay algo donde agarrarse —dejó claro la periodista.

Pedro seguía dando vueltas alrededor de la mesa mientras se pellizcaba una mano con la otra.

—Es que no tiene sentido. No cuadra nada. ¿Por qué iba a querer matar este pobre hombre, que no se mete con nadie, a dos personas a las que no conocía de nada?

El dueño de La Palloza se pasaba frenético las manos por el poco pelo que le quedaba. Olivia se sentó en una silla, dejando una distancia prudencial respecto a Juan, que seguía con los brazos sobre la mesa y los ojos fijos en aquel cuchillo.

—No nos queda mucho tiempo antes de que el resto se entere de todo esto y, si quieres que no diga lo obvio y acuse directamente a Juan —el aludido cambió de posición y ella dio un respingo—, me vas a tener que explicar bien clarito y en detalle qué coño pasa en este pueblo y toda la historia que has dejado antes a medias.

Pedro tomó también asiento junto a la mesa.

—No puedo pedirte que creas que este hombre es inocente. Pero es justo que sepas toda la verdad. Luego, con todos los elementos, tú ya sacas tus propias conclusiones.

29

Madrid, agosto de 1992

LA VIDA DEL que ya todos conocían en aquel barrio de Madrid como el *Mudito* Juan transcurrió durante su adolescencia de la mejor forma que él podría haber esperado: en el fondo de la más absoluta indiferencia por parte de todo el mundo. Su trayectoria en el colegio, en términos sociales, fue mejorando desde aquel infernal inicio. Entiéndase por mejorar, obviamente, que el maltrato psicológico y físico dio paso a la más completa soledad. El chico se convirtió, tanto en el colegio como en las calles, en una simple sombra que todo el mundo veía y conocía, pero en la que nadie gastaba más de medio segundo. Nadie se paraba a hablar con él, a nadie le interesaba lo que podría sentir o qué podría gustarle a aquel muchacho. A nivel curricular, Juan fue sacando los cursos con cierta solvencia, pero sin alardes. Aunque no había vuelto a pronunciar palabra, él se defendía en los exámenes y se entregó en cuerpo y alma al dibujo, que se convirtió en su pasión y su refugio. Completó incluso el Bachillerato, y su madre decidió luego que, dado que no iba a hacer carrera sin poder hablar (o eso creía ella), no merecía la pena que fuese a la universidad.

A través de un conocido encontraron para él un trabajo en un hipermercado como reponedor. Allí siguió en su línea: siempre cumplidor. Pasaba desapercibido para el resto de sus compañeros varones, muchos de los cuales ni siquiera habrían sabido decir si aquel joven trabajaba allí o no, aunque no para

157

las chicas, atraídas por el indudable encanto que le aportaba su misterioso silencio. La enorme tienda estaba situada en el otro extremo de la ciudad, así que Juan viajaba todos los días en metro durante más de hora y media (y otro tanto para volver). Era un engorro, sí, pero tenía una ventaja incalculable: nadie allí lo tachaba de asesino de su padre, porque nadie conocía su historia.

La vida era, en fin, una sucesión de días anodinos para Juan, que fluctuaba en una escala de grises que se había convertido en lo más cercano a la felicidad que hubiese imaginado. Juan era ya uno de esos «nadies» de los que hablaba Eduardo Galeano. Y lo era sin ningún pesar. Es más: se consideraba afortunado por serlo. Al menos era lo que él sentía. Había salido con un par de compañeras, pero si bien al principio su «mudez» les resultaba intrigante, pasados los meses ninguna soportaba la ausencia de palabras. Lo mismo que al principio les provocaba una enigmática atracción, se les acababa por atragantar con el paso de los días y las semanas. Terminaban por verlo como un muermo y no como un tesoro por descubrir. Él se esforzaba en expresarse mediante el dibujo, con regalos bonitos, pero nadie pudo estar a la altura de la complejidad emocional de aquel muchacho. Lo dejaban tirado finalmente, igual que un niño se olvida de un juguete que no responde a las expectativas que él se había imaginado al verlo anunciado en televisión.

El verano de 1992 supuso otro momento crítico en la vida del chico. Sucedió el 8 de agosto de aquel año. Podría haber sido otra fecha, o podría haber sucedido que nadie recordase con exactitud qué día ocurrió, pero dio la casualidad de que esa jornada dejó una imagen que pasó a la historia de España: Fermín Cacho llegando a la meta del Estadio Olímpico de Barcelona y haciéndose con la medalla de oro en los 1.500 metros de los Juegos Olímpicos. Mientras aquello sucedía, mientras toda España celebraba el salto deportivo del país, la pequeña intrahistoria seguía impasible su curso y la vida de Juan daba un vuelco a peor.

Su hermano, aquel bebé que presenció en brazos de su madre las consecuencias del terrible accidente en el que murió su padre, acababa de cumplir los trece años. Y mientras radios y televisiones se centraban en la prueba de atletismo, el adolescente reunió a Isolina y a Juan en la mesa del salón: redonda, las patas de madera, un brasero en la parte central y un tapete de ganchillo bajo un grueso cristal.

—Quería anunciaros que, a partir de este momento, Juan deja de ser mi hermano a todos los efectos —espetó el chico.

El mayor miró a su madre con los ojos desorbitados, esperando una defensa por su parte. La mujer agarró un abanico y se dio aire, pero no por el disgusto de aquellas palabras, sino por el calor de ese verano.

—¿Y se puede saber a qué viene esa sandez?

—No es ninguna sandez. Es una necesidad: en el colegio se me está empezando a poner el sambenito de ser hermano del mudo y empieza a haber un riesgo serio de que me quede solo como él. Y quiero ser muchas cosas, pero tengo claro que no quiero ser como mi hermano.

—¿Y cómo es tu hermano?

—¡Pues un asesino! ¡Mató a papá! ¡Lo dice todo el mundo! Yo no quiero ser hermano de un asesino que encima es retrasado.

—¡Pero bueno! Pero ¿quién dice eso?

—¿Quién no lo dice? ¡Lo dice todo el mundo, mamá!

—Pero te he contado miles de millones de veces que nadie sabe lo que pasó aquel dichoso día.

El adolescente dio un golpe en la mesa que hizo rebotar del susto a Juan, que escuchaba atónito la conversación. No podía decir que hasta entonces su hermano hubiese sido su mejor amigo, ni mucho menos su confidente, pero sí era la persona más cercana que tenía. La única que, al menos, dejaba constancia de que no era invisible.

—¡Y qué más da lo que me hayas contado! ¿Y qué más da lo que creas? ¿Qué más da lo que fuera? Lo importante es lo que cree la gente. Y si soy su hermano voy a tener muchos problemas.

—Pero un hermano no es una pulsera que te puedas quitar y poner. Te guste o no, Juan va a ser tu hermano para siempre. ¿O qué propones, si no?

—Lo que me gustaría es que nunca más, en la vida, nos vieran juntos. ¡Nunca! Que nadie me relacione con él. Y si pudiera vivir en otra casa, para que ni siquiera nos vean entrar en el mismo edificio, mucho mejor.

La televisión, que sonaba de fondo, se alzó sobre la conversación con los gritos del narrador de la carrera. Ninguno de los tres pudo evitar observar la pantalla, donde Fermín Cacho encaraba la recta final de su carrera mirando de una forma enfermiza hacia atrás antes de entrar el primero en la meta.

—Entonces, si no estoy entendiendo mal, lo que propones es dejar de vivir con tu hermano porque te avergüenzas de él.

El chico se quedó pensando un momento. Se relamió como un gato, porque de los nervios se le había secado la boca, y acabó soltando:

—Suena brusco, pero sí.

—¿Es muy importante para ti eso, que no os vean nunca más juntos?

—Sí, mamá, si no lo fuera, no estaría diciendo esto. Falta un mes para volver al colegio y no me gustaría que me hicieran pasar un calvario.

—Y en tu mundo ideal, lo mejor es que tu hermano se fuese lejos, bien lejos. A vivir cerca de donde trabaja, quizá.

—Exactamente eso.

—O sea, en resumen, hablando claro: propones echar de casa a tu hermano para no pasar tú un mal rato.

—Bueno, pues sí.

—Ya entiendo —zanjó Isolina, mientras se acariciaba una mano con la otra sobre aquella mesa y una idea empezaba a dibujársele en la cabeza.

30

Madrid, agosto de 1992

EL INTERNADO AL que Isolina envió a su hijo pequeño estaba lejos, a unos setenta kilómetros de Carabanchel, en uno de esos pueblos a primera vista idílicos que hay en la sierra que separa Madrid de Segovia.

—¡No me puedes estar haciendo esto, mamá! ¡Eres la peor madre del mundo! ¡Vengativa, rencorosa! ¡Solo quieres a uno de tus hijos! —estalló el hermano de Juan aquel día, mientras se disponía a subirse al autobús que lo llevaría a su nueva vida.

Isolina observaba con paciencia al adolescente, que le lanzaba llamas envenenadas con la mirada.

—Solo estoy intentando hacer lo que me has pedido. No querías vivir más con tu hermano. No querías que nadie te relacionase con él. ¿Crees que en ese colegio al que vas eso iba a ser tan fácil? ¿Piensas de verdad que de la noche a la mañana a todo el barrio se le va a borrar la idea del cerebro y se va a olvidar de quién eres? Acuérdate para siempre de una cosa que te voy a decir: tu familia te marca de por vida y si no quieres que sea así, prepárate para hacer renuncias. Esta es la primera de las muchas que te esperan, si es lo que quieres.

—¿Y sabes lo que te espera a ti? Vivir para siempre sola y en silencio con tu único hijo, el mudo. Pero es lo que has elegido. Has renunciado a mí.

—Te sigues equivocando —respondió la mujer, mientras Juan miraba alternativamente a su madre y a su hermano, con una expresión difícil de evaluar—. Yo no he elegido a nadie. Has elegido tú.

El chico se subió al autobús y aquella fue la última vez durante muchos años que ambos hermanos se vieron, porque ese muchacho de trece años se puso a trabajar a los dieciséis como ayudante de cocina en el restaurante de un hotel de aquel pueblo, que invernaba durante medio año y sobrevivía con lo justo. Luego revivía en verano con una explosión de trabajo y de negocio, cuando las gentes de la capital y de los alrededores acudían allí en busca de la desconexión y del fresco.

La vida de Juan, de su hermano y de Isolina transcurrió sin muchas más novedades, hasta un día de noviembre del año 2000. Isolina había cumplido los cincuenta y seis años, pero desde hacía al menos tres sufría unos insoportables dolores de espalda que le habían hecho jubilarse antes de tiempo y pasar más de medio día tumbada en la cama, sin apenas poder moverse. Era Juan, que seguía trabajando en el mismo hipermercado, el que se encargaba de todo: de comprar lo necesario, de cocinar y de controlar las citas médicas de su madre. Había demostrado tener la cabeza muy bien amueblada, a pesar de todos los recodos por los que había tenido que transitar, pero la preocupación de su madre por él crecía día a día. ¿Los motivos? Uno fundamentalmente: desde hacía un tiempo veía cómo su hijo se apagaba, arrastrado por una rutina que quedaba bien a las claras que no le entusiasmaba y que, a fuerza de repetir y repetir, año tras año, lo estaba ahogando. Además, Isolina se daba cuenta de que ella era ya un lastre en la vida de su hijo. La mujer se pasaba las horas en la cama inmersa en cavilaciones que la mortificaban, intentando encontrar una solución a aquella vida que estaba frustrando a ambos.

Y en esas estaban aquel día de noviembre del año 2000 cuando el teléfono de aquel viejo piso de Carabanchel sonó.

—¿Isolina? ¿Isolina Seoane?

—¿Quién llama?

—Verá, no sé si le sonará raro lo que le voy a contar. Por eso lo primero que le pediría es que, aunque le extrañe la historia, la escuche. Y no me cuelgue.

—¿Quién es? —insistió la mujer, algo desconcertada.

—Me llamo Pedro González. Mire, me han dado su teléfono en el ayuntamiento de Castrofeirín, en Galicia. Llamo por una casa que tiene usted en un pueblo llamado Beresteira.

A la mujer le recorrió un escalofrío desde la nuca hasta las rodillas. La piel se le puso de gallina al escuchar aquel nombre.

—Isolina, ¿sigue ahí?

—Sigo.

—Mire, estaría interesado en comprarle la casa. Estoy buscando aldeas abandonadas para darles una segunda vida y empezar allí un proyecto de vida sostenible, alternativo, y la verdad es que el pueblo me ha enamorado.

—Hace veintiún años que no piso aquello. Estará destrozado.

—No le voy a engañar, las edificaciones están muy deterioradas. También lo está su casa, pero creo que todavía es recuperable. Si usted está dispuesta a vender, le prometo que este edificio será el inicio de la nueva vida de Beresteira.

La mujer se quitó las gafas que usaba para leer, las dejó sobre la mesa y se pasó la mano sobre los ojos.

—¿Podemos hacer una cosa? Usted me deja un tiempo para pensarlo, no crea que necesitaré mucho, y yo le doy una respuesta —decidió al fin.

—De acuerdo, pero todavía no hemos hablado de dinero —le hizo ver Pedro.

—*Amodiño* —soltó la mujer, que se sorprendió a sí misma al utilizar, después de tanto tiempo, una palabra en gallego—. Ya habrá tiempo.

—Como usted vea, Isolina. ¿Le puedo llamar a este número en dos días? ¿Y hablamos?

—Llame antes si quiere. Mañana ya sabré la respuesta.

Isolina colgó el teléfono, se levantó con no pocas dificultades, caminó hasta la cocina y llenó un vaso de agua hasta arriba que se bebió de un trago. Luego preparó dos tazas de café y las dispuso en la mesa del salón. De una sola voz llamó a Juan, que salió de su habitación. Era un cuarto un tanto anacrónico para un hombre de veintinueve años: la misma cama de cuando tenía diez, los mismos muebles y ciertamente la misma atmósfera, que hacía que la sensación de derrota de aquel adulto se incrementase día a día, a pesar de que su físico agradable y su inteligencia, más aguda de lo que aparentaba, podrían haberlo sacado de aquel erial.

—Me acaba de llamar un hombre interesado en las ruinas de Beresteira. Quiere comprar nuestra casa —soltó a bocajarro Isolina.

Juan se quedó mirándola, petrificado. Se levantó, dio una vuelta alrededor de la mesa y se volvió a sentar. Negó con la cabeza una sola vez, de forma muy leve.

—No te precipites. He pensado una cosa —le dijo.

El joven se inclinó hacia delante, en una evidente demostración de que quería escuchar lo que su madre tuviera que decir.

—Juan, ¿eres feliz con la vida que llevas aquí?

Su hijo la miró un segundo a los ojos y acto seguido bajó la mirada. La mujer sabía leer sin dificultad a aquel hombre, y ese gesto fue respuesta suficiente.

—No sé cuánto tiempo me queda. Con suerte será poco y tienes que plantearte si tu vida aquí, sin mí, va a tener alicientes suficientes. Juan, la vida sin motivaciones no es vida. Es una mierda. Vivir consiste sobre todo en encontrar siempre un motivo por el que tirar adelante cuando te van fallando los que habías buscado. Puede ser una persona o una pasión. Lo que sea. Si no la tienes, al final te das cuenta de que la existencia no tiene sentido. Y cuando pasa eso, la vida es insoportable. Piensa qué vas a tener tú si yo me muero. Y probablemente, por desgracia, me quede todavía mucho tiempo y la vida que me espera así es una calamidad. En ese caso, no quiero desgraciártela a ti.

Juan la miró y alzó las cejas, dando a entender que no sabía a dónde quería ir a parar su madre con aquel discurso.

—Todas tus desgracias empezaron porque no querías irte de Beresteira. ¿Tú serías más feliz volviendo allí? Piénsate bien lo que vas a responder.

El joven no dudó mucho. Asintió claramente.

—Yo no puedo regresar. Creo que no soportaría estar allí y revivir todo lo que pasó. De hecho, te lo aviso: no quiero regresar ni muerta. A mí, llegado el día, me enterráis aquí.

Juan la observó expectante, aguardando a lo que quería decir su madre.

—A lo que voy. El hombre que me ha llamado ha dicho algo así como que quiere repoblar el pueblo, como resucitarlo. Se me ha ocurrido algo: renuncio a aquella casa. Se la regalo. Para él. Pero con una sola condición: el edificio va contigo.

El hombre frunció el ceño.

—Le doy la casa, no le cobro ni un duro, pero a cambio tiene que aceptar que tú vivas allí. Que se encargue de darte trabajo o de mantenerte. O la fórmula que se nos ocurra. ¿Qué te parece?

Los ojos de Juan se aclararon. Por primera vez en mucho tiempo, quizá en más de veinte años, sonrió de verdad.

31

00:30 horas del 12 de enero

—No ME LO puedo creer —dijo pensativa Olivia—. Entonces, ¿la casa donde vivía la familia de Isolina es esta, La Palloza? ¿La desgracia del padre con el coche ocurrió justo ahí fuera?

—Sales por la puerta, bajas unos metros por el camino y sí, fue justo ahí —respondió Pedro González.

—Y, por cierto, ¿tú cómo sabes tantos detalles? —La periodista no pudo evitar mirar a Juan de refilón, tanteando sus reacciones.

Pedro se encogió de hombros:

—Una gran parte me la contó Isolina y también Juan —dijo, y lanzó una mirada cómplice a su amigo—. Que no hable no significa que no se comunique. Juan escribe y dibuja, y muy bien, por cierto. Imagino que antes te fijaste en las obras de arte, yo las catalogo así, que decoran las paredes de mi casa. Él es el autor.

Olivia disimuló su sorpresa y cambió de tema.

—¿Y aceptaste sin más el trato que te propuso Isolina?

—Lo cierto es que me dejó totalmente desconcertado. Me estaba costando muchísimo que los antiguos habitantes del pueblo accedieran a vender sus casas. Muchos no querían deshacerse del último clavo ardiendo de su antigua vida. Otros ya habían muerto y la propiedad era de los hijos, que no se ponían de acuerdo para tomar una decisión. Cuando llamé a Isolina y me propuso regalarme la casa a cambio de vivir aquí con Juan, no supe cómo tomármelo. Pero pronto me di cuenta de que era un trato excelente. Yo necesitaba ayuda para rehabilitar el edificio y poner en marcha todas las ideas que tenía en el pueblo. Además, los primeros años yo iba a trabajar a Madrid y venía siempre que podía, pero no siempre con frecuencia. Juan se instaló aquí de forma permanente, así que iba avanzando y nunca dejaba esto deshabitado. Las condiciones de vida en esa época aquí no eran en absoluto sencillas, pero él se adaptaba a todo. Se convirtió en un ayudante de primera. Además, me parecía muy simbólico que uno de los antiguos pobladores del pueblo fuera una de las personas que le dieran vida de nuevo. Una forma increíble de unir el pasado con el presente y el futuro.

Juan escuchaba la conversación sin mover un solo músculo y con la mirada fija en el cuchillo, que seguía lleno de sangre encima de la mesa.

Olivia intuyó su incomodidad y, una vez más, sintió que entendía plenamente a aquel hombre: era su historia y ni siquiera podía explicarla. Debía de ser muy extraño que otro hablase de sus intimidades y emociones en su presencia sin poder rebatir o añadir detalles.

De pronto, y sin más, Juan se levantó y comenzó a subir las escaleras que daban acceso a la segunda planta. No los miró.

—¿Dónde vas? Es mejor que no te muevas de aquí —lo avisó Pedro.

El hombre se lo quedó mirando. A Olivia le pareció intuir un destello de desafío en aquellos ojos.

—¿Al baño? ¿Vas al baño? —preguntó el dueño de la casa. El otro asintió—. Pues todo lo rápido que puedas y bajas cagando leches.

Juan volvió la cabeza hacia las escaleras y subió. Tan pronto escapó de su ángulo de visión, la periodista retomó la conversación con Pedro.

—Esto ya es más curiosidad que nada —admitió Olivia—, pero… ¿cómo te contó Isolina toda la historia? No se me ocurre cómo se puede plantear a nadie algo así.

32

Madrid, noviembre de 2000

PEDRO LLAMÓ A Isolina Seoane al día siguiente, tal y como habían acordado.

—Esta vez la que le tiene que plantear algo que quizá le extrañe soy yo a usted —avisó la mujer.

—Llevo semanas hablando con los dueños de las casas del pueblo. No creo que nada me sorprenda ya —dijo él, rematando la frase con una carcajada.

—Yo creo que sí. Pero me gustaría hablar en persona. ¿Podría usted venir a Madrid?

Al hombre, que en aquella época todavía vivía más en la capital que en el pueblo, no le costó nada aceptar la propuesta. De hecho, le venía hasta mejor. Quedaron en verse el siguiente sábado en una cafetería del centro de Madrid. Si Olivia Navacerrada hubiese visto al Pedro de esa etapa, le habría costado reconocerlo: la barba ya en su rostro, pero morena y en absoluto canosa; esas gafas que le daban un aspecto navideño no existían todavía y tenía la cabeza muchísimo más poblada de pelo. En cambio, al Juan de aquella época sí lo hubiese reconocido fácilmente un viajero del futuro. Se había conservado perfectamente, y su cara y su cuerpo apenas habían variado en los siguientes diecinueve años.

Fue en aquella cafetería de la calle Preciados de Madrid donde Juan y Pedro se vieron por primera vez. Visto con perspectiva, el escenario para aquel primer encuentro no pudo ser más chocante: en una de las zonas con más movimiento y alga-rabía de España, precisamente de lo que ambos huirían para siempre.

Isolina vio a aquel hombre esperando en la puerta y se acercó a él con ciertas reservas.

—¿Es usted Pedro González?

El hombre observó durante un segundo a la mujer, de pelo corto y cara demacrada. Parecía exhausta, como si sostuviese sobre los hombros el peso de una catedral.

—Así es. Usted tiene que ser Isolina.

—Y este de aquí es mi hijo Juan. Si quiere, podemos entrar, tomamos algo y charlamos.

Los tres caminaron hacia el fondo del local. Pese a que el en-cuentro estaba todavía en una fase muy primaria, a Pedro ya le había llamado la atención en ese momento la figura de Juan, cuyos ojos parecían salir de dos profundos pozos.

Se sentaron alrededor de una mesa rectangular. Madre e hijo, en un amplio sillón cubierto de terciopelo rojo. Pedro, en una silla, enfrente.

—Lo he citado en persona porque tengo una propuesta para usted que es un tanto… peculiar. Y quiero tener la certeza de que se toma esto en serio.

El hombre miró a Isolina con curiosidad, esbozando aquella enigmática sonrisa que tanta curiosidad despertaría años des-pués en la periodista Olivia Navacerrada.

—La casa que usted quiere comprar es la casa en la que vivi-mos durante muchos años mi marido, Venancio, que en paz descanse, y mis dos hijos. No sé si lo sabrá usted, pero fuimos los últimos en irnos de Beresteira. Era el año 1979.

—No tenía ni idea —reconoció Pedro, al que había entusias-mado de inmediato la idea de que la primera casa en ser repo-blada fuera la última que estuvo habitada en la otra vida del pueblo. Le parecía, sin duda, una señal.

—Pues así fue. Pero nuestra marcha no fue ni mucho menos idílica. Mi marido falleció de forma dramática el mismo día que nos íbamos.

—Lo lamento mucho.

Isolina hizo un gesto con la mano, como quitándole importancia.

—El caso es que nunca supimos a ciencia cierta lo que pasó, ¿sabe? Y vivir con esa duda perpetua nos hizo muy difícil pasar página. Le contaré la versión oficial: mi marido se descuidó y olvidó inmovilizar su coche. Si ya ha estado en el pueblo, sabrá que el camino principal es muy empinado. Pues bien, el vehículo tomó velocidad cuesta abajo y se lo llevó por delante. No paró hasta estrellarse contra un árbol.

—Lo siento, señora. No tenía ni idea de todo eso.

—Mi hijo Juan estaba con mi marido en ese momento y lo vio todo. Se quedó tan en *shock* que no ha vuelto a pronunciar palabra desde entonces.

Pedro fijó la mirada en Juan, que lo observó a su vez con aquellos ojos indescifrables.

—Si le entendí bien por teléfono, lo que quiere usted ahora es repoblar Beresteira.

—Correcto. Conozco a una gente que se estableció en un pueblo abandonado de Asturias. Restauraron las casas, llevaron los suministros otra vez allí y viven, digamos, a su manera. Es una especie de mundo al margen del mundo que se rige por formas de actuar y de proceder muy distintas a las que estamos acostumbrados. Sería muy largo de explicar, pero resumiendo: son capaces de subsistir con lo que producen, sin consumir recursos que no pueden crear, rigiéndose por reglas y normas que ellos mismos acuerdan. Se trata de demostrar que, al menos a pequeña escala, otra forma de hacer las cosas es posible.

—Lo que yo venía a proponerle, Pedro, es darle la casa. Para usted. A cambio de ningún dinero.

El hombre dio un larguísimo trago al vaso de agua que le acababa de servir un camarero con traje y pajarita. Observó a Isolina.

—Yo... he hablado con varios de los que eran sus vecinos en el pueblo hace treinta años y lo que me he encontrado es que todavía no se quieren desprender de sus casas. Usted ahora me dice que me regala la suya. Entenderá que no sé cómo tomármelo.

—No he acabado. Se la regalo con una condición: mi hijo Juan vivirá allí, con usted. Le tendrá que encontrar un trabajo en la zona o algo para que pueda subsistir.

Pedro volvió a clavar los ojos en Juan.

—Disculpe la pregunta. Espero que no se ofenda y le pido disculpas de antemano si lo que voy a decir es poco respetuoso —avisó el hombre.

—Descuide.

—¿Su hijo se vale por sí mismo? Es decir, por lo que me ha contado no habla. Pero ¿es capaz de realizar trabajos, por ejemplo, de albañilería? ¿Podría, llegado el caso, ocuparse de cuidar un huerto?

La mujer esbozó una sonrisa de amargura.

—No sabe usted de lo que es capaz. Lleva muchos años trabajando en un hipermercado y es el que lleva todas las cosas de casa: la compra, la comida, mis médicos, mis medicinas. Además, tiene algo que no encontrará en nadie más: un amor infinito por su pueblo, del que nunca quiso irse.

Pedro observó a Juan, que tenía ahora una pequeña sonrisa en la cara. Luego se volvió a Isolina y le tendió la mano.

—Trato hecho.

33

00:45 horas

—Y, DESDE ENTONCES, este hombre lleva casi veinte años aquí. Ni un mal gesto. Ni una mala palabra. —A pesar de la tesitura en la que se encontraban, Pedro sonrió, pícaro, al darse cuenta de la frase que acababa de pronunciar—. Y ni un solo problema. Hasta hace una hora.

Olivia se levantó de la silla y fue a la encimera de la cocina.

—Pero sigues sin explicarme una cosa. ¿Por qué insiste tanto Lucas en que eres un traidor? Me dejas siempre con la duda. Antes me aseguraste que estaba muy unido a tu historia con Juan. Pero sigo sin ver la relación por ningún lado.

—Claro. Porque Lucas entra en esta historia bastantes años más tarde.

Pedro iba a empezar a relatar la historia cuando un nuevo estruendo los interrumpió. Fue solo un sonido, enorme pero seco. Y nada más. Y esta vez no provenía del interior de la casa, sino de fuera. El dueño de La Palloza y la periodista se miraron un instante a los ojos, sin saber muy bien qué hacer.

—Habría que salir y ver si ha pasado algo ahí fuera, pero no me fío ni un pelo de dejar a Lucas sin vigilancia —admitió Pedro.

—No me preocuparía mucho por él. Creo que ha quedado claro que no le hizo nada al escritor, a la vista de lo que le ha ocurrido a Ocampo. A no ser que esto sea ya un cónclave de varios asesinos…

El hombre le dedicó una mirada dura, Olivia casi diría que de reproche. Se levantó, se enfundó un abrigo y abrió la puerta.

—Vente conmigo. Echamos una ojeada rápida para asegurarnos de que todo está en orden y volvemos dentro.

Ambos agarraron sendas linternas frontales y salieron. Casi había parado de nevar, solo algún copo despistado seguía cayendo lentamente. Por lo demás, fuera no se oía nada.

—Juraría que el ruido vino de la parte izquierda —señaló Pedro mientras enfilaba sus pasos hacia allí.

Avanzaron todo lo rápido que les permitía la nieve, que no era mucho porque las piernas se les hundían casi por completo. Volvieron la esquina que unía la fachada principal de La Palloza con uno de sus laterales. Olivia fue la primera que vio aquella imagen que ya nunca se sacaría de la cabeza. Incrustado en la nieve estaba el cuerpo de Juan, inmóvil.

—¡Pedro! ¡Ahí! ¡Es Juan!

Olivia recordaría durante mucho tiempo lo absurdo que es a veces el cerebro humano, pues mientras caminaban hacia el lugar donde estaba Juan no podía dejar de pensar en cómo habría llegado hasta allí, si en ningún momento lo habían visto salir por la puerta de la casa. Y no había otra forma, pensaba ella conmocionada, de alcanzar aquel lugar.

El hombre yacía tirado bocabajo y su brazo derecho estaba doblado en un ángulo extraño. Juan aún estaba vivo, tenía la cabeza ladeada en su dirección y le dedicó a Pedro una mirada de terror que Olivia jamás había visto en toda su vida. Era puro pánico. El dueño de la casa gritó, fuera de sí.

—¿Qué ha pasado? ¡Juan! ¿Qué coño ha pasado ahora?

Pedro le dio la vuelta con mucha delicadeza y su amigo hizo un gesto de dolor. Pedro lo rodeó con sus brazos y Juan hizo un leve gesto con las cejas. Pedro y Olivia siguieron con la vista la dirección que les indicaba y sus frontales iluminaron la fachada lateral de La Palloza. Todas las ventanas estaban cerradas, salvo una.

—¿Qué ventana es esa? —preguntó la periodista.

—La del cuarto de baño. ¡Quédate con Juan! ¡Voy a subir!

A toro pasado, Olivia fue consciente de que cometió una imprudencia en aquel momento: tendría que haber impedido que Pedro subiese solo allí mientras quizá un asesino desatado campaba a sus anchas por el edificio. Pero, una vez más, como tantas veces le había pasado en tantos ámbitos de la vida, se quedó paralizada. No supo reaccionar y, cuando quiso darse cuenta, el dueño de la casa había desaparecido y ella se había quedado sola con el pobre Juan. Le tomó la mano y forzó las palabras que le dijo después.

—Tranquilo. ¿Ves que ya casi no nieva? En nada de tiempo van a venir a ayudarnos y te vas a poner bien.

Juan negó con la cabeza. Olivia le acarició las mejillas. Estaba frío como un muerto.

—Claro que sí. Lo vas a ver. Pero nos tienes que ayudar. ¿Qué ha pasado? Tú no te has tirado por la ventana, ¿verdad?

El hombre negó con la cabeza.

—¿Qué te han hecho? ¿Quién ha sido?

De pronto, Juan agarró a la periodista por el abrigo, estrujando la tela en sus manos. Abrió los ojos hasta el punto de que Olivia pensó que se le iban a salir de las órbitas. Y habló. Habló en susurros, despacio y con gran dificultad, con la boca pastosa, como si la lengua le pesase toneladas, pero tan claro que Olivia incluso se sobresaltó.

—Va a ir a por ti. Ten cuidado.

El hombre había conseguido incorporarse unos centímetros y Olivia colocó la mano derecha debajo de su cabeza.

—¿De quién, Juan? ¿De quién debo tener cuidado? ¿Quién viene a por mí?

El hombre alzó el brazo que conservaba en un estado aceptable y señaló con el dedo índice la ventana del baño, que seguía abierta.

—De él.

Y, según salían de su boca aquellas dos palabras, Olivia notó cómo la mano con la que Juan le agarraba el abrigo se aflojaba y todo el peso de su cuerpo se iba hacia atrás. Sintió cómo la vida de Juan se le escapaba y la pena le estrujó el corazón. Lo acababa de conocer apenas unas horas atrás, pero sin haber intercambiado ni una palabra había establecido una conexión con ese hombre como no le había sucedido nunca. Se sentía muy identificada con él, pese a que ambos tuvieran poco que ver. No podía creerse que, una vez más, la vida fuese tan injusta con alguien especial. No podía más que lamentarse de que una historia que podía ser ilusionante acabase de esa forma.

34

1:20 horas

Pedro regresó corriendo a trompicones, fuera de sí y tropezándose por la nieve. Cuando llegó a la altura de Olivia y vio el cuerpo de Juan en los brazos de ella, que sollozaba a la vez que acariciaba su pelo rubio envuelto en volátiles copos de nieve, se dejó caer de rodillas y su cuerpo se incrustó en la capa blanca que recubría el suelo. La periodista le dirigió una mirada nublada, las mejillas recorridas por surcos de lágrimas congeladas, sin decir nada. Pedro abrió mucho los ojos, tenía la boca desencajada y apoyó las manos en la cabeza.

—No, no, no, no, no.

Repetía el monosílabo sin parar, de una forma casi maníaca, como si cada vez que lo dijese pudiese insuflar algo de vida a su amigo. Empezó susurrando, diciéndolo muy despacio, pero poco a poco fue alzando la voz y acelerando el ritmo.

Olivia había perdido a su padre hacía ya más de quince años y aquella experiencia le sirvió para darse cuenta de algo: cuando una persona tiene una enfermedad muy grave o muere, hay un momento, un instante fugaz, puede que un par de segundos, en que el acompañante toma la decisión sobre cómo afrontará esa pérdida. Y lo hace quizá de forma inconsciente. En su caso, recordaba con nitidez cuándo sucedió. Su padre había enfermado de cáncer y ella viajaba a Valladolid para verlo y regresaba a Madrid cada semana. Un día, en una de esas visitas, el estado de su padre ya había empeorado. En cinco días, el hombre había pasado de estar enfermo pero combatiente, plantándole cara a la enfermedad en una lucha de tú a tú, a quedar postrado en una cama, sin fuerzas siquiera para levantar un brazo y sin reconocer apenas a nadie. Cuando llegó al hospital y vio así a su padre, tuvo la certeza de que ya no había salvación. Supo de forma segura que iba a morir cuando entró en la helada habitación del hospital y su padre no levantó la vista hacia ella. No le dedicó una de esas miradas llenas de amor y de orgullo con las que la recibía siempre. Aquella vez, el hombre no se dio cuenta de que su hija había regresado. Estaba allí, pero en realidad había empezado a marcharse. La conmoción que le produjo verlo así, unida a la repentina convicción de que iba a fallecer, provocaron en Olivia una flojera de piernas tal que tuvo que sentarse en una silla para no caerse. Reprimió como pudo unas apremiantes ganas de vomitar. Su tía, que estaba allí, la arropó y le pasó el brazo sobre los hombros, con los ojos llenos de lágrimas, en un gesto de apoyo que ella nunca olvidaría y que vino a reconfirmar sus pensamientos. Con ese gesto, su tía parecía querer decirle: él se va a ir, pero tú no te vas a quedar sola. Y fue justo ahí, en esa milésima de segundo y sin saberlo, cuando la periodista tomó la decisión de cómo afrontar la muerte de su padre. Estuvo a punto de levantarse, salir de la habitación y romper a llorar. Era exactamente eso lo que le pedía el cuerpo. Pero al final decidió quedarse allí, aguantar el tipo y tragarse sus angustias para que ni su padre, si es que todavía se daba cuenta de algo, ni su madre ni su tía tuvieran que preocuparse por ella. Con el paso de los años, Olivia se convenció de que, si en vez de eso hubiese salido al pasillo a llorar y a lamentarse, la actitud estoica que había mantenido tras el fallecimiento de su padre no hubiese sido ni parecida.

La mujer reflexionó fugazmente sobre aquello cuando vio que Pedro pasaba del susurro a los gritos más terribles al ver muerto a su amigo del alma. El dueño de La Palloza solo negaba, sin cesar, pero sus gritos eran de una potencia tal que resonaban en todo el pueblo y en los bosques de alrededor.

—Pedro, escucha —empezó diciendo Olivia. Pero el hombre parecía no oírla, como si estuviese a miles de kilómetros de allí—. ¡Pedro! ¡Pedro! Juan me habló, me dijo algo justo antes de morir.

El hombre seguía chillando, cada vez más fuera de sí, sin escuchar lo que le decía la periodista, que tuvo que dejar el cuerpo de Juan sobre la nieve, con delicadeza, y acercarse al lugar donde Pedro continuaba de rodillas, agarrarlo por los hombros y agitarlo con violencia.

—¡Te digo que Juan me ha hablado!

Pedro se calló de pronto. Con los ojos enrojecidos, el rostro empapado de lágrimas y las manos en la cabeza, el hombre la observó. Era la mirada más triste que Olivia había visto jamás.

—¿Qué? ¿Qué me estás diciendo?

—Te digo que Juan me ha hablado. Antes de morir, me ha hablado.

El dueño de La Palloza negó con la cabeza, confuso.

—Se ha suicidado, Olivia. No ha aguantado la culpa por lo que había hecho y se ha quitado de en medio, estoy seguro. No teníamos que haberlo dejado subir solo. Es mi culpa. ¡Mi culpa!

—¿Quieres escucharme? ¡Escúchame! Juan me ha dicho que no se tiró por esa ventana por propia voluntad.

Pedro estaba desbordado ante la avalancha de acontecimientos.

—También me ha dicho que ahora hay alguien que viene a por mí, que seré la siguiente, que tenga cuidado.

—¿Cómo que alguien?

—Solo me ha dicho «él» y ha señalado el baño que tiene la ventana abierta.

—Olivia, acabo de subir. Allí no hay nadie. Todo el mundo estaba en sus habitaciones.

Ella arqueó las cejas.

—¿Quién ha sido? —preguntó de repente Pedro—. ¿Quién ha sido?

—No lo sé. Ojalá lo supiera.

—¿Quién ha sido? ¿Quién ha sido? ¿Quién ha sido?

Pedro empezó a repetir de forma enfermiza la pregunta, de nuevo gritando cada vez más. Fuera de sí, se levantó y se dirigió hacia la puerta de La Palloza mientras seguía chillando aquellas tres palabras. Destilaba odio. Rabia. Rencor. Olivia se dio cuenta de que, igual que ante la muerte de su padre ella había optado por mantener una actitud, en apariencia, impasible, Pedro se había decantado por canalizar su pena a través de la furia más absoluta.

El hombre entró en la casa, desgañitándose. Arrojó su abrigo y la linterna al suelo. Se sentó en el sofá, los codos apoyados en los muslos, la cabeza entre las manos, y empezó a sollozar. Sus hombros se agitaban con movimientos convulsos. Imágenes del pasado le atravesaban la mente, fugaces como relámpagos. Siempre estuvo Juan, siempre, en cada momento feliz de los últimos años. Era incapaz de imaginarse un futuro en aquel pueblo sin su amigo del alma. Supo en ese momento que todos sus desvelos, todas las energías que había gastado allí, ya no tenían sentido. Una gran parte de su proyecto de vida había muerto en ese instante. Allí se acabaría todo. La historia de Beresteira iba tan unida a Juan que, sin él, la existencia misma de la localidad era absurda.

Pedro permaneció un rato con la cabeza hundida, temblando. Hasta que la rabia de nuevo se apoderó de él y desplazó a la pena. Se incorporó de golpe, con los ojos rojos e inflamados, y dio un puñetazo en la mesa de la sala de estar que hizo retumbar toda la casa. Subió a la primera planta, entró en las habitaciones de León y Félix y gritó: «¿Quién ha sido?». Ambos descansaban en la cama y se incorporaron de forma mecánica sin entender nada. Los dos hombres lo miraron confusos. Sin más, Pedro se volvió, recorrió el pasillo, subió a la siguiente planta e irrumpió en la habitación de Irene, que descansaba con su bebé. Dio un golpe terrible en la pared, que le provocó heridas en la mano y que hizo temblar la casa, mientras seguía chillando fuera de control. Pedro salió de allí y bajó de nuevo al pasillo de la segunda planta.

—¡Me vais a escuchar todos! ¡Os quiero a todos abajo a la voz de ya! Escuchadme bien: quien haya sido lo va a pagar. Me habéis destrozado la vida y habéis acabado con un hombre bueno. Ya no tengo nada que perder.

Acto seguido, entró en la habitación de Argimiro y se quedó quieto bajo la puerta. El hombre seguía inconsciente o dormido. Tras unos instantes de duda, el dueño de la casa dio media vuelta y descendió dando saltos por la escalera hasta la planta baja, donde Irene, Félix y León esperaban ya sentados.

Pedro tomó asiento. No había en su rostro ni un mínimo reflejo de aquel hombre sereno, de mirada enigmática, que Olivia había conocido solo unas horas antes.

—Se acabaron los rodeos. Me vais a decir ahora mismo quién ha matado a Juan. Y, ya de paso, quién ha sido el que ha hecho lo mismo con el periodista Ocampo y con Moisés Retuerto. ¡Hablad!

Irene, que había bajado sin su hijo, hizo un ruido gutural. Todos la miraron. Estaba pálida y se frotaba los ojos. Acabó hablando.

—Pedro, hay que contarle a Lucas lo que ha pasado.

Por un instante, pareció que el hombre aparcaba aquella furia con el mundo. Sin decir nada, dedicó una mirada severa a la mujer.

—Es pura humanidad: si han matado a su hermano, lo mínimo que podemos hacer es contárselo —dijo ella.

En ese momento Olivia, que regresaba a La Palloza y abría la puerta exterior, se quedó paralizada en el umbral al oír aquella revelación; la cerró tras de sí con cuidado y se quedó escuchando, con las palabras que iba a pronunciar muriendo en su boca.

35

Beresteira, 31 de diciembre de 2011

EL VIEJO SEAT Ibiza de Lucas Almuiña avanzaba con dificultad por las empinadas curvas del camino de tierra que daba acceso a Beresteira.

—¿Recuerdas algo de todo esto? —le preguntó Irene, que iba sentada en el asiento del copiloto lamentándose por no haberse tomado una Biodramina antes de arrancar, como le había aconsejado aquel Pedro González que les había preparado todo para su llegada al pueblo.

Lucas aminoró la marcha del vehículo y miró por la ventanilla. El paisaje, tenía que reconocerlo, era espectacular: una amalgama de árboles verdes y de otros cuyas ramas estaban desnudas daba paso a lo lejos a un meandro escarpado del río que, más que verse, podía intuirse. Giró el volante casi por completo para trazar una curva de herradura con una pronunciadísima pendiente. Caían cuatro gotas, pero las nubes amenazaban con descargar más.

—No. No recuerdo nada. Date cuenta de que no volvimos aquí desde que nos fuimos el día de aquel desastre. De eso hace muchos años, yo era un bebé. Si es que mi madre me tenía en brazos cuando pasó todo. Salió de casa conmigo y se encontró con mi padre muerto.

Irene asintió y se palpó el estómago con las dos manos. Había escuchado aquella historia muchas veces y no quería oírla otra más justo allí, mientras sentía que iba a vomitar todo el desayuno en el coche. Recordaba que una vez, antes de ir de excursión con el colegio, su abuelo le había dado un consejo: «Para no marearte en el autobús, mira lo más lejos que puedas. Al frente, lejos, lejos. Al coche que veas más al fondo». La mujer pensó qué recomendación le daría su abuelo en aquella situación, en la que no había ningún coche por ningún lado. Tampoco podía mirar muy lejos, porque una curva daba paso a otra y no había más horizonte.

—¿Te da buena espina ese tal Pedro? —le preguntó a duras penas a su pareja.

Lucas Almuiña la miró un instante antes de fijar su vista de nuevo en la siguiente curva del camino. Se encogió de hombros.

—Ni buena ni mala. No lo sé. Pero ¿qué más da eso? Nos deja estar gratis en su casa una temporada. No tenemos un plan mucho mejor, ¿no?

Irene asintió mientras bajaba la ventanilla con la esperanza de que el aire fresco que entraba al vehículo frenara sus ganas de vomitar. Se lamentaba de que fuese a llegar en tan pésimas condiciones a Beresteira y que fuera a conocer entre náuseas a Pedro González, el hombre que los iba a salvar de acabar viviendo debajo de un puente o quizá de algo peor.

Su historia era la misma que la de muchos otros en aquellos años. A Lucas y a ella no les había ocurrido nada que no hubiesen sufrido miles de personas en España. Los dos se conocieron en aquel pueblo de la sierra de Madrid al que Lucas llegó para ingresar en el internado. Luego entró a trabajar como cocinero en un hotel de lujo en el que ella estaba como recepcionista. Y así empezó todo. Durante mucho tiempo las cosas les fueron bien. El negocio iba como un tiro, el dueño de aquel complejo turístico los valoraba y fueron ascendiendo en responsabilidades. Y también en sueldo. Pero la crisis del año 2008 les dio una bofetada que los tiró al suelo y dejó en evidencia los muchos errores que habían cometido. La gente dejó de viajar como antes y, por tanto, las reservas en el hotel se desplomaron hasta el mínimo. El dueño aguantó el envite al principio, pero la situación seguía sin mejorar. El negocio tenía una plantilla demasiado amplia para los pocos clientes que llegaban, así que el empresario sacó la hoz y empezaron los despidos. Ellos dos se salvaron en una primera fase, pero la situación no mejoraba y el hotel hacía ya aguas por todas partes. Hasta que en 2010 cerró y los dos se quedaron sin trabajo. Tampoco tenían ahorros, porque se fundieron casi todo lo que habían ganado en caprichos: habían conocido innumerables rincones del mundo, a los que habían viajado a todo tren, pero la factura era muy pesada: apenas tenían dos mil euros en el banco y varios créditos que pagar con unos intereses leoninos. No tenían muchas opciones, porque su única posesión era un BMW que vendieron para comprar el Seat Ibiza de segunda mano que tenían ahora. ¿Casa? A duras penas podían ya pagar el alquiler, porque no habían querido comprar una vivienda para no hipotecar sus ansias de viajar.

En esas estaban cuando llegó la noticia de la muerte de Isolina Seoane, la madre de Lucas. El hombre había hablado con ella en contadas ocasiones. Acabada su estancia en el internado al que lo había enviado, había encontrado aquel trabajo y no quiso saber nada más de esa mujer que, a sus ojos, había sido tremendamente injusta con él al ponerse de parte de su hermano cuando él más la necesitaba.

La noticia de su muerte, por tanto, no lo afectó demasiado. La vio, eso sí, como una oportunidad. Acuciado por la necesidad, a Lucas el fallecimiento de su madre le pareció una señal, una especie de recompensa que le daba la vida, o aquella misma mujer, por todo lo que le había hecho sufrir en el pasado. Ahora se lo pagaba con su parte de la herencia, que lo sacaría de casi todos los bretes en los que estaba metido.

Pero lo que no sabía es que su madre le tenía guardada una sorpresa final. Su venganza por haber querido echar de casa a su hermano no había acabado al mandarlo a aquel internado.

Isolina había decidido dejar el piso de Carabanchel y sus ahorros a su hermano Juan, a excepción de la legítima. La parte que le correspondía le alcanzaba para pagar, y a muy duras penas, alguno de los créditos que tenían pendientes.

Fue en el funeral de Isolina, en noviembre de 2011, cuando Lucas e Irene se cruzaron por primera vez en su vida con Pedro González. Siguiendo la clara voluntad de la mujer, la enterraron en Madrid, muy lejos de su Beresteira natal, donde dijo que no quería volver ni muerta. La pareja presenció en un muy discreto segundo plano cómo inhumaban el cuerpo de Isolina en un cementerio de la capital. Lucas no veía a su hermano desde la adolescencia, pero lo reconoció. Juan, que se conservaba de una forma envidiable, había permanecido de pie durante el entierro, deshecho en lágrimas y siempre junto a un hombre de barba que no se separaba de él. Cuando acabaron los actos por la mujer, Lucas fue a su encuentro. La primera reacción de Juan fue pasar de largo, pero su hermano insistió tanto que el hombre de barba lo instó a que le hiciese caso.

—Soy Lucas Almuiña, el hermano de Juan —se presentó.

—No sabía que Juan tuviera un hermano —mintió—. Yo me llamo Pedro González. Vivo con él en Beresteira. —Ambos se estrecharon la mano—. Qué curioso, tu madre no me habló nunca de ti. Y conversábamos a menudo por teléfono. Yo le contaba cómo estaba Juan y ella me informaba puntualmente de sus achaques.

—Ya, bueno. Digamos que hace muchos años, por unas cosas o por otras, dejé de tener relación con ellos. Con mi madre y con él.

Se hizo un silencio incómodo. Los asistentes al entierro habían ido saliendo del cementerio, de tal forma que los cuatro eran los únicos que quedaban allí. Juan miraba al infinito, evitando en todo momento cualquier contacto visual con su hermano.

—Siento en el alma decirlo, pero no parece que él se alegre de verte lo más mínimo.

—Lo comprendo. Yo era un niño y cometí un error que mi madre me hizo pagar duramente, desterrándome a un internado.

Tanto Pedro como Juan guardaron silencio. En parte porque no sabían qué decir y en parte porque no estaban seguros de querer decir algo.

—El caso es que mi madre me sigue castigando por aquello hasta después de muerta. —Lucas hizo una pausa, esperando a que alguno de sus dos interlocutores le diera pie a seguir, pero se encontró con dos rocas—. Sin paños calientes: le ha dejado prácticamente toda la herencia a Juan.

Aquellas palabras parecieron no sorprender en absoluto a aquellos dos hombres, por lo que Lucas dedujo que estaban al corriente de las últimas voluntades de su madre. Al final, el dueño de La Palloza intervino.

—No sé adónde quieres ir a parar ni yo conozco las razones de tu madre. Pero imagino que, si tomó esa decisión, tendría sus motivos. Creo que no es el momento ni el lugar para discutir de eso, aunque solo sea por respeto a Isolina.

—Podéis estar tranquilos: no vengo a reclamaros nada. Solo quería saber si podía contar con vuestra ayuda. Mi pareja y yo estamos en una situación económica muy delicada y, creedme, no me sometería a esta humillación si no nos encontrásemos al límite.

Pedro observó a Juan, que seguía con la mirada perdida en un punto indeterminado entre varias tumbas de aquel cementerio.

—Si me estás pidiendo dinero… lo siento, pero no te puedo ayudar. Si lo que quieres es que Juan te dé parte de la herencia, yo ahí no me meto, pero…

Lucas interrumpió al hombre.

—No quiero nada de eso. Mi idea era otra. ¿Podríamos ir a vivir a Beresteira? No sé cómo podríamos hacerlo, pero algunos conocidos que conservo en el barrio donde vivía mi madre me contaron que habéis montado un proyecto muy interesante allí y, dada nuestra situación, no tenemos otra alternativa.

Por primera vez en toda la conversación, Juan miró fijamente a su hermano, que supo leer aquellos ojos.

—No se me caen los anillos por pedirte perdón. Perdóname, Juan. Era demasiado joven. La idea de que te fueras de casa fue una ocurrencia sin sentido, una estupidez propia de un niño que no sabe nada de la vida. Quizá mamá tendría que haberlo entendido de esa manera y no castigarme de por vida por un error de juventud. Creo que ya lo he pagado suficiente. ¿Qué más quieres? Las humillaciones a las que me ha sometido la vida han sido un correctivo enorme.

Pedro observó la reacción de Juan, que lo miró y asintió.

—Queremos gente comprometida con el pueblo. No cualquiera al que le dé la ventolera pasajera de querer vivir en el campo y a los dos meses salga pitando de allí porque no es lo suyo —avisó el hombre.

—Supongo que ese discurso está bien para otros, pero yo nací en Beresteira. Te aseguro que pocos sentirán ese pueblo más que yo, aunque tuve que marcharme con pocas semanas de vida.

—Pues entonces, bienvenidos. Nos hemos enterado hace poco de que los dueños de un edificio que está enfrente del mío, el que perteneció a vuestros padres, están dispuestos a venderlo por poco dinero. Y os podemos ayudar con todo. De eso va este proyecto. Ya está en un estado muy deplorable, pero puede que sea una buena oportunidad para vosotros. Mientras lo rehabilitamos, podéis quedaros en mi casa. Tu antigua casa.

Mientras Irene recordaba que apenas hacía un mes de esa escena en aquel cementerio, el aire fresco que se colaba por la ventanilla la iba resucitando. Las ganas de vomitar que tenía se habían evaporado un poco. Acarició la nuca de Lucas, que seguía conduciendo el Seat por aquellas curvas. Pronto llegarían al pueblo.

—¿Sigues pensando que esto es una buena idea? ¿No te despertará viejos fantasmas vivir aquí?

Su pareja le acarició el muslo con una mano, mientras con la otra guiaba el coche por aquel camino que cada vez se estrechaba más, invadido por la vegetación.

—¿Quieres que te diga la verdad? ¿Quieres que sea sincero?

—No espero otra cosa de ti.

—No sé si esto es buena idea. No sé si me reavivará viejos fantasmas. No sé si podré soportar convivir otra vez con Juan. No sé tampoco si en un momento dado se me va a despertar una especie de sed de venganza por todo lo que me ha tocado sufrir por cosas relacionadas con él. No sé si podré digerir la humillación que supone volver aquí. No sé si acabaré volviéndome loco. Pero sí sé una cosa: no tenemos ninguna otra alternativa.

Irene apartó su mano del pelo de su pareja y lo miró de reojo. Su voz sonaba grave de repente.

—Lucas, ni se te ocurra nunca, jamás, pero ni dentro de un año ni dentro de diez, tomarte la justicia por tu mano con Juan. Deja estar el agua pasada, por favor. Si tenemos una oportunidad de salir adelante ahora mismo, es gracias a él.

—Lo sé, y está bien que me lo recuerdes. Solo digo que no sé cómo voy a acabar reaccionando.

La mujer se giró en el asiento del copiloto hacia su izquierda, para mirar de frente a su pareja.

—Pues si alguna vez te entra esa sed de venganza, recuerda que, en el fondo, todo lo que te ha pasado, lo de la herencia, lo del internado, todas tus desdichas fueron culpa tuya. Eras el único que sabías la verdad, el único al que Juan se atrevió a contarle cómo había muerto vuestro padre. Y decidiste callarte y perpetuar la leyenda de asesino de tu pobre hermano.

Lucas guardó silencio y tomó una de las últimas curvas antes de culminar la ascensión de aquel puerto y llegar a Beresteira.

—Dejaste que tu hermano cargase con el sambenito de asesino en vez de alzar la voz y contar la verdad.

El hombre frenó el coche en seco en medio del camino. Al fondo se distinguían ya las primeras casas del pueblo.

—Irene, te lo voy a repetir otra vez y espero que sea la última. Es verdad que Juan me contó lo que pasó. Yo entonces no era más que un niño y no podía entender las implicaciones que tenía aquella revelación que me hizo. Además, es cierto que nadie barajó nunca lo que de verdad pasó como una posibilidad real. A nadie se le ocurrió pensarlo. Pero eso no cambia nada. Sigo creyendo que fue él quien mató a papá. Fue él quien me privó de conocer y disfrutar de mi padre.

36

2:35 horas

IRENE ACABÓ AQUEL relato a duras penas. Le temblaba la voz y estaba demacrada, como quien lleva tiempo sufriendo un inmenso dolor en soledad. La historia había caído sobre la mesa como una ráfaga de gas pimienta. Todos parecían confusos, aturdidos y sin saber qué decir. León y su agente permanecían en la escena cabizbajos, como haciendo plegarias para que aquel suelo que miraban fijamente se abriese y se los llevase de allí. Pedro González lloraba en silencio. Era la imagen de la derrota.

—¿Tú lo sabías? —le preguntó Olivia.

El hombre tardó unos segundos en contestar:

—Solo una parte. Pero no me podía imaginar que Juan hubiese contado a alguien lo que pasó aquel terrible día de 1979. Y mucho menos que Lucas haya vivido aquí todos estos años sabiéndolo y sin decir nada a nadie.

Se quitó las gafas y se apretujó los ojos con los pulgares, como si se los quisiese sacar de las cuencas allí mismo.

—De todo lo que has contado me preocupa la parte final. Por lo que has dado a entender, no las tenías todas contigo sobre Lucas. ¿Pensabas que podía hacerle algo malo a Juan?

León Niño rompió su mutismo para plantear la pregunta que a todos les rondaba por la cabeza.

—Entonces, ¿tú sabes si mató a su padre? ¿Te lo contó tu marido?

Irene, desolada, parecía más cerca de sufrir un ataque de nervios o una crisis de ansiedad que de poder responder a ninguna pregunta más. Pedro se dio cuenta de eso, porque se levantó de la silla, agarró un vaso, lo llenó de agua y se lo llevó. Ella, sin decir palabra, se lo bebió de un trago.

—A mí no me corresponde decir nada. Insisto en que Lucas debería estar aquí. Y, si lo cree conveniente, que lo cuente él.

El dueño de La Palloza, que todavía no se había sentado, se encaminó hacia la parte de atrás de la sala de estar, donde estaba el habitáculo en el que unas horas antes habían encerrado al hermano de Juan. El lenguaje corporal de Pedro era el de una persona completamente derrotada.

Irene, León y Félix se quedaron sentados alrededor de la mesa. Todos tenían el rostro compungido. Olivia, aún de pie y con la espalda pegada a la puerta de entrada, se censuró a sí misma porque, en medio de aquella historia compleja, que poco a poco iba descubriendo, y con varios muertos ya de por medio, un pensamiento le cruzó fugazmente por la cabeza: el tremendo reportaje que iba a salir de esa noche frenética. Si es que conseguía salir viva de allí, que no las tenía todas consigo. En cuanto se dio cuenta de lo que estaba pensando, se lamentó y se preguntó si eso no la pondría al mismo nivel que Fernando Ocampo, en cuanto a ética.

Olivia estaba inmersa en esa discusión consigo misma cuando Pedro apareció de nuevo en el salón. Caminaba como un autómata. La rabia y casi violencia que había mostrado minutos antes había dado paso a una evidente desolación. La periodista se preguntó si aquel hombre podría superar alguna vez en su vida lo que acababa de sufrir. Y dudó mucho de que fuera capaz de seguir viviendo en el pueblo después de todo lo que había pasado. A ella se le antojaba imposible que ese ser humano pudiese convivir con los recuerdos terribles que esa noche le iba a dejar.

Pedro se sentó en su sitio. Miró a Olivia de una forma que la asustó. Aquellos eran los ojos de un hombre que acababa de perderlo todo. Luego fijó su vista en Irene. Y fugazmente en Félix y en León. Después, con un hilo de voz pastosa, los ojos puestos en la mesa y la mirada perdida, acertó a decir:

—Lucas no está ahí. Se ha ido.

Todos levantaron la cabeza al instante. Olivia se puso de pie y fue rápidamente a la salita, y, en efecto, estaba vacía. Miró a Irene e intuyó pavor en sus ojos. Se acercó a ella y le acarició el pelo.

—Quizá debimos haberlo contado antes, pero cuando Ocampo apareció muerto, encontramos a Juan ante la puerta de la habitación con un cuchillo en la mano y lleno de sangre. Irene, voy a ser muy directa y quizá desagradable, pero… ¿te parece factible que Lucas haya matado a Moisés y al periodista, intentando que pareciera que fue cosa de su hermano, y luego simulara que Juan se había suicidado? Y que esta sea la razón de que haya escapado.

Pedro no dejó responder a la mujer.

—Es imposible que fuese él quien mató a Ocampo. Imposible. Tú y yo no nos hemos movido de aquí hasta después de escuchar el estruendo, antes de encontrarnos el cadáver del periodista. Lucas no pudo salir antes de la salita. Lo habríamos visto a la fuerza.

Olivia se quedó pensando un momento, repasando todos los movimientos que habían hecho e intentando saber en qué momento se pudo escapar aquel hombre.

—Es cierto, es imposible que matase a Ocampo, pero sí pudo tirar por la ventana a Juan. Pudo escapar de su cárcel, por decirlo así, antes, cuando nosotros subimos a ver qué pasaba arriba y nos encontramos la escena que nos encontramos, con Juan mirando el cadáver del periodista con el cuchillo en la mano.

—Pero si lo que decís es verdad, significaría que hay dos asesinos en el grupo. Me cuesta creerlo, por simple probabilidad —intervino León.

—A no ser que... —Pedro González se masajeó las sienes con los dedos pulgar y corazón de la mano derecha—. A no ser que alguien haya aprovechado que hay un asesino para ajustar alguna cuenta personal. Leí que pasaba algo así en una novela negra: empezaba a haber muertes dentro de un grupo y, al final, resultó que alguien había aprovechado que había un depredador para sumarse al festival macabro e intentar pasar desapercibido.

La voz de aquel hombre estaba despojada de toda emoción. Parecía un autómata. Una mala fotocopia del Pedro entusiasta que Olivia había conocido horas antes. En ese primer encuentro, a la periodista le dio la impresión de que no aparentaba en absoluto la edad que tenía, sobre todo por su fuerza y vitalidad. Ahora era como si estuviese ante la versión anciana de aquella persona. Como cuando pasas un filtro de envejecimiento con el móvil y puedes vislumbrar cómo serás de viejo. Eso le había pasado a Pedro, pero en apenas ocho horas.

—Irene —Olivia se dirigió a la mujer, que no había vuelto a levantar la cabeza desde que expuso su relato—, te pido que me contestes con toda la sinceridad que puedas. ¿De verdad ves capaz a Lucas de cometer un asesinato tan atroz? ¿De matar a su propio hermano?

La mujer levantó la cabeza. Sus ojos eran un pantano que desbordaba por todo su rostro.

—Lo dije antes y lo digo aquí delante de todos otra vez. No lo sé. No pondría la mano en el fuego por él. Cuando vinimos a vivir a Beresteira, él mismo mostró sus dudas sobre cómo podría sobrellevar el hecho de convivir con Juan, con todo lo que le removía del pasado. Y la verdad es que los últimos meses han sido muy duros para Lucas. Cuando Pedro decidió comprar otro edificio para él y para Juan, y convertir la casa en la que él nació en una casa rural... le hirvió la sangre. Él nunca lo reconoció en el pueblo, pero era evidente que no le molestaba que convirtieses esto en un Benidorm porque, obviamente, tu proyecto está lejísimos de eso. Lo que de verdad le enfurecía es que hicieras lo que te diese la gana con la casa de su padre. Decía que estabas prostituyendo el hogar de su familia y que te daba igual, que ni siquiera le habías pedido opinión en un tema tan delicado. El odio que sentía iba aumentando. Yo le decía que no fuera injusto contigo. Si estábamos aquí, llevando una vida digna, era gracias a ti y a Juan, que nos ayudó económicamente a hacer la rehabilitación de nuestra casa. Pero estaba cegado. Veía la casa rural como una ofensa a la memoria de su padre. Y luego, para remate, colocaste esos cañones de gas que pegan esos petardazos.

Pedro miraba abatido a Irene. Levantó las palmas de las manos hacia arriba.

—Me equivoqué. Me equivoqué por completo. En cuanto a la casa, lo cierto es que me dejé llevar por la inercia. Aquí, aunque las decisiones se toman de forma conjunta, al final bien sabes que salen adelante todas las propuestas que yo hago. Soy el mayor, el más viejo del lugar, el que inició todo, y creo que eso tiene mucho peso sobre las opiniones del resto. Como era mi casa, di por hecho que no molestaría a nadie que la transformase en un pequeño imán para dar a conocer la zona. Pero es verdad. Tendría que haber sido más sensible, más empático con lo que podría sentir Lucas. Respecto a los cañones de gas… Tienes razón. No los instalé para ahuyentar a los pájaros. Lo hice por venganza. Vi que estaba intentando boicotear el proyecto de turismo rural y pensé: «¿Quieres guerra? Pues no vas a poder descansar». Aunque la propia naturaleza del invento fuese completamente opuesta al espíritu de Beresteira de respeto a la naturaleza. Estaba movido por la rabia y no me importó. Todos hemos cometido errores. Y graves. Hemos traicionado los pilares que daban sentido a esto. Pero de ahí a quitar la vida a otro… Y además a tu propio hermano…

Irene colocó las manos sobre los muslos y empezó a moverlas frenéticamente. De repente, temblaba.

—Tenemos que encontrarlo. Por favor, tenemos que encontrar a Lucas. Si ha hecho esa monstruosidad, no puede estar bien. Por favor. Por favor. No quiero que sea demasiado tarde. No puede haber ido muy lejos. Por favor.

Olivia se apresuró a agarrar su abrigo y se disponía a colocarse la linterna frontal en la cabeza cuando Pedro dio un golpe en la mesa.

—¡Nadie va a ir a ningún sitio! ¡Nadie va a moverse de aquí! Olivia, deja ese abrigo donde estaba y siéntate.

La periodista miraba con cierto temor a aquel hombre, que de pronto parecía poseído de nuevo por la rabia. No entendía qué estaba pasando. Se quedó paralizada. En su cabeza solo pensaba en la urgencia de salir de allí. Ya.

—Siéntate. Obedece. No me obligues a retenerte por la fuerza.

PARTE III

37

Santander, 6 de marzo de 2015

Cuando Alejandro recibió el alta y regresó a casa, Julia y Manuel se sentaron a un lado del sofá. Al otro, los dos hermanos observaban aquellos cuatro ojos abiertos de par en par, esperando a ver qué era eso tan importante que tenían que contarles. Habló primero su padre.

—Chicos, ya sabéis que he tenido que estar dos días en el hospital porque los médicos necesitaban saber si estaba o no malito. —Los niños asintieron con la cabeza—. Bueno, pues me han hecho unas pruebas y sí, estoy malito.

Julia tomó aire para responder, pero al final no habló. Esperó a que su padre continuase.

—La cosa es que me van a tener que operar otra vez. Tendré que estar en el hospital una temporada larga y en ese tiempo el tío Moisés vendrá aquí, a casa, a cuidaros.

—¿Tienes catarro? —preguntó Julia.

—No, cariño. Es más difícil que esto que os voy a explicar, porque los médicos saben mucho y hablan con palabras raras, pero digamos que es como si tuviese un monstruo en la vejiga, que es la bolsa que tenemos debajo de la barriga donde se acumula el pis antes de que vayamos al cuarto de baño.

—¿Un monstruo ahí dentro? ¿Como el monstruo de los colores? —preguntó Manuel, refiriéndose a uno de sus libros preferidos, que tenía ese mismo título.

—Sí, como el monstruo de los colores. Pero este es solo de un color. Es naranja —dijo Alejandro, recordando el ejemplo que había puesto el médico, que había comparado el tamaño del tumor con el de esa fruta—. Pero los doctores me van a quitar al monstruo naranja para que ya no pueda hacerme más daño.

—¡Hala! —exclamaron los dos a la vez, anonadados.

Luego, Manuel se frotó una parte del labio con el dedo índice, en un gesto mecánico, casi un tic, que había desarrollado en los últimos meses, y soltó a bocajarro.

—Papá, pero no te vas a morir, ¿verdad?

Alejandro se revolvió en el asiento y, a su lado, Moisés saltó como una bala.

—Manu, claro que no se va a morir. Pero sí va a estar unos días un poco débil. El monstruo ataca y papá lo va a vencer, pero va a tener que usar todas sus fuerzas y eso lo va a dejar muy cansado. Tal vez, a lo mejor algunos días lo veréis raro o más débil de lo normal. Pero es por eso: las batallas contra los monstruos son duras. No os preocupéis.

Acostaron a los niños poco después y los dos hermanos salieron a la pequeña terraza a tomar el fresco.

—Parece que lo han entendido —celebró Moisés.

—Ojalá fuera tan fácil como les hemos hecho creer. Me preocupa que piensen que el tema no es tan serio como en realidad es.

—Alejandro, son niños. No tienen ni ocho años. ¿De verdad crees que sería mejor contarles todo con pelos y señales? No lo iban a entender y encima sabe Dios qué se iban a imaginar en esas cabezas.

38

Santander, mayo de 2015

Moisés entró en el ascensor del hospital, se fijó en aquellos ojos y el miedo se apoderó de él. Con el paso de los años, seguía sin saber la razón de ese enorme temor y nunca compartió con nadie esa sensación. Porque tampoco sabía explicarla.

En el ascensor que bajaba hacia los quirófanos entraban a duras penas Alejandro, que iba tumbado en la cama con los ojos cerrados; el celador; Moisés, y una pareja de ancianos desconocidos. Él vestía un abrigo de ante que tenía aspecto de haberse fabricado antes de la muerte de Franco; unas gafas gruesas que parecían salidas de esa misma época y unos zapatos que a Moisés se le antojaron disparatadamente enormes en comparación con el tamaño del resto del cuerpo del hombre. La mujer, a su lado, era bajita. Llevaba el pelo cardado y vestía de negro, salvo las medias de color carne. Desde su posición, baja por su estatura, elevó la vista y fue cuando ocurrió. Miró fijamente a Moisés a los ojos y sonrió. Fue una escena terrorífica, aunque *a priori* no tenía por qué serlo, la mujer sonrió con cortesía y dejó asomar unos dientes incisivos extraños: uno se montaba encima del otro y asomaban por encima de los labios. Era como si intentase ser amable, pero desprendiese muerte.

La imagen de aquellos ojos y aquella boca le volvía de forma recurrente. A partir de ese momento y para siempre, para él la muerte tendría el rostro de aquella mujer. El ascensor llegó a su destino y los ancianos, que parecían salidos de 1978, se evaporaron.

El celador dejó la cama en un lado del pasillo y se fue un momento a algún lugar, dejándoles un instante de intimidad para que se despidiesen. La operación duraría prácticamente toda la mañana.

—Estos calcetines me están matando —fue la frase que pronunció Alejandro, en referencia a unas ceñidísimas calzas que le habían colocado para entrar al quirófano.

—No te quejes tanto por todo, anda —pidió Moisés, fingiendo un tono despreocupado que en absoluto era real.

—¿Recuerdas lo que hemos hablado?

—Que sí, no te preocupes ahora por eso. Lo tengo todo claro.

—Pues a ver, dímelo.

—El archivo de todo lo que has escrito durante estos meses está en tu ordenador. La clave para entrar es 7798. El archivo se llama NOVELADEF y llevas cincuenta y siete mil palabras. El otro archivo importante es BOCETÓN y ahí explicas las líneas maestras sobre cómo acabar el texto en caso de que las cosas ahora no salgan bien. Pero van a salir.

—Eso no lo sabes, pero sí es importante que sepas algo, cuando empecé a escribir ese puñado de textos tenía dos objetivos: desahogarme contando mi historia, mi vida, lo que sentía tras el diagnóstico y, de paso, dejar un legado a los niños en caso de que las cosas se torciesen. Imagínate que no salgo de esta: habría compartido con ellos tan pocos años que, cuando crezcan, yo apenas sería un recuerdo difuso en su cabeza. Tenía la esperanza de que mis hijos pudieran algún día leer esos escritos y, a través de ellos, descubrir quién era su padre. Pero con el paso de los días y de las líneas, el texto se me ha ido por otros derroteros y he acabado escribiéndolo como si fuese una novela. Yo qué sé por qué. Quizá necesitaba distanciarme de todo lo que me sucedía. Y así no era yo, era otro.

Moisés puso cara de sorpresa.

—Vale. Y qué más —preguntó Alejandro a su hermano como el maestro que invita al alumno a recitar la lección.

—Terminaré el texto, bueno, la novela, y trataré de publicarla por todos los medios. Y, si lo consigo, irá firmada por los dos.

El celador apareció de nuevo y les sonrió. En ese tipo de contextos, las sonrisas pueden significar cientos de cosas y no siempre positivas. Aquella tenía un claro significado: vayan ustedes acabando, que me llevo a este a operar. Los hermanos se dieron la mano y fue Alejandro el que pronunció las últimas palabras.

—Hasta dentro de un rato. O hasta cuando sea.

Moisés se dirigió a la sala de espera, que estaba abarrotada. Esos lugares le angustiaban como ningún otro. Eran un almacén de miedos. Miró a todos los que estaban allí y se los imaginó como en un sorteo de la feria: todos habían comprado sus boletos, esperanzados porque les tocase algo bueno, pero por simple estadística allí había alguien que esa mañana iba a recibir pésimas noticias. Se sentó en una de las pocas sillas libres, al lado de una máquina expendedora de café a la que acudían muchos como si fuera el muro de las lamentaciones. Otros entraban y salían a cada momento del baño. El hombre comenzó a dar vueltas a todos los escenarios e inevitablemente se puso en lo peor. Si las cosas iban mal (que en realidad era un eufemismo para no pensar en ninguna frase que llevase las palabras «muerte» y «hermano» muy próximas), tendría que acabar aquella novela que significaba tanto para su hermano. Y no se veía en absoluto preparado. Sí, era lector habitual. Sí, había estudiado Periodismo y escribir no sería una tarea extraña para él, pero nunca había ejercido su profesión y tenía muchas dudas de si sería capaz de llevar el encargo a buen puerto. La duda de si conseguiría no fallar a su hermano comenzó a reconcomerlo. Y, a la vez, se sentía la peor persona del mundo por ponerse en ese escenario tan cruel.

Las horas fueron pasando y la sala de espera se fue vaciando. Moisés veía cómo los médicos iban llamando a los familiares de otros pacientes cuyas operaciones ya habían terminado. Allí nadie regresaba, así que era imposible saber si las cosas les habían ido bien o mal.

Conforme se iba quedando solo en la sala de espera, un extraño presentimiento se fue adueñando de Moisés Retuerto. Rememoró sus primeros años en el colegio, cuando se ponía de los nervios al ver que los padres de sus compañeros estaban allí, esperando en el patio al salir, y los suyos no habían llegado. Observaba cómo sus amigos se iban yendo, cómo cada vez quedaba menos gente con él, mientras el profesor miraba impaciente el reloj, maldiciendo a los padres que se retrasaban y lo obligaban a estirar su jornada laboral. Esa sensación de desamparo es la que se apoderó de él en aquella sala de espera, donde de nuevo volvió a ser un niño, desvalido y esperando acontecimientos que escapaban a su voluntad.

Habían pasado las dos de la tarde y llevaba ya solo al menos una hora en la sala de espera cuando al fin escuchó la llamada: «Familiares de Alejandro Retuerto». Había aguardado tanto tiempo a oír aquellas palabras que se sintió extraño, puesto que en su cerebro había imaginado que las pronunciaría una voz femenina.

Entró en una sala muy similar a la de la operación anterior. Allí se encontró de nuevo con el médico de los ojos claros, que esta vez estaba acompañado por una mujer joven, que fue quien habló.

—Puede estar tranquilo. Ha ido bien.

Al oír aquello, Moisés relajó los músculos y se dio cuenta de que llevaba un buen rato apretando los nudillos con tanta fuerza que se había dejado las uñas marcadas en las palmas de las manos.

—Su hermano está todavía sedado, le hemos puesto algunos calmantes porque los primeros días tendrá molestias. Ahora empieza en realidad lo difícil, tendrá que ir acostumbrándose a la nueva vejiga, tendrá escapes de orina al principio, pero poco a poco llevará una vida normal. Ya les dirán lo que tienen que hacer para empezar la quimioterapia.

Pero Moisés había dejado de escuchar. Su hermano estaba vivo y ya le daba igual lo demás. Por primera vez en los últimos meses, los médicos le daban una buena noticia y eso era más que suficiente.

Alejandro utilizó las primeras sesiones de quimioterapia para avanzar a buen ritmo con su novela. Aprovechaba aquellas largas estancias en la sala del hospital para escribir y para observar. Había gente allí que le mostraba su futuro: personas que llevaban ya muchas sesiones a sus espaldas y que ya no tenían el ánimo (quizá tampoco la fuerza) para leer o ver la tele mientras aquel líquido entraba en sus cuerpos. En lugar de eso, permanecían recostadas, esperando a que la tortura acabase lo antes posible.

Y así fue. Conforme avanzaban las sesiones, Alejandro fue perdiendo las ganas de llevar el ordenador al hospital y simplemente permanecía allí el tiempo indispensable aguantando aquel calvario. Luego llegaba a casa y se acostaba, casi sin fuerzas para preguntar a los niños qué tal les había ido en el cole y, mucho menos, para ponerse a escribir ni una sola letra.

La tortura de la quimioterapia transcurrió a cámara lenta, pero acabó pasando. Y Alejandro recibió la noticia que pensaba que jamás tendría: estaba curado. Entiéndase por curado todo lo curado que puede estar uno en estos casos. Tendría que someterse a controles periódicos y todavía le quedaba un duro camino para poder ir al baño de una forma que, al menos, pudiera aproximarse a la normalidad. Pero había vencido al monstruo naranja. Aunque, muy en el fondo de su ser, sabía que este tipo de monstruos tienen veinte vidas.

39

Santander, 7 de agosto de 2015

EL 7 DE agosto, Alejandro Retuerto experimentó la sensación con la que había soñado desde que era crío: escribir la palabra FIN en su novela. Habían sido meses de un trabajo durísimo, luchando con el folio en blanco, pero también en contra de las circunstancias, aquellas que muchos días habían amenazado con impedirle escribir una sola frase. Esas tres letras provocaron en él una euforia desmedida. Apenas unas horas después se daría cuenta de una realidad de la vida: la felicidad no es un estado permanente del alma, sino solo pasajero. Y si somos capaces de alcanzarla, aunque sea por momentos, es gracias a que no tenemos una mirilla por la que observar el futuro. Si a ratos conseguimos ser felices, es porque vivimos ajenos a las desgracias que se nos vienen encima. Le quedó bien claro doce horas después de haber acabado el libro, cuando acudió junto a su hermano a recoger los resultados de un TAC. Allí se encontraron de nuevo al médico de siempre. Su mirada era tan grave que parecía haber envejecido años en apenas unos meses.

—No tengo buenas noticias, Alejandro —dijo, en un tono de voz tan oscuro que el hombre pensó que iba a anunciarle que ya estaba muerto—. Hemos encontrado manchas en los pulmones. También en la cabeza.

Moisés se quedó petrificado, la mirada perdida en la profundidad insondable de aquellos ojos azulísimos del doctor.

—¿Manchas? ¿Cómo que manchas? ¿A qué se refiere? —Alejandro sabía de sobra de qué estaba hablando el médico. En ese juego de las palabras prohibidas, se temía, «manchas» significaba ni más ni menos que cáncer.

—Hay que hacer más pruebas, claro, pero no le voy a mentir: no tiene buena pinta.

—Pero ¿relacionado con lo anterior, con lo de la vejiga?

El médico miró hacia abajo y respondió, como dirigiéndose a la mesa sobre la que tenía apoyados los brazos.

—No lo sabemos.

Los dos hermanos salieron de aquella sala de torturas y se fueron directos a la cafetería del hospital, que a Moisés se le antojaba un mal sucedáneo de las de fuera. Todo parecía como en las demás: camareros corriendo de aquí para allá, cafeteras a toda máquina, bocadillitos, tentempiés y tés. Pero flotaba en el fondo del ambiente, como oculta, una angustia que en los bares del exterior no existía: el peso de la enfermedad lo impregnaba todo. Pidieron sendos cafés con leche y se sentaron en una mesa al fondo del local, junto a un gran cristal que dejaba ver el aparcamiento del hospital. Un poco más allá, al otro lado de la calle, se veían algunas casas en las que la gente seguiría con su vida, sus alegrías y su rutina, ajena a las desgracias que se sucedían solo unos metros más allá de aquellas paredes.

—De esta ya no salgo —anunció solemne Alejandro.

No había en su voz angustia ni casi pena. Dijo aquello como un presentador de informativos anticipa que al día siguiente va a llover y aconseja a los espectadores tener a mano el paraguas. Moisés no respondió. Guardó silencio por una razón de peso, aunque a él le parecía propia de un cobarde: tenía miedo, y casi la certeza de que, si decía algo, se le quebraría la voz o le temblaría, y su hermano intuiría en él las irrefrenables ganas de llorar que sentía.

—La novela está acabada. Escúchame bien, por favor. Voy a decirte con exactitud lo que quiero que hagas ahora.

Moisés lo miró a los ojos un segundo y bajó la vista, incapaz de sostener la mirada a su hermano sin romperse. De hecho, le parecía inconcebible que estuviera ahí sentado, delante de él, con una voluntad a prueba de bombas, hablando de su libro.

—Tienes que tratar de que se publique por todos los medios. No soy ningún experto en esto, pero no te rindas. Envíala a editoriales, a agencias literarias, preséntala a concursos. Haz lo que consideres mejor. Pero, por favor, inténtalo. Tómate esto como mi última voluntad si quieres.

A Moisés le hubiese gustado replicar entonces, enfadarse, negarse a aceptar toda aquella conversación casi de despedida. Pero no. Esta vez no. No se sentía con fuerzas y, sobre todo, ya no tenía la convicción suficiente como para animar a Alejandro. De hecho, pensó que su hermano necesitaba expresar en aquel momento justo lo que estaba diciendo. Y ser escuchado.

—Otra cosa. Le he estado dando muchísimas vueltas. No quiero que la novela vaya firmada por mí. Es mejor que aparezca solo tu nombre.

Moisés levantó los ojos y, esta vez sí, los fijó largo rato en los de su hermano.

—¿Por qué? ¿Y todo aquello de trascender dónde queda entonces? ¿Cómo van a saber tus hijos lo que hizo su padre, si ese era tu mayor desvelo?

—He estado pensando mucho en las últimas semanas. Si esa novela llega a publicarse, y no digamos ya si se vendiese medianamente bien, lo único que sí quiero es que Julia y Manuel sepan que fue su padre quien escribió eso. Y ahí entras tú en juego. Pero no. No quiero fama, ni reconocimientos públicos en caso de que los hubiese. He escrito esta novela para ellos, no para el resto. Los demás no me interesan.

—No me parece en absoluto ético apropiarme de tus meses de trabajo poniendo mi firma en algo de lo que no he sido partícipe —rezongó Moisés.

—No digas tonterías. Ahora tenemos que hacer otra cosa. Me gustaría que tú y yo fuéramos a un notario a dejar constancia de que yo escribí el libro, pero te cedí a ti la autoría. Ese documento nunca, jamás, lo puede ver nadie, solo Julia y Manuel cuando crezcan. Cuando Julia cumpla los dieciocho, se lo entregarás.

A Moisés le explotaba la cabeza.

—No entiendo nada, pero vale. Lo haremos así.

—Es fácil de comprender: no quiero fama ni que nadie sepa de mí. Lo único que quiero es que, si mi libro llega en algún momento a tener alguna relevancia, por mínima que sea, mis hijos sepan quién fue y qué hizo su padre. Y, si no la tiene, quizá encuentren en esas hojas algunas claves para entender quiénes son y de dónde vienen.

Alejandro dio un sorbo largo al café.

—Una cosa más. Por supuesto, si la novela generase algún tipo de ingreso, mi voluntad firme es que se reparta a partes iguales entre tú, Manuel y Julia. Esto también me gustaría que quedase reflejado en el documento.

—¿Por qué yo? ¿Qué he hecho yo para llevarme parte de algo?

—¿Te parece poco cargar con dos niños? Vas a ser lo único que tengan mis hijos en la vida.

Los dos hermanos se miraron a los ojos e hicieron algo que no acostumbraban a hacer, tan poco dados como eran a las muestras de cariño. Se agarraron de la mano y apretaron con fuerza. Moisés entendió ese momento como una conjura, como si su hermano le estuviese diciendo: sé que lo vas a conseguir. Y en aquel instante tan intenso, se le ocurrió preguntar por algo que le pareció anecdótico.

—No tiene la menor importancia, pero me gustaría saber una cosa.

—Dispara.

—¿Tiene título la novela?

Alejandro lo miró y perfiló una ligera sonrisa, quizá la primera en toda aquella terrible mañana.

—Sí. Se titula *El monstruo naranja.*

40

3:05 horas

Olivia miró a Pedro desconcertada. El tono amenazante con el que le estaba impidiendo salir de La Palloza para buscar a Lucas Almuiña no se parecía en absoluto al estilo que aquel hombre había mostrado en las horas previas. De pronto, le pareció que estaba ante un desconocido y un escalofrío le puso el vello de punta al pensar en la posibilidad de que la cara que había conocido de él no fuese más que una careta.

—Siéntate. Te lo repito por última vez.

La periodista cedió y volvió a su sitio. Todos en la mesa miraban con atención, e incluso con cierta aprensión, los movimientos del dueño de la casa.

—Antes de hacer nada y de salir a buscar a nadie vamos a repasar con detalle lo que ha ocurrido. Tenemos al primer muerto, Moisés, que aparece asesinado en la iglesia, atado de una mano a Argimiro, que estaba y está malherido. Entre todos convinimos que quien tiene todas las probabilidades para haber hecho esa tropelía es Lucas y lo encerramos bajo vigilancia. La custodia que Olivia y yo ejercemos sobre el sospechoso se rompe cuando escuchamos un estruendo en el piso de arriba, pasos y un portazo. Subimos y nos encontramos con Fernando Ocampo asesinado y a Juan mirándolo desde el quicio de la puerta de su habitación con un cuchillo en la mano, ensangrentado. Es imposible que a Ocampo lo matase Lucas, porque no pudo salir de su celda, por llamarlo de alguna manera, ya que

211

Olivia y yo lo habríamos visto. Por lo tanto: o tenemos dos asesinos en esta casa, o nos confundimos y Lucas no mató al escritor. Pero sigamos: al poco rato Juan sube, parece que para ir al baño, y acaba arrojándose por la ventana. Según le dice a Olivia justo antes de fallecer, no ha sido un suicidio, sino que alguien lo ha empujado deliberadamente para acabar con él. Esto, según yo lo veo, nos deja varias posibilidades: si el asesino de Juan es su hermano, hay al menos otro asesino aquí. Si no, el asesino solo pueden ser tres personas: Félix, León o Irene. Y en cualquiera de esas cábalas, alguno de vosotros tres ha matado a alguien esta noche.

La mujer lo miró con estupor.

—¿Por qué estamos dando por hecho que ese tal Argimiro Molina es inocente? Es el que ha estado en casi todos los berenjenales: apareció atado a Moisés; pudo matar a Ocampo, intentar cargar el muerto al mudo y luego tirarlo por la ventana de su propia habitación —dijo el escritor.

Pedro hizo un gesto con la mano, como si espantase a una mosca imaginaria.

—La teoría sería perfecta si no fuese por un detalle: ese tío no se puede ni mover. Es imposible que haya hecho nada.

—¿Y la opción de que los asesinos sean los dos hermanos, en vez de culparnos a nosotros? ¿Eso no se contempla?

El dueño de La Palloza miró confuso a Félix, que continuó con su hipótesis:

—Claro. Imaginemos. Lucas mata al pobre Moisés. El mudo mata a Ocampo, que de hecho sería lo más lógico a la luz de la escena que os encontrasteis. Y Lucas, que se ha escapado aprovechando que habéis subido a ver el cadáver de Ocampo, se queda oculto en alguno de los pisos de arriba de la casa y mata a su hermano.

Pedro apoyó la cabeza sobre las manos, en un gesto de desesperación.

—No lo creo. Hay un detalle que no cuadra: escuchamos pasos y un portazo, y Juan estaba allí, en medio del pasillo. Es fácil deducir que alguien huyó y se metió en una habitación. Además, ¿qué motivación iba a tener Juan para matar a ese periodista, si no lo conocía de nada? —preguntó finalmente.

—¿Y qué motivos puede tener cualquiera de los demás para matar a un desconocido? —preguntó el escritor—. Si te das cuenta, los muertos no tenían un conocido común: Ocampo nos conocía a nosotros, pero no al resto. —Pedro lanzó una mirada disimulada a Olivia, a la que el periodista conocía de sobra—. Moisés, igual: nos conocía a nosotros, pero nada más. En cambio, el mudo no nos conocía a nosotros, pero sí a vosotros, a los del pueblo. Es decir, o hay dos asesinos, o el asesino ha matado a alguien al que no conocía de nada antes de llegar aquí.

El dueño de la casa se levantó arrastrando de golpe la silla hacia atrás y movió los puños en el aire.

—¡Se nos están escapando cosas! ¡Muchas cosas! Nos faltan demasiadas piezas de este puzle.

Olivia también se levantó.

—Yo quiero que se me diga de inmediato la razón por la que no podemos ir a buscar ahora mismo a Lucas.

A su lado, Irene, demacrada, seguía moviendo las manos de manera compulsiva sobre los muslos, como intentando encontrar calor a través de la fricción con la tela.

—Nadie más se va a mover de aquí hasta que podamos avisar para que venga alguien. No me voy a arriesgar a que el asesino que hay entre nosotros vuelva a actuar. Lo siento, pero esta noche de terror acaba aquí. No daré más oportunidades a ese perturbado. —Pedro calló, dubitativo—. O a esos perturbados.

—Tenemos que encontrarlo, por favor, tenemos que encontrarlo. Lucas no está bien, siento que no está bien. Quizá haya hecho un disparate. Por favor, por favor —dijo Irene, en un tono que parecía un robot y con los ojos cada vez más hundidos.

Olivia se dio la vuelta, agarró de nuevo su abrigo y su linterna y se encaminó hacia la puerta de La Palloza.

—Irene, vente conmigo —ordenó con una convicción que la sorprendió a sí misma. Deseó en un momento fugaz que esa repentina seguridad hubiese vuelto para quedarse y que aquella noche, además de para presenciar la muerte en directo, sirviese como terapia de choque y la convirtiese en una mujer más decidida.

—¡No iréis a ningún lado! —bramó Pedro, que de nuevo parecía poseído por una furia irracional—. ¡No me obliguéis a hacer lo que no quiero hacer!

—Aquí no mandas. Por si no te has dado cuenta, la situación hace tiempo que se te ha ido de las manos —replicó la periodista, atravesando la puerta y poniendo ya los pies fuera de la casa, sobre la nieve.

—¡Vosotras lo habéis querido! —les gritó.

Por un fugaz segundo, Olivia pensó que ahí acababa todo. Que Pedro no era el apacible hombre de campo que creía que había conocido y que aquella mirada enigmática lo que escondía en realidad era una maldad atroz. Pero no. El dueño de La Palloza agarró la silla en la que estaba sentado y, en un ataque de rabia, la estampó contra el suelo, de una forma que a la periodista le recordó las maneras en las que los tenistas parten su raqueta contra la pista cuando caen presos de la impotencia. González descargó toda la ira acumulada durante la noche contra ese mueble, que acabó partiéndose en varios trozos ante la mirada incrédula de León y Félix, que contemplaban la escena como meros espectadores.

Irene parecía haber perdido todo contacto con la realidad y siguió a Olivia hacia la calle. La periodista le habló agarrándola de los hombros y mirándola fijamente.

—Tienes que pensar. ¿Dónde ha podido meterse Lucas?

La mujer la observó de tal forma que la conmovió, porque daba la impresión de que la hubieran vaciado por dentro.

—Imagino que en casa o en el albergue de Pedro. No hay muchos más sitios donde ir ahora mismo. O si no…

La mujer giró la cabeza con los brazos en cruz y las palmas de las manos hacia arriba, observando el blanco paisaje helado que las rodeaba.

—Como no esté a cubierto…

Olivia no le dejó acabar la frase. La abrazó con todas sus fuerzas. Luego se separó de ella.

—Lo vamos a encontrar. Y va a estar bien. Ya lo verás. Propongo que tú entres en tu casa y yo vaya al albergue, por si Lucas estuviera en uno u otro sitio.

En ese momento, el camino no podía siquiera intuirse, estaba cubierto por una espesísima capa de nieve, por la que las dos mujeres avanzaban como podían. Olivia aprovechó para contarle a Irene que Juan le había hablado y que quería avisarla.

Cuando se separaron, Olivia se dirigió con dificultad hacia el albergue. El trayecto era cuesta arriba, pero por suerte solo eran unos metros.

Irene atravesó el espacio nevado que separaba La Palloza de su casa. Abrió la puerta y pulsó el interruptor en la entrada, pero no pasó nada. La luz, el motivo por el que ellos y su bebé habían acabado esa noche en la casa de Pedro, todavía no había vuelto. Sondeó la estancia principal del hogar con el haz de la linterna que llevaba en la cabeza. La tranquilidad allí dentro era absoluta.

—¡Lucas! ¡Lucas! ¡Dime por favor que estás aquí! —gritó Irene.

Como respuesta a aquellas palabras se produjo un ruido en la planta superior, como si alguien o algo se estuviese arrastrando.

Arriba solo estaba su habitación, la del bebé y un baño.

Irene empezó a subir muy poco a poco los peldaños. Se detuvo a la mitad y escuchó. Nada. El silencio era total. Siguió subiendo con todos los sentidos alerta.

Llegó al final de los escalones hasta alcanzar un descansillo. Había una puerta a su derecha, otra a su izquierda y una más justo enfrente. Fue a la que se dirigió primero. La abrió y la luz de su linterna iluminó un baño de un tamaño considerable. Detectó un olor ácido, como a sudor. Recorrió con la mirada la estancia, pero no vio nada llamativo. Se dio media vuelta y se dirigió a una de las dos puertas que le quedaban por explorar. La abrió con resolución y su foco iluminó una escena irreal a sus ojos.

Una cama de matrimonio se llevaba todo el protagonismo en aquella habitación: estaba en el centro de la estancia y ocupaba casi todo el espacio, dejando apenas un pasillo a los pies para poder pasar. Y allí, en una esquina, agazapado como una alimaña, estaba Lucas Almuiña, emitiendo unos sonidos bajitos, como los de un animal malherido. Irene corrió hacia él. Lo agarró de las manos.

—¡Lucas! ¿Qué ha pasado?

El hombre la miró con los ojos destrozados. Lloraba. Gemía. Su pareja le acarició la cara, llevándose en la mano parte de las lágrimas que había derramado.

—¡Escúchame! ¿Qué te han hecho?

El hombre volvió a agachar la cabeza y explotó en llanto. Si hasta entonces sus lágrimas salían en silencio, acompañadas solo de vez en cuando por un ligero sollozo, en ese momento dio la impresión de haberse derrumbado del todo. A Irene le impresionó porque nunca había visto a Lucas llorar de una forma tan desconsolada. Finalmente él consiguió decir algo.

—Juan… Juan… está muerto, ¿verdad?

Irene lo atrajo hacia ella y lo abrazó, pasándole una mano por la nuca, chistándole para calmarlo, de la manera a la que seguramente estaría acostumbrada a hacer con su bebé. Se preguntaba cómo era posible que un fin de semana que se presentaba de lo más tranquilo e intrascendente se hubiera convertido en una película de terror.

Tras unos minutos que se le hicieron eternos, Lucas consiguió despegarse de ella. Se frotó los ojos. Respiraba tan deprisa que Irene pensó que iba a tener un ataque de ansiedad o algo similar. Al final fue Irene la que habló:

—¿Cómo sabes lo de Juan?

—Lo escuché. Escuché todo —hablaba con dificultad, entre hipidos—. Cuando me encerraron en ese cuartucho de mala muerte, oí unos golpes en el piso de arriba de La Palloza. Noté que Pedro y esa periodista subían y aproveché que nadie vigilaba para escaparme. No sabía a dónde ir, pero lo que tenía claro es que no podía quedarme allí. Si la mayoría pensaba que yo había matado a ese escritor, ¿quién me aseguraba que no fueran luego a por mí, para vengarse? ¡Pero yo no hice nada! ¡Lo juro! ¡Lo juro! Irene, tienes que creerme, sé que he hecho cosas mal, que últimamente había entrado en un bucle. ¡Pero te juro que no he hecho nada!

La mujer no hablaba. Solo le acariciaba el cuello, por detrás. Los dos estaban sentados en el suelo, a los pies de la cama, con la espalda apoyada contra la pared de la habitación.

—Pensé que lo mejor era venir a casa. Sin luz ni calefacción, pero al menos bajo un techo y en un lugar seguro hasta que alguien en La Palloza se percatase de que no estaba allí metido, de que me había marchado.

Lucas se interrumpió, atacado de nuevo por otra oleada de llanto inconsolable. Al cabo de unos minutos continuó hablando con un hilo de voz.

—Decidí quedarme aquí, junto a la ventana, porque creí que así escucharía voces o ruido si salíais a buscarme. ¿Qué pensaba hacer entonces? Ni idea, no tenía un plan. Supongo que esconderme debajo de la cama. Es muy difícil razonar cuando sabes que hay gente que te considera un asesino y que te cree capaz de matar. No sabes qué pueden hacerte, cómo se pueden vengar. El caso es que estaba aquí, pendiente, cuando escuché jaleo. Y luego oí gritar a Pedro de una forma desgarradora. Por lo que deduje, le había pasado algo malísimo a Juan.

Irene lo agarró de la cara y murmuró:

—Lucas, a Juan lo han matado.

El hombre se abrazó a ella. Su llanto no aumentó, quizá porque eso ya no era posible.

—¿Cómo fue? ¿Y quién fue?

—No lo sabemos. Parece que saltó por la ventana de una de las habitaciones de La Palloza. Pero no murió al instante. Cuando Olivia llegó a su lado, todavía estaba vivo. Y le dijo que alguien lo había tirado.

—¿Le habló? ¿Juan le habló? —Lucas la miró con fijeza.

—Así es. Olivia me dijo que él no se había tirado por su propia voluntad y Juan la avisó de que ahora alguien iría a por ella. Le advirtió que tuviera mucho cuidado.

—¿Cómo que alguien? ¿Quién?

—No me dijo más. Según Olivia, después de eso, murió. —A Irene le tembló la voz.

—¡Joder! ¡Joder! Pero ¿quién querría matar al pobre Juan? —Lucas elevó el tono de voz tanto que Irene le tuvo que tapar la boca.

—¡Nos van a oír! Es mejor que, al menos de momento, no sepan que estás aquí.

Permanecieron unos minutos en silencio, con todos sus sentidos alerta. Solo se escuchaba el sonido del viento.

Cuando vio que el hombre se calmaba, la mujer lo soltó.

—¡No he hecho nada!

—De momento no tienes forma de demostrarlo. Ni siquiera puedes demostrar que no has matado a tu hermano. Y ahora ya todos saben que es tu hermano. Aunque te avergüence, lo he contado.

Lucas miró a su mujer, descolocado.

—Pero te acabo de decir que yo estaba aquí cuando pasó todo…

Lucas interrumpió su protesta de repente. La puerta exterior acababa de abrirse. Los dos se miraron asustados. Se oían con nitidez unos pasos que hacían crujir la madera del vestíbulo.

Olivia gritó:

—Soy yo, Irene, ¿has encontrado a Lucas?

—¡Sí, estamos arriba!

Mientras se oían los pasos de Olivia, que subía las escaleras a toda velocidad, Irene continuó con su argumento, sin preocuparle que la periodista lo escuchara.

—Voy a hacer de abogada del diablo, pero… ¿quién dice que no aprovechaste el caos cuando oíste ruidos arriba y Pedro y Olivia subieron, te quedaste en otra parte de la casa y esperaste el momento oportuno para librarte de Juan?

—¡Joder, Irene! ¡Lo que dices no tiene sentido! Yo no tenía ningún motivo para matar a Juan.

La mujer lo miró con una expresión dura, y dijo:

—A Olivia se le ha muerto Juan en brazos. Creo que lo justo es que ella sepa la verdad de la historia. La verdad que él te contó a ti.

41

Beresteira, agosto de 1979

Isolina Seoane tenía todo preparado para marchar a Madrid y dejar atrás toda una vida y, de paso, abandonar para siempre el pueblo en el que habían vivido sus antepasados.

Asomó la cabeza por la ventana, con cuidado de que el bebé en sus brazos no se golpease con el marco. Fuera, Venancio terminaba de colocar los cachivaches en el maletero.

—¡Juan! ¡Juan! Corre, recoge y vete al baño, que ya está todo. Ya nos marchamos.

El niño la miró y, de mala gana, obedeció y se metió en casa. El chiquillo era el que más le preocupaba a Isolina. Tenía siete años; era una edad difícil para los cambios. Ella no imaginaba cómo esa pobre criatura iba a poder adaptarse a las reglas y las maneras de la gran ciudad, viniendo de una aldea donde había sido el rey, porque era el último niño del lugar.

El pequeño Juan, al que solo le quedaban unos minutos para convertirse en el *Mudito* Juan, pasó junto a su madre, se detuvo y se la quedó mirando muy serio, desafiante, y le hizo una pedorreta. A Isolina se le caía el alma a los pies. Aunque su marido y ella llevaban meses hablando con el niño, explicándole las razones por las que tenían que dejar el pueblo, intentando hacerle ver una parte positiva de Madrid que ni siquiera ellos veían, el chiquillo no entraba por el aro. No quería irse de su casa y no disimulaba ni un poco su descontento.

—¡Que no me quiero ir!

—Juan, cariño, ya lo hemos hablado muchas veces. No nos queda más remedio que irnos. Papá va a tener trabajo allí, vamos a tener una casa genial y además vamos a vivir cerca del Santiago Bernabéu. ¡Si podremos ir a ver al Real Madrid!

Isolina contenía las lágrimas como podía al escucharse a sí misma decir aquellas bobadas que ni ella se creía.

—Yo no quiero eso, yo quiero quedarme aquí y poder jugar en el campo. Madrid es gris. Os lo he escuchado decir.

—¡Pero tú la pintarás de color! Podemos volver aquí de vez en cuando, cariño. Venga, vete al coche, que papá está allí. Ahora voy con tu hermano y nos vamos.

—¡Caraculo!

Y esa palabra tan mundana, tan poco épica, fue la última que pronunció Juan. O al menos eso es lo que se había contado siempre. El niño salió por la puerta y caminó hacia donde estaba su padre. El hombre vio acercarse a su hijo y sonrió. Lo entendía. Vaya si lo entendía. Comprendía perfectamente la posición del muchacho, que no se quería ir ni a rastras del pueblo. Él, desde luego, tampoco. Le daba pavor todo lo que se encontraría en la gran ciudad. No estaba seguro de si se acostumbraría a la vida allí, de si lograría ser algún día un madrileño más, de si daría la talla en el nuevo trabajo o si, por el contrario, fracasaría en su empleo y la ciudad lo acabaría devorando. Si él hubiese podido, también habría hecho una pedorreta, habría llamado caraculo a quien fuese y habría llorado todo lo posible para intentar no marcharse del pueblo. Eso era lo que estaba pensando mientras veía el rostro serio, los ojos marchitos, de su hijo Juan. Pero él era, al fin y al cabo, el adulto. Y poco le importaban al niño sus problemas. Así que decidió que tenía que animarlo. No se le ocurrió otra cosa mejor que jugar con él a lo que más le gustaba: imaginar los pensamientos que tendría su coche en cada ocasión.

—Vente, Juan. Vamos a ver de qué tiene cara hoy el Renault 7.

Ambos caminaron unos metros camino abajo, hasta ponerse de frente al vehículo, un poco alejados.

—Mmm. Yo creo que está diciendo: «Pfff, me espera una buena paliza hasta Madrid, no me van a dejar descansar en todo el camino. ¡Y va a ser muy largo!» —aventuró Venancio.

Con algo tan simple, consiguió arrancar una sonrisa al chico.

—¡No! Yo creo que estará pensando: «Mis dueños son idiotas, con lo bien que se vive en este pueblo me llevan a un sitio donde me voy a aburrir como una ostra».

El hombre miró a su hijo y le acarició la cabeza.

—Anda, quédate aquí si quieres, y me vas gritando lo que dice el coche mientras acabo de meter los trastos en el maletero, que tu madre estará a punto de salir con Lucas para irnos.

Venancio deshizo el camino que había recorrido minutos antes mientras escuchaba a Juan gritar los pensamientos que él creía que tendría el coche. Llegó a la altura del vehículo y observó el poco espacio que quedaba libre en el maletero y los dos bultos que todavía tenía que meter. Recolocó un poco el espacio, de tal forma que consiguió introducir un macuto, pero todavía le quedaba otro fuera. No estaba seguro de si entraría en el hueco que había libre, así que lo agarró y lo intentó meter a las bravas. Lo colocó en el único sitio en el que podía caber e hizo fuerza, con la esperanza de que los objetos del maletero se moviesen unos centímetros y aquella bolsa pudiese entrar. Pero nada. Era imposible. Decidió intentarlo una última vez, colocando todo el peso de su cuerpo hacia delante y esforzándose al máximo. De pronto escuchó algo. Como un latigazo o un crujido metálico. Y, sin más aviso, el coche empezó a moverse. Venancio tardó un segundo en darse cuenta de lo que estaba pasando y reaccionar. El vehículo emprendió la marcha cuesta abajo, por el empinado camino, primero poco a poco, pero enseguida adquirió velocidad espoleado por el enorme desnivel de la pendiente. Cuando el hombre quiso moverse, el coche había avanzado ya unos metros e iba directo hacia su hijo, que se había cansado de inventar pensamientos del vehículo y estaba jugando en el camino con unos palos, de espaldas al Renault.

Su padre se puso a correr detrás del coche todo lo deprisa que pudo. Sentía que le abrasaban el pecho y las piernas. Gritó.

—¡Cuidado, Juan! ¡Cuidado!

El niño, asustado, se dio media vuelta. Pero se quedó quieto, paralizado por lo inesperado de la escena y por el miedo que le provocaba aquel vehículo, que se lanzaba cuesta abajo como una bala contra él y sin control. Venancio consiguió ponerse a la altura del coche y superarlo por muy poca distancia justo cuando llegaba a la altura del chico, que seguía allí, convertido en una estatua. El hombre, aprovechando la raquítica distancia que le había sacado al vehículo, se tiró en plancha, empujando a Juan violentamente. El niño salió despedido hacia un lado del camino, a salvo, pero el vehículo chocó con fuerza contra Venancio, con tan mala suerte que el parachoques delantero lo golpeó en la cabeza y una de las ruedas le pasó por encima del cuello hasta acabar estrellándose contra un árbol un poco más abajo. El chico se incorporó raudo y se quedó de pie junto al cuerpo de su padre, aterrado por lo que acababa de ocurrir.

Isolina Seoane oyó el ruido y, al salir al quicio de la puerta, no pudo evitar un grito. La escena que contempló era dantesca. Una auténtica pesadilla. Apretó al bebé contra sí, para que no pudiera ver nada. El Renault 7 de Venancio había emprendido la marcha de alguna forma mientras su dueño estaba fuera y le había pasado por encima como un torbellino. Su marido estaba tirado en el suelo, sin vida. El coche se había estrellado varios metros más abajo, al salirse del camino y acabar empotrado contra un árbol. Y allí, de pie en medio de aquel desastre, estaba Juan, que miraba el cuerpo de su padre como quien observa una película de terror.

42

4:00 horas

OLIVIA ESCUCHÓ PASMADA el relato de Lucas sobre lo que había ocurrido el último día de la primera vida de Beresteira. Así que ninguna de las hipótesis que se habían manejado hasta entonces resultaban ciertas: ni Juan mató a su padre a propósito para librarse, Dios sabe cómo, de irse del pueblo; ni un fallo del coche pilló a Venancio despistado y se lo llevó por delante. Resulta que aquel hombre dio su vida por salvar la de su hijo.

A la tenue luz de las linternas frontales, la periodista vio el rostro desencajado de Lucas, cuyos ojos parecían hundidos en sus cuencas. Daba la impresión de que en apenas unos minutos tenía un millón de nuevas arrugas en la cara. A su lado, Irene seguía acariciándole el cuello de forma mecánica, hasta que se levantó de un modo brusco y salió de la habitación, sin dar explicaciones.

A Olivia, el cerebro le iba a mil por hora y se le acumulaban las preguntas.

—¿Cómo te contó eso Juan? ¿Cuándo? ¿Por qué?

—Un día, cuando yo tenía doce años. Era 1991. Yo llegué harto de que en el colegio, en la calle, en la frutería, todo el mundo dijese que mi hermano era un asesino. Pero no es lo que piensas. A mí no me molestaba que dijesen eso por él, sino por mí. Me daba igual lo que él pudiera pensar o lo que pudiera sentir mientras en el barrio decían aquellas barbaridades sobre él. Lo que de verdad me preocupaba es que a mí me dieran de lado, me señalaran o me increpasen por ser su hermano. El resto me la traía al pairo.

Lucas hizo una pausa para limpiarse los ojos con la manga de su jersey y continuó:

—Entonces, en la habitación, se lo dije. Le dije cosas horribles, cosas que nadie tendría que escuchar jamás: que me avergonzaba de ser su hermano, que ojalá se muriese, que ojalá se hubiese muerto él y no papá, que por su culpa no había conocido a mi padre, que no merecía otra cosa que morirse. Y lo más penoso, lo peor, es que lo sentía de verdad. Odiaba a mi hermano de verdad. Deseaba con todas mis fuerzas que desapareciese de la faz de la tierra. Imaginaba el mundo sin él y todo se me antojaba mejor. Lo veía como un obstáculo insalvable para mi propia felicidad. Con los años, he llegado a la conclusión de que lo deshumanicé porque no hablaba. Al no expresarse, para mí pasó a ser algo así como una planta, un saco de boxeo en el que descargar toda la furia que sentía contra el mundo. Porque sabía que nunca iba a responder.

—¿Y fue entonces cuando él te contó la verdad?

—Sí. Después de escuchar todas las palabras que le escupí, me miró con esos ojos que siempre ha tenido. Muy fijamente. Él estaba sentado en su cama y yo en la mía. Me dijo: «Yo no fui». Imagínate el *shock* que me produjo aquello. En mi cabeza fue como un milagro de los que se cuentan en la Biblia: el mudo, por arte de magia, empezaba a hablar. Fui incapaz de responderle. Él hablaba de una forma rara, muy lento, como si le costase pronunciar las palabras. No conseguía articularlas bien, daba la impresión de que la lengua le pesase una tonelada. Supongo que llevaba tantos años mudo que hablar le suponía un mundo. Me lo contó en pocas frases, algunas apenas comprensibles, y yo deduje el resto.

—¿Y no se te ocurrió que habría sido buena idea que tu madre supiera la verdad? Que todo el mundo, en realidad, se enterase de que él era inocente.

Lucas levantó los brazos hacia arriba, en un gesto que Olivia no acabó de distinguir si era de indiferencia o de impotencia. En ese momento, Irene entró en la habitación y se sentó de nuevo junto a él.

—Para mí, en aquellos momentos, y durante muchísimos años en realidad, la verdadera historia no cambió nada. En mi cabeza, Juan había matado a mi padre igualmente, era el culpable. Así que me pareció de justicia que nadie se enterase de la verdad. Temía que, al saberlo, lo exculpasen. Que su pecado quedase perdonado. Yo consideraba que Juan no se merecía el perdón.

—Y, sin embargo, si hubiese sido así, tus problemas y tus temores se habrían acabado. Quizá habrías dejado de ser el hermano del asesino, como creías que te veían entonces.

—Es que no lo entiendes. Odiaba tanto a mi hermano que prefería que sufriese él, que pagase con la condena social el crimen de no haberme dejado conocer a mi padre, antes que enterrar mis miedos y dejar de temer ser señalado.

A Olivia le pareció escuchar un ruido fuera de la casa. Se acercó a la ventana a mirar, pero no vio nada. Todo parecía tranquilo. Irene y Lucas seguían sentados en el suelo, utilizando la pared como respaldo. Desde esa posición, la periodista le hizo otra pregunta a aquel hombre, que estaba allí consumido por la culpa.

—¿Y te contó más? ¿Te dijo Juan por qué no había vuelto a hablar?

Lucas negó con la cabeza.

—Lo único que me dijo es que vivió una escena tan terrible que en un primer momento no pudo hablar con mi madre, ni con la Guardia Civil, ni con nadie, para no tener que recordarla. Yo creo que pensaba que verbalizarlo lo iba a obligar a revivirlo con más intensidad. Y no se veía capaz. Habló aquella vez y, que yo sepa, no lo había hecho más hasta hoy. No sé. Quizá estar sometido a una enorme presión emocional le activa algún mecanismo que lo lleva a romper esa especie de voto de silencio que tiene. Imagino que los psicólogos tendrían un caso interesante de estudio en él, si es que alguna vez alguien se hubiese preocupado por su salud mental, como se dice ahora. Pero antes todo eso no existía o no se le daba mayor importancia. Y yo fui muy cruel, le grité que si no hubiese sido tan idiota de estar en mitad del camino, papá no tendría que haberlo salvado, no tendría que haber sacrificado su vida por él. Y después de mis palabras ya no volvió a hablar. Nunca.

A Olivia, saber la verdad le provocó un repentino odio hacia Lucas, que había tenido en su mano que su hermano hubiese llevado una vida mejor y no hizo absolutamente nada.

—¿Tu madre murió sin saber todo esto? ¿Se fue de este mundo sin enterarse de la verdad de la historia y sin saber que Juan te llegó a hablar?

—Sí. Lo más fácil sería decir que lo siento, que me equivoqué. Pero no es así. Llegó un punto en que pedí a mi madre que echase a Juan de casa. No veía otra salida. Era eso o matarlo.

A Olivia se le erizaron los pelos.

—Suena fuerte, pero en aquella época era lo que creía. Que, o lo echaban de casa, o tendría que quitarlo de en medio yo mismo. Pensaba que era capaz de cualquier cosa con tal de extirpar aquel mal que me empezaba a complicar la vida social. Ante mi petición, mi madre decidió castigarme desterrándome a mí, mandándome a un internado. Supongo que se vio en la disyuntiva de tener que elegir, y lo eligió a él. Irene sabe bien el sufrimiento y el odio que me provocó eso. De hecho, apenas supe de él y de mi madre hasta el día que ella murió.

—¿Lo odiabas tanto como para matarlo hoy? ¿Viste la oportunidad de vengarte y fuiste a por él?

Lucas miró a la periodista de forma muy dura.

—¡Ya te he dicho que no he hecho nada! ¡Al fin y al cabo era mi hermano!

—Al que deseabas ver muerto desde que eras niño. Yo tengo una teoría de lo que ha pasado aquí. —Olivia se sentía desatada. Era como si aquella historia y todos los acontecimientos de las últimas horas hubiesen desactivado en ella algún tipo de filtro y se hubiese convertido en una versión más desinhibida de sí misma—. Acepto que tú no tengas nada que ver en la muerte de Moisés Retuerto. De hecho, creo que a ese pobre hombre lo ha matado, a saber por qué, uno de los dos supuestos amigos con los que vino aquí. Pero, aprovechando que había un asesino en el grupo, pensaste que podrías vengarte de tu hermano y cargar el muerto, literalmente, a otro.

Lucas la miraba de hito en hito.

—Dime, ¿eres tú con quien debo tener cuidado? ¿Eres tú la persona sobre la que me alertó Juan justo antes de morir? —le preguntó Olivia.

El hombre se puso de pie. Su cuerpo estaba rígido.

—¡No he matado a mi hermano! ¡No he matado a mi hermano ni he matado a nadie! ¿Por qué iba a querer hacerte nada a ti? ¡Si no te conozco de nada!

—Y, sin embargo, has destrozado mi coche, me has amenazado con notas, me has asaltado en un camino. No veo tan descabellado que el siguiente paso fuese matarme.

De pronto, Lucas se volvió hacia su pareja, que se incorporó. Ambos se cruzaron varias miradas. Olivia no estaba segura de si también se estaban haciendo algún tipo de señal, porque la luz de las dos linternas era demasiado débil como para ver todo en detalle. Y, sin saber muy bien por qué, la angustia se apoderó de ella. Un miedo absoluto, repentino, que la agarraba del cuello, le aprisionaba el pecho y apenas podía respirar. Estaba aterrorizada por aquellos dos desconocidos, que eso era al fin y al cabo lo que eran, que se miraban entre ellos y la vigilaban. La periodista se sintió entonces como un animal indefenso frente a dos leones que están calculando el momento exacto para lanzarse a su cuello. Así que un impulso la llevó a dar media vuelta y precipitarse hacia el piso inferior de la casa, buscando con desesperación la salida. Sus piernas iban más rápido que su cerebro, sintió por momentos que perdía el control de su cuerpo, y pensó que acabaría cayendo escaleras abajo, pero logró descender con una pericia que a ella misma le sorprendió. Llegó al salón y se lanzó hacia la salida. Bajó el pomo y empujó hacia afuera, pero la puerta no se movió ni un centímetro. Lo intentó de nuevo, tirando hacia ella, por si se había equivocado de sentido. Nada. Comenzó a temblar. Hacía frío allí dentro, pero era el terror en su estado más puro lo que hacía que tiritara. Volvió a bajar la manilla y empujó de nuevo con todas sus fuerzas, pero era ya obvio que la puerta estaba cerrada con llave. La habían encerrado allí. Ahora entendía por qué Irene se había ausentado.

Se giró y vio cómo la mujer y Lucas bajaban tranquilamente por la escalera. Creyó ver en sus rostros un destello de maldad, pero ya no podía estar segura de si se estaba volviendo loca.

—¿Buscas esto?

La mujer pronunció esas palabras mientras levantaba la mano. De su dedo índice colgaba una argolla de la que pendía un manojo de llaves.

PARTE IV

43

Santander, 31 de agosto de 2015

Alejandro Retuerto bajó por una pronunciada pendiente durante veinticinco días, en los cuales pudo hacer poca cosa más allá de ocultar su inmensurable sufrimiento a los niños. Siempre había vivido y tomado decisiones rigiéndose por una máxima: que cuando estés a punto de morir puedas mirar atrás y tener la certeza de que tu vida mereció la pena. Conforme a esa regla autoimpuesta había ido tomando decisiones, muchas de ellas acertadas y otras que en absoluto lo fueron. Pero cuando fue consciente de que aquel monstruo naranja iba a poder con él, Alejandro echó la vista atrás y se sintió moderadamente satisfecho. Se podía ir con la conciencia tranquila. Así que sintió paz.

Durante esos veinticuatro días que van desde el 7 de agosto de 2015, cuando le dijeron que el cáncer había regresado, hasta el 31 del mismo mes, sufrió como nunca. Tuvo que volver a las sesiones de quimioterapia, que causaron estragos en su cuerpo. Decidió que lo mejor para los chiquillos era que se fueran a vivir temporalmente a casa de su hermano, para evitarles el dolor que ningún menor merece contemplar. Y que sus suegros, los padres de Rita, le echasen una mano para poder aliviar todo lo que Moisés tenía encima.

El 22 de agosto lo hospitalizaron. Aunque él se resistía, porque creía que lo mejor que podía haber en la vida era morir en la propia cama, finalmente se vio tan débil que no tuvo fuerzas para contradecir a su hermano, que insistía en que allí estaría mejor atendido. Moisés volvió a sentir que le flojeaban las piernas cuando vio cómo el personal sanitario bajaba a Alejandro en silla de ruedas por el ascensor de su casa hasta la ambulancia. Le daba la impresión de que su hermano no era aquel, que su hermano ya había muerto, o que estaba ausente esperando para regresar de no sabía muy bien dónde, pero que no era aquel hombre ya enjuto, incapaz de salir del edificio por sí mismo.

Moisés se preguntó si sería esa la última vez que Alejandro saldría de casa. Si estaba dejando atrás todas sus cosas para siempre. Y lo hondo del pensamiento hizo que se mareare. Se apoyó en una pared y respiró fuerte, tratando de ahuyentar aquellas cavilaciones que no le iban a llevar a parte alguna, y al poco salió deprisa para poder ir en la ambulancia al hospital.

De los cinco días posteriores, Moisés prefería no acordarse, porque jamás había experimentado sensaciones tan extremadamente dolorosas. Su hermano se consumía hora a hora, cayendo por un barranco sin que hubiera forma humana de pararlo. Él conservó una cierta esperanza, muy al fondo de su ser, durante algún tiempo. Quería creer, más que creía, que en un momento dado Alejandro iba a tocar fondo y luego iría recuperándose. Que quizá no iba a poder llevar una vida normal, pero que podría tirar otros cinco años de alguna forma. Llegado a ese punto, él se conformaba con cualquier cosa.

Fueron dos días más los que su hermano aguantó. Hasta que una noche, cuando a todas luces la situación ya no tenía arreglo posible, una enfermera entró en la habitación y observó a Alejandro, que ya solo se movía para abrir los ojos, unos ojos desgarradores en los que se podía ver su sufrimiento.

—Voy a hablar con el doctor. Quizá lo mejor sea sedarlo.

Moisés observó a la sanitaria y se preguntó cuántas agonías como aquella habría presenciado, qué implicaciones reales conllevaba el verbo «sedar» y si de la pura rutina ya ni sentía ni padecía nada en un caso como aquel. Se notó una presión en el pecho al pensar que quizá su hermano no era más que un punto más en una inmensa fila de gente a la que le ocurren cosas como aquella todos los días. Y que quizá Alejandro, con el que él había compartido todos los minutos de su vida en la niñez, que había salido de donde él, con el que había sido uña y carne tantos años, solo era para la enfermera un quehacer más en su día a día en el trabajo, lo mismo que para él podían ser sus rutinarias funciones en la fábrica. Y se sintió inmensamente solo, como si fuese la única persona que quedaba ya sobre la faz de la tierra.

Estaba aturdido. Tanto que solo pudo acertar a preguntar:

—Si lo sedan, ¿cuánto le quedará?

La mujer lo miró con ojos compasivos.

—Hay personas que aguantan días. Otros, unas horas.

Alejandro pasó pronto a pertenecer a ese segundo grupo. Moisés nunca había visto morir a una persona y que la primera fuera su hermano le produjo una inmensa pena, muy diferente a todo lo que hasta entonces había calificado como tal, como si necesitase una categoría distinta para clasificar el sentimiento. Y, a la vez, experimentó orgullo por estar allí, por evitar que aquel hombre, que había ido perdiendo seres queridos a lo largo de la vida, muriese solo. Quizá, pensó él en ese momento, triunfar en la vida, eso que tanto le preocupaba a Alejandro, sea algo tan sencillo y complicado a la vez como hacer los méritos suficientes para que alguien te dé la mano cuando te marchas de este mundo.

Alejandro se fue en silencio, en apenas tres segundos. Tras aplicarle la sedación, Moisés no percibió ningún cambio sustancial en él hasta que, pasadas unas horas, de súbito, su hermano abrió mucho los ojos, con la mirada fija en el techo. Él dejó el libro que estaba leyendo a un lado, se incorporó y le agarró la mano. El cuerpo de Alejandro se tensó un instante, exhaló fuerte mientras mantenía los ojos muy abiertos y en apenas un suspiro se relajó, como quien deja de soportar un dolor insufrible.

44

Santander, 5 de noviembre de 2015

Moisés observó la tumba de su hermano. Nunca le habían gustado los cementerios. Los consideraba sitios desgarradoramente sinceros, creía que ponían a la persona frente a su propio futuro de una forma tan descarnada que a él cada visita al camposanto le producía unos dolores de cabeza intensísimos que le duraban días. Los nichos simbolizaban en su cabeza el fracaso de la medicina, el triunfo total del pesimismo frente al optimismo, la constatación más irrefutable de que al final de los finales todo acababa mal. Que ya podías hacer milagros en vida, que a la vuelta de la esquina aquella cruz de mármol blanco te atraparía hicieses lo que hicieses.

Sin embargo, aquella tarde decidió ir hasta allí como gesto de respeto hacia su hermano. Sentía que estaba a punto de traicionarlo y pensó que lo más honesto era hablarle de tú a tú. Lo más de tú a tú que le permitían las circunstancias, claro.

Se acercó un poco más a la lápida, paraguas en mano, soportando el fuerte aguacero que caía. Leyó con atención lo que habían grabado allí, siguiendo los deseos de su hermano, que se había devanado los sesos durante meses pensando en el epitafio más adecuado para él. Porque si algo tenía claro es que quería uno. Consideraba que una frase contundente dotaba de cierta personalidad a la lápida y la diferenciaba de las de su alrededor.

Alejandro Retuerto Blanco (1974-2015)
Un perdedor afortunado

Moisés tocó aquellas letras con la yema de los dedos y empezó a hablar:

—Hermano, sabes que siempre he pensado que quienes vienen al cementerio a hablar con los muertos están más para allá que sus propios difuntos. Pero ya me ves. Siempre acabo bebiendo el agua que digo que nunca beberé.

Se calló unos segundos. No sabía cómo continuar.

—El caso es que esto me viene grande, Alex. He leído tu novela de principio a fin y varias veces. Me parece que es maravillosa. Es verdad que no soy un experto, así que siento que… que no soy capaz de llevar a cabo nuestra promesa. Hermano, ¿qué hago yo con esto? No conozco a nadie en el mundo editorial, ni siquiera sé cómo hay que mandar los manuscritos a las editoriales. La novela está escrita desde el corazón, desde la mirada del hombre que se enfrenta a la muerte, y yo no voy a ser capaz de hacer algo así si algún día me piden que escriba otra.

A Moisés se le empezaban a deslizar las lágrimas por las mejillas, consciente de la enorme traición que iba a consumar.

—Y por eso he venido aquí… para decirte… para avisarte… bueno, que voy a hacer todo lo que esté en mi mano para que tu novela se publique. Pero no lo puedo hacer solo. No me veo capaz de pelearme sin ayuda con el libro, con los niños y con el trabajo. Yo tenía una vida muy sencilla antes, no tenía ninguna responsabilidad, solo ir a la fábrica. Ahora, de repente, todo se me ha complicado y me encuentro con… No te estoy culpando, que según hablo siento que parece que te estoy echando la culpa de algo. Nada más lejos de mi intención. —Se calló de repente, consciente de que se estaba liando en exceso hablándole a la nada—. Lo que quiero decirte es que voy a llamar a León Niño. ¿Te acuerdas de él? También es de Santander, fuimos juntos a la universidad y hace unos años compró una librería pequeña en Torrelavega. Hace tiempo que no sé de él, pero creo que es la persona adecuada para que me ayude con esto. He visto en internet que organiza cursos de escritura. Me imagino que tendrá contactos, aunque sean mínimos, con editoriales. Creo que él puede saber qué hacer en un caso como este. Perdóname, hermano. Espero que me perdones. No es una traición, es pura necesidad. De verdad.

Pronunció las últimas dos palabras de espaldas a la tumba. Se había dado la vuelta y buscaba ya el refugio de su coche. Con una mano se levantó el cuello de la gabardina, mientras con la otra intentaba no soltar el paraguas. Se sentía la peor persona del mundo.

Arrancó y, desde el aparcamiento del cementerio, se fue directo a la librería de su viejo amigo León. Entró en el local, de unas dimensiones que se le antojaron ridículamente pequeñas. Nada que ver con el tamaño de esas otras que albergaban miles de estantes, que se podían encontrar en cualquier ciudad de tamaño medio o grande. Aquella era una librería de apariencia muy humilde. Apenas tres mesas con diferentes alturas repletas de libros y poco más. Al fondo, otro estante que hacía las veces de caja, donde se cobraba y en el que había algunos tomos amontonados. Y, a su izquierda, unas estrechas escaleras de piedra que conducían a un piso inferior. En ese momento, la librería estaba vacía. Ni siquiera se veía al dueño.

Moisés aprovechó para echar una ojeada a los libros, aunque en realidad no se estaba fijando en ninguno. Tan solo daba vueltas a lo que estaba a punto de hacer, que no era otra cosa que traicionar el deseo más grande de su hermano, al que se había dedicado en cuerpo y alma en sus últimos meses de vida. En vista de que no había nadie por allí, empezó a carraspear y a dar pasos cortos pero muy sonoros alrededor. Por fin apareció, subiendo las escaleras, un hombre ataviado con una especie de mandil morado. Lo observó de arriba abajo durante un segundo.

—Buenos días, usted dirá.

Moisés lo miró también y se dio cuenta de que León no lo había reconocido.

—¿No te dice nada mi cara? —le dijo al fin.

El librero cambió la expresión y lo estudió con ojos curiosos.

—¡Pero hombre! ¡Dichosos los ojos que te ven, Mosca!

Le hizo gracia que León Niño se dirigiese a él por el mote con el que lo llamaron durante años en la facultad. Se dieron un abrazo.

—Pero ¿cómo te trata la vida?

Moisés lo miró a los ojos y el librero se dio cuenta de inmediato de que le ocurría algo. No se percató porque lo conociera de sobra. Ni mucho menos. Cualquier desconocido habría sabido leer en aquella mirada un hondo sufrimiento.

—¿Podemos hablar un rato? —logró preguntar Moisés.

—Faltaría más.

León caminó hacia la puerta, colocó el cartel de «CERRADO» y echó la llave.

—Vamos abajo, estaremos más tranquilos.

A través de las escaleras llegaron a la planta inferior de la librería. Se trataba de una especie de bodega con el techo enladrillado y no menos de quince filas de sillas dispuestas de dos en dos, con un pasillo en el medio que conducía hasta una gran mesa, colocada enfrente. Era evidente que allí se hacían presentaciones de libros y quizá también aquellos talleres literarios para mayores y niños que Moisés había visto en la web de la librería.

El dueño del local abrió un armario, agarró dos botellas de agua y le hizo un gesto para que se sentasen en las dos sillas junto a la mesa principal, como si fueran los protagonistas de una ponencia ante un auditorio vacío.

Moisés tuvo que controlar mucho sus instintos para no romper a llorar allí mientras le hablaba de su hermano, de su enfermedad y de sus palabras: «Lo que yo no quiero es ser agua pasada nunca».

—No me quiero enrollar demasiado ni hacerte perder el tiempo. El caso es que mi hermano escribió un libro y su deseo, más que ningún otro, es que viese la luz, que se publicase. Y yo tengo su libro, pero no tengo ni idea de qué pasos hay que dar ahora. Había pensado que quizá tú me podrías ayudar.

—Quizá podría, sí. Pero no quiero engañarte, Mosca. Publicar no es fácil.

Moisés hizo un gesto moviendo un brazo de lado a lado.

—Lo sé. Y sobre eso discutí con Alejandro. Pero estaba empeñado. Y todavía hay más…

Niño levantó las cejas, invitando a su amigo a que prosiguiese.

—Mi hermano quería trascender ante sus hijos, pero no fama. Me hizo firmar ante notario que él era el autor de la obra, pero que me cedía a mí la autoría. Y dejó muy claro que ese documento no lo tendría que ver nadie jamás, solo sus hijos cuando cumpliesen la mayoría de edad.

—No sé, Mosca. La historia que me estás contando no puede ser más rara. No quiero ofenderte ni a ti ni a la memoria de tu hermano, pero me parecen castillos en el aire.

—León, estás pronunciando casi las mismas palabras que pronuncié yo ante mi hermano cuando me comunicó sus planes. Castillos en el aire, sí. Me conformo con una cosa: yo te dejo el manuscrito y tú te lo lees. Cuando acabes, me avisas y me dices qué te ha parecido. Si lo ves aceptable, si crees que puede tener alguna salida, aunque sea mínima, vemos lo que podemos hacer. Si te parece una basura, me buscaré la vida por mi cuenta.

El hombre lo miró y después fijó la vista en sus propias manos. Le tendió una de ellas rápidamente.

—Trato hecho. Quedamos así.

Moisés salió un segundo al coche y buscó en la guantera el tocho de folios que formaban el libro. Volvió a la tienda y se lo entregó al librero, que miró la primera página.

—¿*El monstruo naranja*? Con ese título parece más un libro infantil que otra cosa…

Pasó a la primera hoja, en la que Alejandro había escrito una breve dedicatoria.

—«A Julia y a Manuel: en vuestro recuerdo nadie será nunca agua pasada». Imagino que son los niños, tus sobrinos.

Moisés asintió. León hojeó el manuscrito para comprobar su grosor.

—Bueno, no es muy largo, por lo que veo. ¿Me das una semana? El miércoles que viene, si te parece, nos vemos aquí sobre las ocho de la tarde.

45

4:30 horas

Olivia trató de tragar saliva, pero tenía la boca tan seca que sintió como si le clavasen aguijones en la garganta y en la lengua. Cuando estaba acorralada, su cerebro trabajaba al máximo de su capacidad, pero en ese momento estaba bloqueada. No sabía qué hacer, no podía entender por qué aquellas dos personas que tenía delante habían cometido esas barbaridades aquella noche. Habían matado a personas que no tenían ninguna relación aparente los unos con los otros.

—¡Eh! Pero tranquila, mujer. Tranquilízate, que no vamos a hacerte nada.

Irene hablaba con una media sonrisa en el rostro, que reflejaba un cansancio absoluto. A su lado, Lucas era incapaz de levantar la vista.

—Toma, abre si quieres.

La mujer le lanzó las llaves por el aire. Olivia acertó a atraparlas.

—Cerré para estar seguros aquí dentro. Ya no me fío de nada. Ni de nadie.

Cuando la periodista se disponía a abrir, se oyeron unos pasos fuera. Llamaron a la puerta. Tres golpes secos y decididos. Olivia miró hacia atrás, confusa por la escena. En esos momentos ya no sabía si podía fiarse de Irene y de Lucas, pero ¿y si abría la puerta y el que estaba en el exterior suponía una amenaza? Se quedó paralizada.

—¿Estáis ahí? ¡Eh! ¿Hay alguien dentro? —La voz de Félix Ruipérez retumbó al otro lado.

—¿Qué pasa? —respondió Olivia. El simple movimiento de su lengua le causó dolor.

—El bebé está llorando. No sé si tiene hambre o qué. Yo qué sé, no entiendo de niños pequeños, pero quizá su madre debería ir a echar un vistazo.

Irene corrió hacia la puerta, arrebató las llaves a Olivia y abrió. El agente de los escritores estaba allí de pie, con una linterna en la frente y un abrigo que le tapaba hasta la nariz. La mujer salió disparada, como si con los últimos acontecimientos se le hubiese olvidado la existencia de su hijo y, de pronto, hubiese recordado que había un ser humano en el mundo que dependía por completo de ella. Lucas salió escopeteado detrás, llevándose casi por delante a Olivia y al otro hombre.

—¡De nada por venir a avisaros! —gritó al vacío, porque ambos bajaban por el camino hacia La Palloza como poseídos entre la nieve.

La periodista salió de la vivienda de la pareja y caminó unos metros. Desde allí vio que Irene y Lucas entraban rápidamente en la casa de Pedro González. Justo en ese momento, sintió una presión insoportable en el cuello y un dolor indescriptible en la garganta. Alguien la había agarrado por detrás y estaba ejerciendo sobre ella una enorme presión.

—Escúchame, cerda. Vas a estar callada y te vas a meter otra vez en la casa de esos dos sin hacer ruido.

La determinación y la furia que envolvían la voz de Félix no dejaban opción a nada. Olivia no se resistió lo más mínimo, consciente de que desobedecer a aquel hombre podía convertirse en lo último que hiciera en la vida.

Félix la arrastró de nuevo hacia la casa de Lucas e Irene.

—¿Qué hay arriba? ¿Lo sabes? ¡Habla!

—No puedo hablar si no aflojas —dijo ella, con apenas un hilo de voz. Empezaba a estar mareada y veía destellos, como mosquitos, en los márgenes de su campo de visión.

Su atacante la soltó y acto seguido le dio un empujón fortísimo que la hizo salir despedida contra una mesa, que cayó al suelo con ella detrás. Notó cómo el borde se le clavaba en un costado y sintió una punzada de dolor tal que no pudo disfrutar de la liberación en el cuello, que le permitía volver a respirar con normalidad. Desde el suelo apenas podía ver nada, ya que la única iluminación de la sala provenía de la linterna frontal del agente literario, que permanecía de pie frente a ella. A sus ojos, cegados por la luz que la apuntaba directamente, aquel hombre no era más que una sombra.

—¡Habla! ¡Te he preguntado qué hay en la parte de arriba!

—Creo que dos habitaciones y un baño —acertó a decir Olivia, con el cuerpo entero magullado por el impacto. Nunca, desde niña, había destacado por su alta tolerancia al dolor. Y aquello estaba a punto de dejarla fuera de combate.

—¡Levántate y sube! ¡Vamos! A una de las habitaciones. ¡Ya!

La periodista se incorporó como pudo, pasó por delante de Ruipérez y volvió a subir las escaleras de aquella casa. Estaba a punto de llegar al último peldaño cuando sintió una punzada en la espalda. No le llegó a doler, pero la sobresaltó lo suficiente como para pararse en seco.

—No me vaciles, periodista de mierda, que te lo clavo.

Olivia se volvió y vio que aquel hombre portaba un cuchillo como el que Juan tenía en las manos cuando lo sorprendieron junto al cadáver de Fernando Ocampo.

—¡Sigue! ¡Y sin chistar!

La mujer obedeció a Ruipérez. Aquel individuo mezclaba en esos momentos una determinación absoluta, que le hacía parecer capaz de cualquier cosa, con una frialdad extrema, como si hubiese fulminado cualquier emoción. La combinación resultaba aterradora porque daba la impresión de estar habituado a llevar a cabo tropelías como aquella. Cuando llegaron por fin al piso de arriba, la periodista se quedó quieta.

—¡Vamos! Entra en una habitación. ¡A la de ya!

Olivia se decidió por la de la pareja por una sencilla razón: sabía lo que había allí. Y era mejor que aquel hombre le hiciese lo que fuera que tuviese planeado en un sitio conocido, aunque fuese mínimamente.

—¡A la cama! ¡Túmbate en la cama!

La mujer obedeció. Se sorprendió de cómo funcionaba su cabeza: en una situación tan límite y dramática como aquella, le dio por pensar en que aquel colchón era muy blando y se preguntó cómo podían dormir allí todas las noches Lucas e Irene. Mientras ella tenía esas incomprensibles cavilaciones, el agente literario estaba quieto a los pies de la cama, sopesando algo.

—Ahora, sin hacer nada raro, te lo aviso, vas a echar el colchón hacia un lado.

—¿Cómo?

—¡Que quites el colchón te digo! ¡Te levantas, echas el colchón a un lado y te tumbas!

Olivia no entendía nada, pero obedeció. Se incorporó y desplazó el colchón fuera de la cama. Tuvo que hacer grandes esfuerzos, porque pesaba un quintal y su cuerpo seguía magullado del impacto contra la mesa. Como pudo, lo enderezó y lo dejó apoyado contra una de las paredes de la habitación.

—Muy bien, periodista. Ahora te tumbas.

—¿Dónde?

—¡Joder! ¡Ahí!

El hombre señaló el somier, formado por diez tablones finos y, a todas luces, antiquísimos. Olivia dudó de si aquellas maderas soportarían su peso.

—Bien, parece que nos vamos entendiendo.

Félix abrió uno de los bolsillos de su abrigo y sacó una cuerda que a ella le resultó familiar. Era la misma, o exactamente igual, que la que habían utilizado para atar a Argimiro al cadáver de Moisés. Tomar conciencia de eso hizo que a Olivia se le cortara la respiración y empezase a sentir de nuevo la angustia en el pecho. Se dio cuenta de que lo peor que le podía pasar esa noche no era ya morir, algo que empezaba a dar por descontado, sino que aquel psicópata se ensañase con ella antes de matarla.

El hombre le pasó la cuerda por la muñeca derecha, luego por la izquierda, hizo unos nudos con una pericia excepcional y a continuación ató la soga a una de las maderas que componían el somier. Después agarró una silla que había en una esquina de la habitación y se sentó. Dejó la linterna en el suelo, de forma que la luz enfocara al techo y diese a la estancia una iluminación más o menos uniforme.

—Ahora vamos a hablar —sentenció mientras se metía las manos en los bolsillos del abrigo.

A Olivia la situación le parecía irreal. La iluminación azul que emitía la linterna daba a la habitación un ambiente entre fúnebre y futurista. Miró al hombre desconcertada.

—Lo primero que te voy a dejar claro es que no tienes escapatoria. Nadie va a venir a ayudarte. Pedro, tu amigo del alma, está en nuestro barco. De nuestro lado, ¿te enteras? Y esos dos —dijo señalando a la ventana, en referencia a Irene y a Lucas—, imagino que en este momento están bajo la vigilancia intensiva de León y del propio Pedro. Te puedo asegurar que de esa casa no va a salir ni va a venir a salvarte nadie.

Esa última palabra causó desazón en Olivia, que tiró de la cuerda hacia arriba con todas sus fuerzas presa de la desesperación y con la esperanza de que la presión que ejerciese partiera aquellas viejas tablas del somier. Pero fue inútil.

—Yo que tú no me cansaría con esfuerzos que no van a servirte de nada. Simplemente, y es solo un consejo, me relajaría y disfrutaría de la historia que te voy a contar.

Olivia trató de recuperar la calma. Intentó relajarse, reflexionar y dejar pasar el máximo tiempo posible, por si alguien en algún momento pudiese ir a por ella. Por otro lado, tampoco entendía nada de lo que estaba haciendo Félix Ruipérez. Decidió callarse y dejarlo hablar.

—Te voy a contar la verdad de lo que ha pasado esta noche en este pueblo. Y te preguntarás por qué. Bueno, por una simple cuestión de decencia. Ya he tenido que acabar con varias personas sin poder dar explicaciones. Me quedaré con la conciencia bastante más tranquila si, antes de matarte, te explico mis razones. Imagino, además, que morirás un poco más a gusto si conoces los motivos.

Olivia respiró hondo. Intentó, como pudo, no gritar ni hacer nada que precipitase su final.

—¿Has sido tú? ¿Los has matado tú esta noche?

El hombre asintió.

—No te voy a mentir: el tema se me ha acabado yendo de las manos, pero todo estaba previsto al milímetro. Casi nada de lo que ha pasado aquí en los últimos días ha sido casual. Ni la visita hace unos días de ese notario de Santander, Argimiro Molina, ni la de Fernando Ocampo, ni nuestra llegada. Solo ha habido un par de cosas que se han torcido: por ejemplo, la presencia de ese notario ha hecho que las cosas se complicasen mucho y no estaba previsto que tú estuvieses aquí y escuchases lo que no debías. Y tampoco que el mudo ese viese lo que no debía ver.

—No sé de qué hablas. No he oído nada.

—Sí. Sí has oído. Y lo sabes. Has escuchado lo suficiente para sospechar que nosotros estamos detrás de, al menos, la muerte de Moisés.

Olivia lo miró desconcertada.

—Periodista, has tenido la mala suerte de cruzarte en una historia de éxito que no admite contratiempos. Estás a punto de conocer la verdad del fenómeno editorial más grande de la historia de España. Es una verdadera pena que ya no se lo vayas a poder contar a nadie.

46

Torrelavega, 11 de noviembre de 2015

Moisés se presentó en la puerta de la librería, que ya estaba cerrada. Llamó con los nudillos y vio cómo León se acercaba rápidamente. Tenía el rostro serio.

—Voy a ayudarte a que esto se publique —anunció.

—No sabes cómo te lo agradezco.

—Pero, Mosca, te voy a ser sincero. Pongo una condición. Sin ella, no hay trato.

—Tú dirás.

—La firmamos a pachas.

Moisés lo miró perplejo. Aquello era lo último que podía esperarse al entrar en la librería.

—Pero, León… Ni siquiera yo querría firmarla. Creo que es apropiarse del trabajo ajeno. Si accedo es porque era la voluntad de Alejandro, y desde luego su deseo no sería en absoluto…

El librero lo interrumpió sin contemplaciones.

—No me cuentes tu vida. O la firmamos a pachas, o no hay trato. Y si llegamos a un acuerdo, se publica y da algo de dinero, estoy dispuesto a ser generoso. Te concedo quedarte con el sesenta por ciento y yo el cuarenta. No me vengas a decir que me quiero llevar pasta por nada, ¿eh? Que te veo venir. Si esto ve la luz será en buena parte gracias a mis esfuerzos. Eso tiene un coste.

—Estoy dispuesto a darte la parte que te corresponda por tu trabajo, pero firmarla juntos… Apropiarnos los dos de un trabajo que no es nuestro. ¿No se te cae la cara de vergüenza?

León pronunció entonces una frase que a Moisés le estuvo retumbando en la cabeza durante los años siguientes. Hasta el día de su muerte.

—Mosca, este mundo en el que vivimos está hecho para competir los unos con los otros. Y es muy posible que, si yo veo que no puedo competir contigo, vaya a joderte.

Si aquello no era una amenaza, desde luego sonaba como tal.

Moisés agarró el manuscrito de la novela que estaba sobre la mesa y se dirigió hacia las escaleras. Aún sentado en su silla, León gritó:

—¿Hay trato o no hay trato?

—¡Por supuesto que no hay trato!

—Tú mismo. Tú lo has querido. Acabas de condenar a muerte la novela de tu hermano —lo avisó León.

En un arranque del que se arrepintió mucho y durante mucho tiempo, Moisés se volvió, desanduvo sus pasos y se colocó frente al librero. El otro estaba sentado y él de pie, lo que le confería una superioridad comunicativa que no sentía en absoluto.

—El setenta por ciento para mí y el treinta para ti.

—Nos ha salido negociador el Mosca —dijo León sonriendo de lado—. Venga, que así sea.

León Niño se comprometió a hacer las gestiones necesarias en los siguientes días para poner en marcha todo el engranaje para la posible publicación de *El monstruo naranja*. Y acordó llamarlo en cuanto hubiese novedades. Tardó menos de un mes en dar señales de vida, un plazo muy inferior al que Moisés se había imaginado. La conversación duró bien poco: lo instó con un tono frío y en absoluto cortés a que al día siguiente fuese por la librería.

Cuando le abrió la puerta del local, el inicio del encuentro fue aún más frío que en la ocasión anterior.

—Pasa. Estamos abajo —se limitó a decir.

Moisés bajó las escaleras y se encontró con un hombre alto, altísimo. No sabía calcular con exactitud, pero habría jurado que rondaría los dos metros, si no los superaba. Iba vestido de forma impecable: mocasines, pantalones chinos, camisa y corbata. El pelo, cuya mayoría se disputaban los colores negro y blanco, lo llevaba peinado hacia atrás con gomina y esmero. Aquella persona destilaba elegancia, pero el rostro le pareció la viva imagen de la maldad. No sabría decir por qué, pero se acordó de la mirada malévola de la anciana del ascensor del hospital. Quizá por los ojos felinos o por su sonrisa, torcida hacia un lado. Moisés odiaba a la gente que sonreía de lado. Le parecía una mueca casi tétrica, delatora de la falsedad que escondía siempre su dueño. ¿Tenía motivos para pensar eso? En absoluto. Pero era una de las convicciones más arraigadas en él desde siempre.

—Siéntate. —León pronunció la palabra como una orden amenazante y en absoluto como una invitación amable—. Te presento a Félix Ruipérez.

Ambos se estrecharon la mano. A lo largo de su vida, Moisés había descubierto que hay dos tipos de personas: quienes dan la mano floja y quienes la aprietan. Hay quien asegura que los segundos son más de fiar que los primeros, pero él no lo tenía tan claro. En cualquier caso, aquel hombre entraba de cabeza en el segundo grupo. De hecho, cuando le soltó la mano, Moisés lo agradeció y tuvo que controlar un primer impulso de agitarla, dolorida.

—Félix es agente de algunos escritores. Se encarga, digámoslo así, de gestionarles la carrera, pulirles las obras y guiarlos por el buen camino. —León le guiñó un ojo justo en el momento en que pronunciaba aquello de «el buen camino».

La camaradería que desprendían los dos no le gustó ni un pelo a Moisés. Es más, empezó a sentirse terriblemente incómodo en aquella planta baja de la librería. Se llegó incluso a preguntar si estaría seguro allí. La presencia de ese hombre, llamado Félix, empezaba a inquietarlo en exceso.

—Ya ha leído la novela de tu hermano y... bueno, habla tú —indicó el librero.

Cuando tomó la palabra, un escalofrío recorrió el cuerpo de Moisés. Aquel hombre hablaba como mordiendo. No lo habría sabido definir de otra manera. Llevaba los labios hacia atrás para pronunciar las palabras de tal forma que a intervalos regulares dejaba ver sus muelas y enseñaba sus incisivos impolutos. De vez en cuando también disparaba algún perdigón de saliva que aterrizaba en lugares al azar. Fue quizá eso lo único que le dio cierta tranquilidad, la única señal que percibió en él que le indicó que estaba ante un humano con fallas y no ante una simple bestia.

—La novela tiene enormes posibilidades. Por supuesto, habría que darle un buen pulido. Pero ese libro va a ver la luz. Me voy a encargar de ello personalmente.

Aunque aquella noticia era motivo de alegría, Moisés se sentía sucísimo.

—Me alegra mucho oírlo. Ese era el deseo de mi hermano y por eso se dejó casi literalmente la vida escribiéndolo.

—León me ha contado la historia. Puedes estar tranquilo. Esto se va a publicar.

Y así fue. *El monstruo naranja* salió a la venta bajo la firma de Moisés Retuerto y León Niño, y Félix supo convencer a los libreros para que no escatimaran recursos. Los escaparates de las librerías se llenaron de ejemplares y los lectores respondieron. A partir de ahí, la bola de nieve se fue haciendo grande a pasos agigantados. Los directores de los programas se dieron cuenta enseguida de que aquellos dos apellidos eran sinónimo de audiencia. Félix supo despertar la curiosidad de los periodistas y consiguió bastantes entrevistas a Niño y a Retuerto y que todo el mundo hablara de *El monstruo naranja*. También, en muy poco tiempo, firmó los contratos para traducir el libro a varios idiomas. León Niño y Moisés Retuerto, siempre acompañados de su agente literario, que era quien guiaba sus pasos y tomaba todas las decisiones (a veces sin contar con nadie más), recorrieron medio mundo y la adaptación al cine no tardó en llegar, de nuevo con un gran éxito.

A los dos escritores les llovía el dinero. Hasta tal punto que Moisés, que pronto pudo dejar su trabajo en la fábrica, no llegó a arrepentirse de haberse comprometido con su socio a repartir las ganancias. Esos ingresos le permitieron mantener con holgura a sus sobrinos y que todos llevasen una vida cómoda.

En medio de la vorágine, al regresar de un viaje a Argentina, Moisés sintió la necesidad de hacer una nueva visita a su hermano. En el cementerio aquel día achicharraba el sol, no había una maldita sombra bajo la que cobijarse.

—Hermano, lo hemos conseguido —dijo.

Y rompió a llorar solo, en medio de aquella masa de hormigón que era el camposanto, que desprendía un calor insoportable. Lloró al máximo de revoluciones, como no lo había hecho nunca, dejando aflorar toda la tensión y los nervios que había padecido en los meses anteriores. Allí no había quien lo consolase. Cuando al fin paró, al cabo de más de veinte minutos, continuó con su soliloquio.

—Soy incapaz de hacerme una idea exacta de qué era lo que tú entendías por trascender, pero imagino que se parecerá mucho a esto, Alejandro. Traspasarás el tiempo, aunque solo lo van a saber los niños a los que, por cierto, les has dejado resuelta la vida.

Moisés se secó las lágrimas con la manga de la camiseta. Lo que iba a decir a continuación hizo que sintiera un dolor en el pecho casi insoportable. Sintió que le faltaba el aire.

—Les has dejado la vida resuelta, sí, aunque no conmigo. —El llanto le sobrevino de forma incontrolable, de forma que le costó un buen rato continuar—. Entiéndelo, hermano, con todo este trajín de vida que me ha provocado la novela yo ya no podía hacerme cargo de ellos. Mi día a día es ir de aquí para allá, paso por casa solo para deshacer una maleta y hacer otra. Yo ya no podía atenderlos como se merecían. Pero los he dejado en las mejores manos, en las de sus abuelos. Los padres de Rita son desde hace unos meses sus tutores legales. Alex, perdóname, pero creo que era la mejor opción para todos. Y siguen siendo mis niños, los visitaría siempre que pudiese, pero tus suegros no se tomaron bien que renunciase a ser su tutor y han preferido cortar la relación casi del todo. Confío en que los niños, cuando sepan toda la verdad, quieran volver a mí. El caso es que ahora vuelvo a estar solo, aunque rodeado de mucha más gente que antes.

Moisés no podía evitar sentirse un absoluto traidor, un ser rastrero y despreciable al contar todo aquello ante la tumba de su hermano, pero se sorprendió a sí mismo al darse cuenta de que ese incómodo sentimiento se le evaporaba al volver a hablar del éxito del libro.

—Te voy a admitir que tuve muchas dudas al principio. León y ese hombre, Félix, me daban hasta miedo. Pero creo que ponerme en sus manos ha sido lo mejor que pude hacer. El agente es un profesional de esto. ¿Me parece un mal bicho? Sin duda. Pero creo que ha sido un mal necesario. Y, al final, el plan no ha salido tan mal.

Moisés, asfixiado por el calor, acabó así el monólogo con la tumba de su hermano y se dio la vuelta, ávido por llegar al coche y sentir el frescor de su aire acondicionado. Arrancó y, por primera vez en mucho tiempo, sintió que había completado una misión. Se preguntó si la felicidad no sería aquello que se estaba apoderando de él en aquel momento, pese a los remordimientos de conciencia que lo asaltaban de vez en cuando por lo que había hecho con sus sobrinos.

47

Torrelavega, enero de 2018

LA LLAMADA QUE lo cambió todo sonó exactamente igual que el resto. Como tantas otras veces, aquel momento bisagra supo camuflarse entre la cotidianeidad, quedarse agazapado entre las decenas de veces que el móvil de Moisés sonaba a lo largo del día desde que había publicado *El monstruo naranja*. Al otro lado de la línea estaba Félix Ruipérez, que con voz neutra lo citó en la librería de León Niño a la una de la madrugada.

El local había seguido abierto durante la promoción de la novela. Obviamente, Niño ya no trabajaba allí. Había contratado a gente para seguir vendiendo y la estrategia le había salido redonda, porque la tienda se había convertido en un centro de peregrinaje para muchos fans de los escritores, que viajaban desde todos los rincones para conocer el lugar de donde había salido la novela.

Moisés llegó ya muy entrada la noche, cuando hacía horas que la librería había cerrado y ya no quedaba en los alrededores ni el más despistado de los rezagados. Como al principio de su camino literario, los tres se reunieron en la planta de abajo. Félix tomó la palabra. Estaba serio. Más serio que nunca.

—Señores, sabía que este momento iba a llegar y ya lo tenemos aquí. Nos han hecho una oferta increíble para una segunda novela.

León y Moisés se miraron a los ojos, preocupados. El temor a que algo así ocurriese había estado muy presente al inicio, cuando decidieron publicar *El monstruo naranja*, pero con el tsunami de éxito y fama habían ido postergando la idea, sin hablar jamás de ello.

—La editorial está dispuesta a soltar mucho dinero como anticipo, pero también pone unas condiciones inamovibles: el libro debe tener al menos trescientas páginas y, sobre todo, hay que entregarlo en el plazo máximo de un año a contar desde ya mismo.

—Pues tú me dirás qué vamos a hacer —soltó Niño.

—Antes de publicar el libro de mi hermano, yo sabía que era incapaz de escribir una novela hasta el final. Pero es que ahora tenemos un problema añadido: va a ser imposible acercarnos siquiera al nivel de Alejandro. La diferencia entre una obra y la siguiente va a ser desproporcionada.

Los tres guardaron silencio.

—¿Tenéis alguna idea? La que sea, cualquier chispa, un hilo del que tirar para construir una historia —quiso saber Félix.

Niño y Retuerto callaron.

—¡No me puedo creer que hayáis sido tan jodidamente imbéciles de no haber pensado en nada en todos estos meses de vino y rosas! ¡Sois rematadamente tontos!

Moisés saltó.

—¡Miraos al espejo! Yo avisé desde el principio de esto. Sabía que podía pasar. ¡Por eso acudí a León!

—¡Y la jugada no te ha salido nada mal, amigo! ¿O tienes alguna queja?

Retuerto se encaró con su socio. Empezaba a estar fuera de sí como pocas veces.

—Si las cosas han salido tan bien, ha sido gracias a mi hermano. ¿Hace falta que te lo recuerde? De hecho, tú no has hecho nada más que poner el cazo.

—¡Si no es por mí, serías un muerto de hambre!

El tono y el volumen de la conversación aumentaron de tal forma que Ruipérez cortó el asunto por lo sano, pegando un grito que resonó en aquella especie de bodega de ladrillo viejo.

—¡Se acabó!

El chillido tuvo un efecto inmediato, puesto que Niño y Retuerto se callaron de forma instantánea.

—Me imaginaba que podríamos llegar a encontrarnos en una situación como esta, así que me he tomado la libertad de idear un plan durante estos meses. Mientras vosotros os entregabais al éxito, había alguien pensando en el siguiente paso. Lo que diferencia la excelencia del patetismo es simplemente la anticipación.

Ruipérez los miró como una hiena observa a las gacelas. Ellos esperaron expectantes.

—Os voy a decir paso a paso lo que vamos a hacer. Lo primero que debéis tener claro es que vamos a aceptar esa oferta.

Los falsos escritores callaron, confusos.

—Y lo que vamos a hacer luego es muy arriesgado. Pero, si sale bien, y va a salir bien, vamos a matar dos pájaros de un tiro: nos va a permitir ganar mucho tiempo para idear el libro que vamos a escribir. Y, de paso, la expectación por la segunda novela será tal que va a dejar las ventas de la primera en una broma. Todo el mundo, y cuando digo todo el mundo es todo el mundo, hablará de vosotros durante años. Cuando publiquemos esa segunda obra los lectores van a pensar que es un milagro y se van a lanzar a las librerías como perros hambrientos. Os aseguro que les dará igual que la historia sea mejor o peor. Los milagros se juzgan por ser milagros. No por si son más o menos espectaculares.

Niño y Retuerto levantaron las cejas, entre incrédulos y atentos. Y esperaron a que el teatral número de magia de su agente literario siguiese adelante.

—¿Sabéis qué es la parusía?

Ambos negaron. Él sonrió, con superioridad.

—Es la creencia de que Cristo regresará algún día a la Tierra con toda su gloria tras su ascensión a los cielos, un acontecimiento que esperan millones de personas en todo el mundo. Pues eso, justo eso, es lo que vais a hacer vosotros: volver al mundo de los vivos tras estar prácticamente muertos. Y os aseguro que todo el mundo os recibirá como a auténticos dioses. La inesperada parusía literaria va a ser un bombazo.

Niño y Retuerto estaban a punto de perderse en ese discurso. No sabían a dónde quería ir a parar aquel hombre.

—Dejaremos pasar unos meses. Quizá dos. Y luego emitiremos un comunicado: Moisés Retuerto y León Niño han tenido un gravísimo accidente de tráfico. Están hospitalizados y se teme por sus vidas. Desapareceréis del mundo durante un tiempo. Diremos que habéis sobrevivido, pero con unas secuelas terribles. A uno lo tendrán que operar varias veces. El otro estará en coma no sé cuantísimo tiempo. La gente dará por hecho que aquello es el fin de sus idolatrados escritores. Se harán a la idea de que jamás podrán leer ni una sola letra más de ellos. Llorarán por las esquinas. Las ventas de *El monstruo naranja* se dispararán otra vez, porque todo el mundo querrá tener un ejemplar de la que, sin duda, será la única obra de esos dos portentos a los que la vida y la mala suerte les truncó una prometedora carrera. Y cuando el suflé empiece a caer, pero sin dejar que caiga del todo, Moisés Retuerto y León Niño regresarán de entre los muertos anunciando una nueva novela. La expectación será total. El desconcierto, absoluto.

Moisés no pudo seguir escuchando aquel plan que le parecía una patochada.

—¡Qué plan más genial! —gritó con ironía.

—Pues sí, a mí me lo parece, de verdad. Creo que es la obra de un absoluto genio —dijo, convencido, su compañero.

—Si no fuera porque es inviable, sí. Para empezar, ¿en qué hospital vamos a estar ingresados tanto tiempo? La mentira va a ser insostenible.

Félix Ruipérez sonrió con su característica mueca maléfica. Era obvio que estaba preparado para esa pregunta.

—En ninguno, claro. Emitiremos un comunicado en el que explicaremos que no podemos dar detalles de dónde os encontráis por deseo expreso de vuestras familias, ya que lo que prima ante todo es vuestra privacidad. Si nadie sabe en qué hospital estáis, será imposible que se enteren de la mentira.

—Salvo que algún periodista o alguien por el estilo llame a todos y cada uno de los hospitales que hay en España. Es obvio que puede saberse.

—Mosca ——Ruipérez utilizó, posiblemente por primera vez, el apodo de Moisés—, esto no se reduce a España, podéis estar en cualquier lugar del mundo. Pero es que es mucho más sencillo que eso: si conocieses de verdad cómo funciona el periodismo, lo sabrías. La pereza guía a los informadores. Si vamos emitiendo de forma regular comunicados sobre vuestro estado, todos se van a conformar con eso. Ninguno va a querer ir más allá. Los periodistas, al final, son pocos y están muy mal pagados. Es una profesión de egos. Solo se importan ellos mismos. Si les decimos arre desde una fuente oficial, van a decir arre. No van a tener tampoco motivos para sospechar de algo así.

—Sigo viendo lagunas por todos lados. Sin ir más lejos: ¿cómo vamos a hacer para que nadie nos vea por ningún lado mientras se supone que estamos hospitalizados o en un estado lamentable? No sé si sois conscientes de que como se descubra esa mentira el escándalo va a ser mundial.

Ruipérez volvió a sonreír con esa boca de hiena que a Moisés cada vez le provocaba más repelús. Se notaba que tenía todo pensado de antemano y que se había anticipado a todos los «peros» que podían poner a su plan.

—Eso no será un problema. Conozco el sitio idóneo donde nos vamos a meter mientras os recuperáis del fortísimo accidente.

¿Habéis estado en Galicia? Preparaos, porque nos vamos de viaje a la zona más rural de lo rural.

Los dos lo miraron confusos. Era evidente que Ruipérez estaba disfrutando con aquella situación.

—Si digo Beresteira, ¿os suena de algo?

Ambos negaron, sin saber muy bien a dónde quería ir a parar aquel hombre.

—Beresteira es un pequeño pueblo de Galicia que, como tantos otros, quedó abandonado entre los setenta y los ochenta. Dejado de la mano de Dios, con las casas deterioradas y sin que un alma pisase por allí, hasta que un día un buen hombre llegó a aquella zona con más pájaros en la cabeza que otra cosa y se puso a repoblarlo. Quería llevar a cabo en ese lugar una idea que *a priori* puede sonar disparatada: un lugar lleno de gente que estuviera dispuesta a sacrificar lujos y comodidades para irse a vivir allí a su bola. Y a su bola es a su bola: con sus propias reglas para demostrarse a sí mismos que la utopía de una vida sostenible fuera del sistema es posible.

Retuerto y Niño lo miraban sin entender nada.

—El caso es que han pasado los años y ahora viven allí unas pocas personas. Nada importante. Allí no hay ni internet, ni cobertura, ni nada de nada. ¿Se os ocurre mejor sitio para esconderos?

Moisés intervino rápidamente:

—Maravilloso. A ver si lo he entendido: vamos a ir a un pueblo en el que viven diez *hippies* a escondernos durante meses. ¿Se supone que nos van a dejar meternos en sus casas todo ese tiempo? ¿Y podemos estar seguros de que ninguno va a tener un móvil o una cámara de fotos con la que poder liarla parda?

Por una vez, León pareció apoyar con la cabeza la intervención de su socio.

—Calma. Calma. Calma. Está todo controlado. El hombre que repobló Beresteira tiene tres edificios: en uno vive él; otro lo ha convertido en una especie de casa rural donde van los típicos urbanitas estresados que quieren una terapia de choque y no tener acceso a tecnologías en unos días; y el otro es donde los tres estaremos escondidos todo ese tiempo: una especie de albergue al que casi nunca va nadie y que es lo bastante grande como para no agobiarnos, aunque no podamos salir de allí en mucho tiempo.

Esta vez fue el propio León el que verbalizó sus objeciones.

—Sabes que siempre estoy contigo a muerte, Félix, pero sigo sin entender una cosa. Imagino que el dueño de todas esas casas sabe que estaremos allí ocultos. ¿Qué nos garantiza que no irá a contar todo el segundo día? No entiendo por qué das por hecho que se callará algo así. No es fácil. Va a ser algo muy goloso.

Ruipérez sonrió de nuevo, enseñando los incisivos. A Moisés le pareció que había diseñado toda aquella exposición a conciencia, que había elaborado el relato al milímetro y había previsto cada «pero» que podía encontrarse, planeando las respuestas para dejarlos desarmados y guardando una bomba para el final.

—Porque ese hombre es mi mejor amigo de la infancia.

48

5:05 horas

Olivia miró a Félix horrorizada. Este le había resumido cómo se gestó *El monstruo naranja*, pero lo peor fue su último comentario:

—Lo único que te interesa saber es que Pedro es mi mejor amigo de la infancia.

Sintió unas incontenibles ganas de vomitar. Se le escapaban muchas cosas todavía, pero esas últimas palabras le habían dolido como una cuchillada en la espalda.

—¿Pedro es tu amigo?

Pronunció esa pregunta con un hilo de voz mientras observaba cómo su interlocutor sonreía con suficiencia.

—Desde los cinco años, para ser exactos. Y de alguna manera tenía que sacar provecho a la ventolera esa suya de dejarlo todo y venirse aquí a vivir la vida *hippie*.

La periodista seguía sin entender nada. Deseaba que todo aquello no fuera verdad, que esa bestia dijese en cualquier momento que había sido una broma, que no conocía de nada a Pedro, que ese inicio de lo que ella consideraba casi una amistad fuese real y no una simple obra de teatro que se había creído como una niña.

—No me puedo creer que Pedro esté metido en toda esta basura.

Félix Ruipérez la miró con asombro.

—¿Y por qué no? En esta vida todos tenemos un precio. Todos. Y el que diga que no se vende es porque no ha recibido una oferta lo bastante buena. No lo voy a negar: convencer a Pedro para que diera cobertura a una mentira de estas dimensiones no fue fácil. Pero cuando le anuncié que se podía llevar un porcentaje del contrato de la siguiente novela… El dinero es una droga, periodista. Pocos dicen que no.

La mujer negó.

—Me estás mintiendo. Quieres desestabilizarme. Pedro no es tu amigo. ¡Maldito mentiroso!

—Es curioso. Mis sobrinos tuvieron la misma reacción que tú al enterarse del secreto de la Navidad. Estuvieron meses diciendo que sus padres mentían, empecinados en seguir creyendo que todo era tal y como habían pensado hasta ese momento. Pero al final tuvieron que aceptar la realidad.

—¿Pedro está detrás de todas estas muertes inhumanas que has provocado?

El rostro de Félix cambió por completo al escuchar aquello. Se levantó y alzó un dedo, amenazante.

—¡Que sea la última vez que dices eso! Si he tenido que matar a alguien, ha sido por pura necesidad. ¿Lo entiendes? ¡Los culpables de todas esas muertes han sido ellos mismos! Unos, por meterse donde no los llamaban. Otros, por estar donde no debían en el momento menos adecuado. Como tú, por ejemplo. El plan que había diseñado no se parecía mucho a cómo ha resultado finalmente, pero la grandeza de las personas se mide por su capacidad de adaptación a las circunstancias.

Según iba lanzando ese mensaje de filosofía barata, Ruipérez fue calmándose, hasta sentarse de nuevo en la silla frente a Olivia. Se le notaba convencido de lo que decía.

—Bueno, ya que hemos llegado a este punto, si eres tan amable, continuaré con la historia. Sigo pensando que, antes de decir adiós, te gustará saber toda la verdad.

49

Beresteira, abril de 2018

FÉLIX, MOISÉS Y León llegaron a Beresteira la madrugada anterior a emitir el comunicado de su gravísimo accidente de tráfico. Su coche serpenteó, ascendiendo sin parar por aquel camino de tierra con la única iluminación de los faros. Los márgenes de aquella senda eran como un telón negro; era imposible imaginar si lo que había a ambos lados era un precipicio, una montaña, o cualquier otra cosa. Dejaron el vehículo a varios kilómetros, oculto en una especie de cortafuegos, todavía más alejado de cualquier ojo curioso que el propio camino. Y allí esperaron a Pedro González, que no tardó en aparecer para recogerlos. Subieron a su furgoneta y así llegaron al pueblo, que a esa hora de la noche parecía deshabitado y en el que no se veía ni una sola luz: ni en el exterior, donde no existían las farolas, ni en el interior de las casas, donde todos estarían ya durmiendo a aquellas horas. Ascendieron de malas maneras por una vereda apenas dibujada entre la hierba hasta el albergue que iba a ser su casa durante los próximos meses. Una vez dentro, Pedro los reunió en la sala de estar del edificio.

—Félix me ha contado a grandes rasgos lo que vais a hacer y por qué estáis en este lugar. Dejaré a un lado mi opinión sobre todo esto, porque lo hecho, hecho está. Sí os diré que aquí estaréis completamente seguros, dado que casi nadie viene a este edificio desde que hace poco abrimos La Palloza. Todos los turistas se quedan ya allí. Así que, si no salís, nadie en el pueblo sabrá que estáis aquí, pues no os han visto entrar, dadas las horas.

Félix tomó el testigo de la charla.

—Pedro ha sido muy generoso accediendo a darnos cobijo durante este tiempo y será él quien envíe mañana por la mañana la nota a los medios de comunicación. Como os dije, en este pueblo no hay wifi ni cobertura, así que tendrá que irse lejos para poder hacerlo. Mañana a estas horas, España y el mundo entero se irán a la cama pensando que estáis medio muertos. Y ahí empieza otro trabajo nada desdeñable: aprovechar la soledad y las horas vacías que vamos a tener para ir dando forma a la siguiente novela.

—¿Y cómo sabemos que Pedro no se va a ir de la lengua? —preguntó León.

—Como con tantísimas otras cosas en la vida: no lo sabemos, pero confiamos. Además, me he encargado de que no abrir la boca le salga de lo más rentable. ¿Verdad?

Félix miró a Pedro, que hizo como que no había oído nada.

—En los armarios de las habitaciones tenéis mantas y en los estantes de la cocina y en el frigorífico hay comida para unos cuantos días. De todas formas, vendré de manera regular y os traeré víveres para que vayáis tirando.

Dicho eso, Pedro se marchó a su casa, de donde no salió hasta la mañana siguiente. Lo hizo para montar en su furgoneta e irse a Castrofeirín. Desde allí, y a través de su móvil, envió el comunicado, que previamente había recibido de Félix, a todas las direcciones de correo de los periodistas que él le había indicado. Antes de hacerlo, no pudo evitar echar una ojeada al texto.

COMUNICADO DE LA AGENCIA LITERARIA
DE MOISÉS RETUERTO Y LEÓN NIÑO

En la madrugada de hoy, los escritores Moisés Retuerto y León Niño, autores de *El monstruo naranja*, han sufrido un grave accidente de tráfico al salirse de la vía el vehículo en el que viajaban y estrellarse contra un árbol. Ambos se encuentran en estos momentos hospitalizados y su situación es de extrema gravedad. Por expreso deseo de las familias, no se facilitarán más detalles del suceso. Asimismo, ruegan a todos los seguidores de los autores que respeten su intimidad y su derecho a no proporcionar información sobre dónde se encuentran recuperándose del terrible incidente y dónde tuvo lugar el mismo. Esta oficina irá dando más detalles sobre su evolución conforme vaya estimándolo oportuno. Gracias por su comprensión.

Pedro dio al botón de enviar con un sentimiento de profundo desprecio hacia sí mismo, por ser cómplice en una mentira de dimensiones mundiales. Era consciente de que estaba traicionándose a sí mismo, a los valores que lo habían llevado a Beresteira y al propio espíritu de su proyecto. Pero, a la vez, se veía en la obligación de ayudar a su amigo. Y, dicho sea de paso, el pellizco que iba a sacar por todo aquello le permitiría vivir de forma desahogada. Él sabía que, de seguir así, la utopía que había emprendido en aquel pueblo no duraría mucho, puesto que los ahorros que había acumulado durante sus años en Madrid no eran infinitos, ni mucho menos. Y los ingresos que generaba con La Palloza no eran más que una pequeña ayuda que tampoco le alcanzaba para gran cosa.

Sin más, arrancó la furgoneta y condujo de nuevo hacia su casa. Lo que ocurrió después se convirtió pronto en la comidilla del mundo de la cultura de España: una oleada de estupefacción recorrió el país y dio paso luego a una profunda tristeza colectiva. La librería de León Niño se transformó a las pocas horas de conocerse la noticia en una especie de altar a donde numerosos fans llegaban para colocar escritos, velas y libros. Algunos periódicos abrieron las portadas al día siguiente con la noticia del accidente, muchos telediarios lo destacaban en sus primeros minutos de emisión, la radio se llenó de testimonios de gente que aseguraba que *El monstruo naranja* le había cambiado la vida y, en las redes sociales, Niño y Retuerto eran con diferencia los temas más comentados del día.

Los dos escritores y su agente contemplaban maravillados el espectáculo desde su refugio en Beresteira, a donde llegaban a veces las emisiones de TVE y, sobre todo, de radio. Moisés Retuerto, que había tenido (y seguía teniendo) grandes reservas y remordimientos de conciencia por el plan, no pudo reprimir un pellizco de ilusión al ver cuánta gente lo quería. Lo querían, sí, por una obra de la que no era autor y de la que se había apropiado. Pero era como contemplar las buenas palabras que le dedican a un difunto en su velatorio en tiempo real. En lo más hondo de su cerebro no pudo evitar imaginarse qué ocurriría cuando, pasado un tiempo prudencial, dieran la noticia de su regreso. Pensó que, en realidad, Ruipérez tenía razón cuando dijo que protagonizarían el mayor milagro visto desde Jesucristo. Y, a continuación, se dio cuenta de que quizá el ego se le estaba disparando por lo descabellado de toda aquella situación.

Las semanas transcurrieron rápidas al principio, ensimismados como estaban los tres al ver todo aquel circo que se había montado, y metidos de lleno en intentar hilar una historia que diera como resultado su segunda novela. Pero luego constataron cómo poco a poco sus nombres iban desapareciendo de las tertulias, de las redes sociales y de las emisoras de radio. Fue entonces, ya en julio de 2018, tres meses después del supuesto accidente, cuando Félix Ruipérez decidió que había que dar un paso más y escribió un nuevo comunicado para que Pedro lo enviase a los medios.

COMUNICADO DE LA AGENCIA LITERARIA
DE MOISÉS RETUERTO Y LEÓN NIÑO

La agencia de los escritores Moisés Retuerto y León Niño, autores de *El monstruo naranja*, quiere agradecer las numerosas muestras de apoyo y de cariño que han recibido de parte de sus fans durante estos meses posteriores al grave accidente de tráfico que han sufrido. Asimismo, quiere informar de que la vida de ambos no corre ya peligro, pero comienza para ellos un largo proceso de recuperación, sin plazos determinados. Retuerto ha conseguido salir del coma en el que ha permanecido este tiempo y Niño ha sido sometido a varias intervenciones quirúrgicas en las últimas semanas. Por ello, esta oficina no emitirá más comunicados durante un tiempo, pues cree que ahora la prioridad es que los autores se recuperen para poder llevar una vida lo más normal posible. Gracias por su comprensión.

Como Félix había pronosticado, ese comunicado impulsó de nuevo a los dos escritores a ser, otra vez, el centro de atención de los medios de comunicación. Y todo transcurrió según lo previsto durante un tiempo. Aunque, al contrario de lo que había pronosticado Félix, muchos periodistas empezaban a sospechar de la historia del accidente. Pedro era el encargado de consultar las redes y el correo electrónico cuando salía de Beresteira y veía que decenas de informadores escribían reclamando explicaciones más precisas sobre lo ocurrido. Algunos aludían directamente a rumores que les habían llegado y que apuntaban a la posibilidad de que todo fuera un montaje. En cambio, las redes sociales, donde no hace falta tener nada atado para lanzar hipótesis, hervían con comentarios de todo tipo: había quien decía que los escritores en realidad habían muerto y se estaba ocultando la verdad a la opinión pública; otros señalaban que seguramente pronto se anunciaría su fallecimiento, pero que este sería falso y sin duda se irían a vivir con otra identidad a otro país; y también había quien, más encaminado, apuntaba a la teoría de que todo fuese mentira para hacer algún tipo de promoción.

El agente de los escritores consideraba que todo ese ruido de las redes les venía de perlas para que su popularidad no decayese.

Además, estaba seguro de conocer bien las entretelas del periodismo, por lo que sabía que nadie se atrevería a publicar nada sin una confirmación que era imposible que obtuvieran. O eso creía él.

Las cosas se empezaron a poner más serias un día de noviembre de 2018, en el que Pedro regresó de Castrofeirín fuera de sí. Aparcó su furgoneta de cualquier forma al borde del camino, subió la empinada senda e irrumpió al borde de un ataque de nervios en el albergue donde estaban escondidos los escritores. Su amigo se dio cuenta enseguida de que le ocurría algo.

—Tenéis a un periodista mosqueado —fue lo único que salió de su boca.

Los tres se miraron, desconcertados, mientras esperaban a que Pedro recuperase el resuello y diese más explicaciones.

—He ido a Castrofeirín y he hecho lo que habíamos acordado: revisar la cuenta de correo, por si había cualquier cosa importante. Y en un primer momento no he visto nada. Entendedme, el buzón estaba hasta arriba de correos, pero nada fuera de lo común: gente dando ánimos y periodistas con dudas solicitando más o menos detalles del caso. Pero ha habido uno que me ha llamado la atención por el asunto que había escrito en el correo: «Sospechas accidente Niño y Retuerto».

A Moisés se le cortó la respiración.

—He abierto el correo y he hecho una captura de pantalla para poder leeros exactamente lo que pone: «Buenos días. Mi nombre es Fernando Ocampo y soy el jefe de la sección de Cultura del diario *Plaza Principal*. Les escribo porque me gustaría plantearles algunas preguntas con relación al supuesto accidente de tráfico sufrido por Moisés Retuerto y León Niño. Repasando el caso, hay varios puntos que no me cuadran y querría hablar con ustedes por teléfono para que me aclarasen algunas cosas, ya que no me gustaría dudar de la veracidad de lo que ustedes cuentan. Tampoco de la autoría real de su primer libro. Por eso, debo contactar con ustedes a la mayor brevedad posible. Quedo a su disposición en este teléfono o a través de este mismo correo».

Ruipérez le arrebató el teléfono de las manos y leyó con detenimiento el mensaje.

—«Supuesto accidente», dice. ¡Supuesto! ¡La autoría real del libro! ¡Pero será mamón!

Dicho eso, se puso a dar vueltas alrededor de la mesa del salón del albergue, que tenía unas proporciones ridículamente grandes para las tres personas que lo usaban. Era evidente que todo allí estaba concebido para albergar grupos mucho más numerosos.

—Bien, calma —dijo, aunque daba la impresión de que lo pronunciaba más para él que para el resto—. No tiene ni una prueba de lo que dice. ¡Ni una! Su mensaje se basa en una suposición, en una intuición.

—¿Cómo estás tan seguro? —quiso saber Pedro.

—Porque conozco a los periodistas como si los hubiese parido. Si ese desgraciado tuviera pruebas de algo, ya lo habría publicado. Solo quiere ponernos nerviosos. Es que no puede tener pruebas por una simple razón: somos los únicos que sabemos la verdad. Porque ninguno os habéis ido de la lengua, ¿no?

Los tres se observaron como jugadores de póquer.

—He mentido a todo el mundo, con lo que eso implica. Julia y Manuel estarán escuchando todo tipo de cosas en el colegio sobre su tío. Lo que faltaba para que no me quieran mirar nunca más a la cara —justificó Moisés.

—A mí no me miréis, yo no tengo familia. No me ha hecho falta mentir a nadie —avisó Niño.

Félix se sentó.

—Esto es lo que vamos a hacer: vamos a responder a este tal Ocampo diciendo que nos remitimos al comunicado. Si insiste e insiste, le lanzaremos un anzuelo con el que compraremos su silencio.

Moisés, Pedro y León lo observaban expectantes, como quien ve un *thriller* en el cine.

—No le vamos a dar dinero, si es lo que estáis pensando. Le ofreceremos algo que seguramente sea mucho más valioso para alguien con un ego descomunal como el que suele tener este tipo de periodistas. Le anunciaremos que estamos trabajando en la siguiente novela y que, si no toca donde no tiene que tocar, será él quien dé la primicia a su debido tiempo con una entrevista exclusiva solo para su medio. ¿Os hacéis una idea de lo que va a suponer eso para este pobre diablo?

—¿Y eso nos viene bien a nosotros? —quiso saber León.

—Ni bien ni mal. De alguna forma tendremos que anunciar que estáis vivos. De esta manera mataremos dos pájaros de un tiro: le coseremos la boca al periodista ese y lanzaremos nuestro mensaje al mundo cuando toque.

Al día siguiente, haciendo caso de las indicaciones de Félix, Pedro subió en su furgoneta a Castrofeirín y desde ahí respondió al correo de Fernando Ocampo: «Buenos días. Con relación al asunto de su correo, le informamos de que la agencia literaria de Moisés Retuerto y León Niño no tiene nada que decir y se remite únicamente a los dos comunicados emitidos hasta ahora. Reciba un saludo».

Pulsó el botón de «enviar» y a los dos días, cuando regresó a Castrofeirín, se encontró con la respuesta de Fernando Ocampo que estaban esperando. Pero con un añadido que le causó una honda desazón.

«Gracias por su amable respuesta. Como imagino que comprenderán, los comunicados que ustedes han enviado a los medios no me sirven en este caso. Lo que les estoy trasmitiendo es la posibilidad de que el accidente de tráfico de los escritores nunca se produjese. Creo que es una farsa. Es más: tengo sospechas muy fundadas de que Moisés Retuerto y León Niño no son los verdaderos autores de *El monstruo naranja*. Por ello, insisto en la necesidad de conocer su propia versión a la máxima brevedad posible. Un saludo. Fernando Ocampo».

Pedro González regresó a su albergue de Beresteira con el corazón brincando hasta tal punto que creyó que de verdad podía saltar de su pecho. Entró en la casa y cerró de un portazo. Enseguida, los otros tres salieron a su encuentro y se encontraron con el hombre, que estaba completamente pálido.

—Ha contestado ese periodista, ¿no? Como nos temíamos.

—No. Es mucho peor —dijo, y le pasó a su amigo el teléfono, con el correo electrónico de Ocampo en la pantalla.

Félix enmudeció. Niño y Retuerto vieron cómo en la frente se le dibujaban pequeñas gotas de sudor y se echaron a temblar, porque nunca habían visto a aquel hombre dar ni una sola señal de sofoco.

—¡Joder! ¡Estamos jodidos! —exclamó Moisés al ver la pantalla del móvil.

—Calma. Vamos a mantener la calma. Es imposible que ese tipo sepa nada. Él mismo lo admite: habla de una «posibilidad» y de una «sospecha». Esto es una técnica periodística más vieja que el azafrán: utilizar una mentira para obtener una verdad. Pero soy perro viejo. No cuela.

Moisés se pasó la mano por el pelo.

—No lo sé. Vale que mucha gente duda del accidente y en las redes sociales se están haciendo muchas pajas mentales. Pero esto es otro nivel. ¿Por qué iba nadie a sospechar que no somos los autores del libro? Llego a entender que alguien pudiera imaginar que el accidente no es cierto, puesto que nadie sabe nada ni de lo que ha pasado ni de nosotros. Pero ¿que no somos autores del libro? ¿Por qué motivo alguien pensaría eso porque sí sin tener algún indicio?

Félix levantó el brazo, como indicando que no quería seguir escuchándolo.

—Es absurdo. La verdad solo la sabemos nosotros cuatro. Doy por descontado que ninguno de vosotros se ha ido de la lengua. Tu hermano, por desgracia, tampoco ha podido ser.

El comentario hirió en lo más profundo a Moisés, pero prefirió morderse la lengua.

—Esto es lo que vamos a hacer: responderemos a ese periodista prometiéndole la exclusiva de su vida a cambio de que deje de joder la marrana. ¿Estamos?

Pedro salió disparado otra vez a Castrofeirín para enviar desde allí la nueva respuesta que había confeccionado su amigo.

«Buenos días. Con relación a lo que nos señala en su anterior correo, la agencia literaria que representa a Moisés Retuerto y León Niño no tiene ningún comentario que realizar y llama a la prudencia para no lanzar insidias ni injurias sobre temas que son muy dolorosos. Asimismo, queremos indicarle que, a lo largo de estos meses de recuperación, ambos están trabajando en una nueva novela que pronto verá la luz. Dada su relevancia como periodista y la de su periódico, podemos ofrecerle la posibilidad de publicar esa información en exclusiva, junto a la primera entrevista de los dos autores tras su accidente. A su debido tiempo le informaremos cómo y dónde acudir para encontrarse con los señores Niño y Retuerto. Todo ello, obviamente, siempre y cuando usted se comprometa a no lanzar insidias como las que acabamos de recibir de su parte. Quedamos a la espera de su respuesta».

Félix había pedido a su amigo que, tras enviar ese correo, no volviese a Beresteira de inmediato, sino que hiciese tiempo en

Castrofeirín, porque sospechaba que el periodista mordería pronto el anzuelo y respondería con rapidez.

Una vez más, el agente demostró que conocía el funcionamiento del periodismo a la perfección, puesto que veinte minutos después llegó la respuesta de Ocampo.

«De acuerdo. Me guardaré la información de que el verdadero autor de *El monstruo naranja* es Alejandro Retuerto Blanco, hermano de Moisés Retuerto, con la condición de que ustedes me ofrezcan en exclusiva la información sobre la nueva novela de Retuerto y Niño, además de la primera entrevista tras su supuesto accidente. Un saludo».

Todos se quedaron mudos en el albergue de Beresteira.

—¡Alguno de vosotros dos se ha ido de la lengua, joder! ¿Sois idiotas? Que esto no es un secretito de patio de colegio.

Félix dio un puñetazo en la mesa que hizo temblar aquella robusta madera. Pedro le pidió que bajase la voz, por miedo a que los vecinos se enterasen de que el albergue no estaba vacío.

—No lo entiendo. No entiendo cómo puede saber que el libro lo escribió mi hermano. Es imposible. Imposible —razonó Moisés.

—¡Tan imposible como que lo sabe! ¡Nos tiene cogidos por todos lados!

El agente se levantó, llenó un vaso de agua y se lo bebió de un trago. El líquido produjo un ruido agónico al traspasar su garganta.

—Esto no nos deja más margen. Tenemos que precipitar todo. Mañana volvemos a casa. Intentaremos hacerlo con discreción. Si nos ven por Santander o por Torrelavega o por donde sea, dejaremos que se corra la voz de que ya estamos de nuevo operativos. Y, ahora sí, tenemos que rematar la novela cuanto

274

antes. No tenemos alternativa. Hay que organizarlo todo para citar a ese periodista aquí, en Beresteira, en un mes y medio. No podemos arriesgarnos a que cante.

Moisés resopló.

—Pero es que da igual. ¿Quién nos asegura que cuando tenga la exclusiva de nuestro regreso y la entrevista va a seguir callándose lo que sabe?

—Lo que sabemos a ciencia cierta es que, de momento, va a estar callado. Además, es imposible que tenga pruebas de que tu hermano ha escrito el libro. Y, sin pruebas, lo que diga no vale nada.

50

5:30 horas

—Y POCO MÁS de un mes después de eso, aquí estamos, periodista, frente a frente. Tú y yo. Por meterte donde no te llaman.

Olivia se movió nerviosa encima de aquellas tablas que se le
estaban clavando ya en todas partes. Si el relato de Félix era
cierto, y la verdad es que tenía pinta de serlo, estaba perdida. No
había en el pueblo nadie capaz de salvarla. Intentó plantear algunas preguntas que le venían a la mente para ganar tiempo,
aunque a esas alturas estaba convencida de que eso solo serviría
para alargar su agonía.

—¿Por qué mataste a Moisés? —planteó a bocajarro.

Félix se pasó el cuchillo de una mano a otra. Era evidente que
aquella pregunta lo había puesto nervioso.

—Vaya con la señora periodista. Va al grano. Vale, vale. Pues
yo también seré directo. Lo maté por error.

Olivia abrió mucho los ojos, esperando más detalles.

—Sabes que todo esto que te estoy contando sacia tu curiosidad, pero te condena a muerte, ¿verdad?

Ella no hizo ni un mínimo gesto. Siguió callada, sintiendo que
cada segundo que se mantenía con vida era oro y esperando a
que aquel majara siguiera con su historia.

—Moisés era un hombre débil, superado por las circunstancias. No estaba seguro de nada desde que su hermano le enco-
mendó publicar el libro, pero fue delegando por inercia y porque
era un apocado. Luego, claro, se hizo adicto a la fama y al dinero

y lo antepuso incluso a sus sobrinos. Es el primer traidor que hay en esta historia. Pero en cuanto empezaron a llegar las dificultades perdió la cabeza. Desde que volvimos a Santander para acabar de rematar la segunda novela, entró en un bucle sin salida. Vivía en una tensión permanente, pensando que Ocampo iba a publicar en cualquier momento que toda su historia era un fraude. Cuando llegamos aquí ayer por la tarde, estaba convencido de que lo mejor era contarle la verdad: que la novela era obra de su hermano; que la publicamos en su nombre por una buena causa, para hacer realidad su último deseo; que luego tuvimos que simular un accidente de tráfico para ganar tiempo y que pedíamos disculpas por ello. El muy imbécil creía que la gente nos entendería y nos perdonaría. De haberle hecho caso, lo habría acabado matando cualquier fan despechado y resentido al sentirse engañado y estafado. Pero respondiendo a tu pregunta, que a los periodistas os gusta siempre que nos ciñamos a la cuestión: lo maté por accidente. Esta tarde empezamos a discutir muy fuerte sobre esto, él seguía empecinado en contar la verdad al mundo, la cosa fue a mayores y llegamos a las manos. ¿Me enorgullezco de eso? No. Pero el pasado no se puede cambiar y arrepentirse de las cosas solo provoca melancolía. Me empujó, lo empujé, cayó de espaldas, se dio contra el marco de la ventana y se desnucó. Fin.

—Eres un maldito loco —soltó Olivia. Las palabras le salieron de las entrañas de tal forma que apenas reconoció su voz.

—¿Loco por pelear por lo que considero lo mejor? Pues llámame loco si quieres, estoy dispuesto a pagar ese peaje.

—¿Por qué ataste su cadáver al de ese notario y los dejaste en la iglesia?

Una sonrisa se le dibujó en la cara.

—Has tocado un tema interesante, periodista. Cuando llegamos al pueblo no teníamos ni idea de que habría más invitados. El plan era juntarnos aquí nosotros tres y Fernando Ocampo, decidir cómo iba a ser la exclusiva de la nueva novela, hacer la entrevista que habíamos pactado, y aquí paz y después gloria. Pero los planes fallaron. Por un lado, apareciste tú, porque mi amigo Pedro es incapaz de hacer nada a derechas. Él estaba como loco por dar a conocer esta utopía suya y se precipitó. No quería decirte que no, no quería citarte otro día por si perdías el interés por el reportaje, y pensaba que no iba a pasar nada por meterte en el albergue, porque, en teoría, no tendríamos por qué cruzarnos. Pero la tormenta y sus consecuencias destrozaron todos sus planes. A la vez, Fernando Ocampo nos la jugó bien jugada. He de reconocer que ese periodista era astuto. Resulta que Argimiro Molina es el notario con el que los hermanos Retuerto firmaron el documento en el que se demostraba que el autor de *El monstruo naranja* era Alejandro y en el que se dejaba constancia de que cedía a Moisés la autoría de la obra. En teoría, ese documento solo lo podrían ver los hijos del verdadero autor del libro cuando cumpliesen la mayoría de edad, pero ese Argimiro Molina no es el hombre torpe y desvalido que ha fingido ser estos días. Al ver la fama que habían alcanzado León y Moisés, se acordó de que este había ido a su despacho a firmar aquel documento. En lugar de callarse, como haría un profesional honrado que respetase su secreto profesional, decidió contactar con Ocampo y ofrecer ese suculento tesoro informativo a cambio de una buena suma de dinero. Te preguntarás qué necesidad tiene un notario de meterse en estos líos, si ya están forrados de por sí. Pero es que en la vida hay una verdad inamovible: quien más tiene más quiere. Súmale a eso la sensación de sentirse poderoso y tienes el cóctel perfecto.

Olivia escuchaba a Félix contar la historia, completamente perpleja. No le extrañaba en absoluto que Ocampo hubiese accedido a pagar por una información, algo propio, según ella, de periodistas sin escrúpulos como él.

—¿Y qué pintaba aquí Argimiro Molina?

—Eso mismo nos preguntamos nosotros al verlo. Tardamos en atar cabos, porque León y yo no lo conocíamos de nada, no lo habíamos visto en la vida. Fue Moisés el que, al verlo aquí, comprendió de pronto lo que había pasado y se dio cuenta de la razón por la que Ocampo sabía que el autor del libro había sido su hermano. Y precisamente eso acabó por desatar del todo su paranoia. Se vio acorralado, con la certeza de que su secreto se descubriría en cualquier momento, y cayó presa de la histeria. Al saber que el periodista no tenía solo sospechas, sino un documento que probaba la mentira, quiso contar él mismo toda la historia al mundo antes de que los lectores se enterasen por la prensa. Y por eso discutimos de forma tan vehemente al final. Yo no estaba dispuesto a rendirme, quería jugar antes todas mis cartas. Pero Moisés no fue el único que se emparanoió. El periodista también estaba acojonado. Temía que le hubiéramos tendido una trampa, haciéndolo venir aquí no para darle una exclusiva, sino para darle matarile.

—Pues se ve que no iba desencaminado —apostilló Olivia.

Félix no la escuchó o, al menos, eso es lo que parecía.

—El caso es que Ocampo quiso usar al notario como seguro de vida. Acordaron que Argimiro viniese a Beresteira unos días antes que nosotros, como un huésped normal y corriente, y aparentó ser muy despistado, orientarse muy mal, para al final simular que se perdía el día de nuestra llegada y, así, alargar irremediablemente su estancia aquí hasta que llegase Ocampo. Lo que pasa es que el plan también se le fue de las manos y el notario acabó desorientándose de verdad mientras se desataba la enorme tormenta, y estuvo a punto de palmar por espabilado. El periodista era consciente de que el secreto que tenía entre manos era peligroso y pensaba que, si había alguien más en la casa, y además si era otro que conocía el secreto, no nos atreveríamos a hacerle nada.

—¿Y tú cómo sabes todo eso?

—Porque mientras tú estabas tan entretenida hablando con Pedro, nosotros fuimos a por Ocampo como hienas, al ver la trampa que nos había montado. Y, claro, tuvo que hablar por la cuenta que le tenía.

Olivia se intentó poner en la cabeza de aquel perturbado. Y vio que había cosas que seguía sin entender.

—¿Y por qué no acabaste con el notario a la vez que con Moisés? ¿Por qué dejarlo ahí, unido al otro cadáver?

—¡Porque no soy un maldito asesino! Y, dicho sea de paso, pensé que malherido como estaba y dejándolo a la intemperie sin poder huir, porque estaba atado a un peso muerto (perdón por el juego de palabras), acabaría palmando y me ahorraría todo el trabajo. Contábamos con la ventaja de haber pasado aquí muchos meses y ya conocíamos cómo funcionaban las cosas… Ten en cuenta que esto ha sido nuestra casa. León y yo aprovechamos un momento que salisteis de aquí, cuando vinisteis a este mismo edificio a por el bebé de esa pareja, para deshacernos del cadáver de Moisés. Tuvimos que llevarlo entre León y yo, y bien rápido. Te aseguro que no fue sencillo. Y luego limpiar el escenario digno de *La matanza de Texas* que habíamos preparado sin armar escándalo. ¿Lo más fácil hubiese sido acabar en ese momento con el notario, sabiendo como sabíamos que se estaba yendo de la lengua? Sin duda. Pero te lo repito: no soy ningún asesino. Eso y que no teníamos mucho tiempo, claro. No nos pillasteis por los pelos. A Argimiro lo sacamos y atamos al cadáver después mientras Pedro y tú seguíais de cháchara. Pensé que el frío y las heridas acabarían haciendo el trabajo que yo no quería hacer: quitarlo de en medio. Si no, confiaba en que captara la metáfora que le quería transmitir: tu suerte estará unida a la de un cadáver, ojito con lo que haces. La verdad, ha sido una tarde de lo más estresante. No hemos tenido tiempo ni para respirar.

—Pero para matar a Fernando Ocampo no tuviste tantos reparos.

—¡Porque nos amenazó! Al ver lo sucedido con Moisés, nos dijo que en cuanto pudiera salir de aquí iba a contar toda la verdad. Que ya no le importaba la exclusiva de nuestra segunda novela, que lo que había sucedido esta noche dejaba lo otro en una mera noticia de periódico de colegio. Te repito lo mismo que he dicho en otras ocasiones: la vida está diseñada para que compitamos los unos con los otros; y si veo que no voy a poder competir contigo, es posible que te joda.

A Olivia le estaba empezando a costar seguir el hilo de la historia, que cada vez se enrevesaba más. Además, tenía tanta sed que la lengua le dolía al hablar, como si le clavasen alfileres.

—Dices que no eres un asesino, pero también empujaste a Juan por la ventana —murmuró con rabia la chica.

—A ese no lo maté yo. Yo no lo empujé por esa ventana. Soy grande, pero ese tío está en forma. No hubiera sido tan sencillo. En cualquier caso, eso nunca tenía que haber sucedido, pero al mudo le pasó lo mismo que a ti. Fue mala suerte. Salió al pasillo y se encontró todo el percal. No diría que me vio disfrutar, porque no disfruté matando al periodista de mierda ese. Pero, cuando lo hice, experimenté la misma sensación que el último día de exámenes. ¿Lo recuerdas? Te quitabas tal peso de encima que había un placer absoluto en esa liberación.

—Si tú no lo mataste, ¿quién fue?

—Él solito se tiró. Bueno… quizá lo conduje yo un poco a ello, es verdad. Las personas como yo sobrevivimos en la jungla de la vida gracias a darnos cuenta de los detalles que otros no ven. Y me he fijado en cómo os mirabais el mudo ese y tú. Así que fui muy claro con él: le dije que yo era plenamente consciente de que, de una forma o de otra, por señas o por paloma mensajera, te iba a acabar contando que yo había matado a Ocampo y que tú lo publicarías. Se podría haber salvado si hubiese cargado con el muerto como si fuese suyo y ya está. Se lo puse a huevo, pero al rato subió otra vez no sé muy bien a qué porque no entendía nada de lo que hacía. Estaba demasiado nervioso. Imagino que quería pedirme explicaciones o amenazarme de algún modo. Así que le di a elegir: o te tiras por esa ventana para tener la certeza de que no lo cuentas todo, o tendré que matar a la periodista para asegurarme de que ella no se va de la lengua. Y el pobre tonto se tiró. Te quiso salvar la vida entregando la suya, como dicen que su padre hizo con él aquel día. Una pena que su muerte no vaya a servir de nada.

—¡Eres escoria! —Olivia no pudo reprimir la violencia que ese testimonio le había provocado y trató de soltarse para tirarse contra Félix, pero sus esfuerzos no sirvieron de nada.

—Pero ¡qué otra cosa podía hacer! ¡Era mudo, no ciego! Podía contar lo que había visto de mil maneras. Llegados a ese punto, ya no podía dejar cabos sueltos. Era una huida continua hacia delante. Además, no me negarás que el intento fue bueno: aprovechar que el mudo se había quedado petrificado al ver al periodista muerto, simular que él había matado al periodista y luego, aprovechando que volvió a subir a decirme sabe Dios qué, hacerlo pasar por un suicidio por su sentimiento de culpa. Así mataba dos pájaros de un tiro. Mira, nunca mejor dicho.

—¡Has permitido que Lucas haya estado a punto de pagar todas tus mierdas! —gritó Olivia.

—No formaba parte del plan que ese hombre cargase con el muerto, bueno, ahora ya, los muertos, pero eso fue, entre otros, culpa tuya, que en las votaciones lo señalaste por lo que te había hecho en el coche. Nosotros pensamos que lo mejor era culpar al mudo, porque había perdido la cabeza al encontrar el cadáver de Moisés. Era bastante creíble que ese hombre no estuviera en sus cabales, así que decidimos dirigir el foco y las sospechas hacia él —Félix se encogió de hombros—. Supongo que a Pedro no le hizo ni pizca de gracia porque parecía enamorado del tal Juan. Pero es lo que hay.

Olivia tiró el peso de su cuerpo hacia atrás y las tablas del somier rugieron, como quejándose.

—¿De verdad piensas que vas a salir limpio de esta? Cuando la Guardia Civil vea la escabechina que habéis montado no va a haber quien os salve.

Félix volvió a cambiar el cuchillo de mano.

—Depende de cómo hagamos las cosas de bien o de mal a partir de ahora. Si conseguimos esconder vuestros cadáveres, no van a encontrar los cuerpos nunca. Y sin eso, hallar pruebas de algo será más que complicado.

—Tres desaparecidos cantan demasiado como para esfumarse de pronto.

—Siento corregirte. Serán cinco.

Olivia miró con terror al agente, que se encogió de hombros.

—Echa cuentas: Moisés, Ocampo, el mudo, tú y el notario. No me mires así, es obvio que tú no puedes seguir viviendo porque ya conoces la historia. Y Argimiro Molina se ha buscado su suerte él solo, metiéndose donde no debía y por querer hacerse rico saltándose toda la ética del mundo. Por cierto, hemos comprobado que está muerto; este sí ha fallecido en su cama. En esta historia no hay ningún santo, periodista.

Olivia se movió como un oso que trata de salir de la hibernación. Sus movimientos eran lentos y su cerebro funcionaba al ralentí. Estaba agotada psicológicamente y sentía el cuerpo hecho un trapo.

—Todavía no sé por qué has venido a por mí. Yo no sabía nada de esta historia.

—¡Mientes! —Félix Ruipérez se puso de pie, señalándola con el cuchillo como si fuese una espada de esgrima—. Te dimos la oportunidad de vivir, pero la desaprovechaste.

Olivia no entendía nada.

—Haz memoria. Fue durante el juicio que montó mi amigo Pedro para decidir por mayoría quién era probablemente el asesino de Moisés. Antes de acusar a Lucas y a Irene, Pedro dejó caer que León y yo podríamos haberlo hecho. ¿Recuerdas? No era más que una bomba de humo para dar credibilidad al teatro, pero te delataste. Entraste al trapo como un toro, periodista. ¿Te acuerdas de lo que dijiste?

Olivia estaba aterrada. Era incapaz de hablar.

—Ya te refresco yo la memoria. Dijiste que nos habías escuchado discutir, cosa que es cierta, y contaste allí, delante de todos, que yo había dicho que nadie podía enterarse de lo que hicimos porque el escándalo sería enorme. Incluso pusiste sobre la mesa que yo acusé al propio Moisés de tener remordimientos y de querer echarlo todo a perder.

La periodista solo pudo responder con un hilo de voz.

—¿Y qué más da lo que dijese? No tenía pruebas para publicar nada, ni para contar nada. ¡Cómo iba a imaginar yo en aquel momento semejante historia!

Félix cortó el aire con el cuchillo.

—¡Ya da igual! ¡Eso da igual! Ahora eres un cabo suelto y, lo siento, pero no podemos permitírnoslo.

—¿Podrás dormir por las noches con cuatro cadáveres en tu haber? —preguntó Olivia de repente, sin pensar en las implicaciones que podrían tener esas palabras.

—No te voy a decir que dormiré como un lirón, porque al principio imagino que me costará. Pero, amiga mía, sobre un colchón de billetes la conciencia descansa bien.

La periodista se dio cuenta de que el carrete se estaba acabando, que a aquel hombre ya no le podía quedar demasiada historia por contar y fue consciente de lo cerca que tenía la muerte. Quizá por eso, por pura desesperación, sacó unas fuerzas que no sabía que le quedaban. Colocó los dos pies en el extremo de una tabla del somier de la cama y se impulsó hacia atrás, con la esperanza de que las cuerdas cediesen o la madera se rompiese. Pero el intento fue otra vez inútil. Desesperada como un animal acorralado, se subió a una de las tablas y empezó a dar pequeños saltos, convencida de que aquella vieja madera acabaría por partirse, pero no tuvo tiempo de comprobarlo, porque Félix se abalanzó sobre ella. Se tiró en plancha sobre su cuerpo, inmovilizándola por completo con su propio peso. El agente era un hombre altísimo y corpulento y Olivia tuvo de pronto la certeza de que su muerte sería por asfixia, con aquella mole encima de ella, que le aprisionaba el pecho de tal forma que apenas podía respirar. Se preguntó por un instante qué sería peor, si aquel método o las puñaladas que se había preparado mentalmente para recibir.

Ruipérez se dio cuenta de que la periodista podía respirar con él encima, aunque con dificultad, así que se incorporó, justo lo suficiente como para tener los brazos libres y rodearle el cuello con sus enormes manos. En los últimos segundos antes de perder la consciencia, Olivia no vio ningún túnel, ni una luz a lo lejos, ni seres queridos esperándola, como ocurría a menudo en los relatos de las personas que habían tenido experiencias cercanas a la muerte. Simplemente se acordó de su padre, postrado en la cama del hospital, tan enfermo ya, que no tuvo casi ni fuerzas para despedirse de ella, y se preguntó qué imagen mental habría tenido él justo en esos momentos y en quién habría pensado por última vez. Luego, sonrió muy en el fondo de su ser, ya en un terreno inexplorado de la consciencia, al considerar justo y hermoso que su recuerdo final fuera para aquel hombre que le había dado la vida.

51

Amanecer

Lo PRIMERO QUE sintió Olivia cuando abrió los ojos fue una arrebatadora felicidad. Una alegría inmensa de estar viva. Y eso le hizo darse cuenta de que, por muy malos momentos que hubiese pasado en los últimos años, por muy fracasada que se sintiese en la vida, por mucho que desconfiara de todas las personas, conocidas y desconocidas, por las continuas desilusiones, con la tristeza que eso le provocaba, por mucho que pensara que su vida iba de mal en peor, había pasado la prueba: le apasionaba vivir. Y celebraba no haber muerto.

Pasado ese primer instante de euforia y de alivio, la periodista sintió un dolor agudo en la garganta y en el cuello. Era tan intenso que apenas podía tragar, el más mínimo movimiento era insoportable. Luego, le asaltó la curiosidad. ¿Qué había ocurrido? Su último recuerdo era el de Félix apretando su cuello, asfixiándola. Se había acordado de su padre antes de que la memoria se le fundiese a negro. Y ahora estaba a oscuras, tumbada en algún lugar. Movió los brazos para intentar palpar a su alrededor. Estaba libre. Nada le ataba las manos ni las piernas, podía moverse sin problema. Comprobó que se encontraba tumbada en una cama. Las sábanas eran viejas, o al menos eso parecía por la cantidad de bolitas que le raspaban la piel. Alguien la había tapado con una manta que olía a armario cerrado. Buscó a tientas algún interruptor y no tardó en encontrarlo, pero le sirvió de poco: la luz no funcionaba, lo que la llevó a deducir que estaba todavía en la casa de Lucas e Irene. No parecía que hubiera ninguna ventana en aquella habitación, porque no se colaba luz por ninguna parte.

Decidió que lo más prudente era quedarse allí, tumbada, intentando descansar. Aunque eso, en realidad, era una quimera, puesto que no sabía qué había sucedido. Tal vez Félix, Pedro, o quien fuese, se escondían detrás de la puerta de la habitación para entrar en cualquier momento y acabar con ella. Sintió un escalofrío y tiró de la manta hacia arriba, cubriéndose la cara por completo con ella.

Permaneció así un buen rato, hasta que escuchó que la puerta de la estancia se abría. Oyó los pasos de alguien que entraba y cerraba tras de sí. Se quedó bloqueada. Oculta bajo la manta se supo tan desvalida como una niña que se ha escondido bajo las sábanas para intentar que el monstruo del armario pase de largo. Pero, esta vez, el monstruo tenía todas las papeletas de ser real. Real y despiadado. Permanecía allí y guardaba silencio. Olivia oía respirar a aquella persona, le parecía una respiración fatigada, y sentía con claridad su presencia. Pero no decía ni una palabra ni se movía. Al final, decidió ir bajando la manta poco a poco y descubrirse la cara. Antes de ver nada, sintió una oleada de frescor al dejar su rostro al descubierto. Vio una figura completamente oscura, porque la enfocaba de modo directo con la potente luz de una linterna frontal. Ella no se movió. La otra persona tampoco. Aguantaron así unos minutos, hasta que el otro levantó los brazos y se quitó la iluminación de la frente. Olivia vio el rostro demacrado de Pedro González ante ella. Tenía los ojos hundidos y la cara demacrada; las últimas horas parecían haberle echado encima veinte años. Dejó la linterna sobre la mesa de noche y se sentó en la única silla que había en la habitación, junto a la cama. Permanecieron así, sin decir nada, un tiempo indeterminado que a la periodista le pareció media hora. Pero le era imposible estar segura. Fue él quien habló finalmente.

—Olivia, te debo una explicación y una disculpa.

Ella contuvo la respiración. Decidió guardar silencio por prudencia y por miedo. En realidad, no sabía qué planeaba aquel hombre.

—Creo que lo correcto es empezar por las disculpas. Siento de corazón todo lo que has tenido que vivir en este pueblo esta noche. Siento lo que te ha hecho Félix. Siento no haberte contado toda la verdad desde el principio. Creo que hubiese sido lo justo y lo correcto. Me arrepiento de haber permitido que vinieras aquí precisamente este fin de semana.

Olivia lo contempló con curiosidad. Dudaba de si aquellas palabras eran sinceras o si, después de toda esa retahíla, aquel hombre iba a atacarla. Él pareció leer el miedo en su mirada.

—Puedes estar tranquila. Nadie te va a hacer más daño. Ya nadie va a hacer daño a nadie aquí esta noche. En cuanto sea prudente salir, llamaremos para pedir ayuda y esta pesadilla se habrá terminado.

A la periodista, una vez recompuesta en cierta medida del susto, se le empezaron a amontonar las preguntas en la cabeza. Deformación profesional, quiso pensar.

—¿Dónde está Félix?

—En la otra habitación. Inmovilizado y encerrado, que es como tendría que haber estado desde el primer momento. Y con un buen chichón. Tuve suerte de que estaba demasiado ocupado intentando hacerte daño y lo pude atacar por sorpresa. Si no, yo solo no hubiese podido con esa mole de hombre. Cuando salga de ahí, lo hará acompañado de la Guardia Civil. Te lo aseguro.

—Me dijo que era tu mejor amigo. Quiero creer que me mintió.

Una sonrisa tristísima se dibujó en la cara de aquel hombre.

—No. No te mintió. Cuesta creerlo, ¿verdad? Le gusta vestir hecho un pincel. Mírame a mí, siempre con un chándal de 1992 y zapatillas de andar por casa hasta para ir al huerto. Él, un urbanita. Yo, con alergia a las ciudades. Él, que mataría a su madre por un poco de dinero y de poder. Yo… Yo ya no lo sé. Quizá también. Yo ya no sé quién soy, Olivia. Pero el caso es que, por muy diferentes que te hayamos podido parecer, en el pasado fuimos íntimos amigos, casi como hermanos. Y quizá en el fondo no somos tan diferentes en la forma de ser.

Olivia intentó bucear en aquellos ojos, que parecían estar diciendo la verdad.

—No me puedo creer que supieses todo. Que te prestases a este horror. Decías que querías tanto a este pueblo y ¡lo has llenado de muerte! ¡Eres igual que él! —gritó, indignada, sin miedo a las consecuencias que pudieran tener sus palabras. No le importaba. Ya no.

—Puedes chillar todo lo que quieras, estás en tu derecho y lo entiendo perfectamente. No puedo decir otra cosa. Dices que lo sabía todo… Sí y no. No estaba en los planes que esto acabase así, eso te lo garantizo. Como imagino que Félix te ha contado toda la historia a grandes rasgos, ahora te voy a dar mi punto de vista. Lo que yo tenía pensado es que ellos tres viniesen aquí, alejados de miradas indiscretas, y se reuniesen con ese periodista. A mí me habían jurado que solo iban a planear cómo lanzar la primicia de la nueva novela y a hacer una entrevista. Lo pactado, vaya. Nada fuera de lo común ni de lo legal. Pero lo que yo no podía saber es que Argimiro Molina estaba compinchado con Ocampo. De hecho, cuando pedí a ese periodista que me ayudase a llevar al notario a La Palloza, cuando estaba medio muerto en el río, no hizo muchos esfuerzos por salvarlo. Imagino que quizá, por un lado, le convenía quitárselo de en medio una vez que ya le había dado toda la información que necesitaba. Quién sabe si no quería aprovechar esta noche también para hacerle daño. O quizá estaba interpretando su papel.

»Esta noche todos hemos sido, en parte, unos tristes actores. Nos hemos intentado engañar unos a otros por pura codicia, por miedo, por venganza. Cada cual tendría sus razones. Pero ahora comprendo que no hay razones que justifiquen lo que ha pasado. Tampoco podía saber que ese Molina tuviera algo que ver con Moisés. Reservó un viaje de cinco días aquí y yo no hubiese permitido que él coincidiese con ellos aquí, porque ellos querían intimidad. En teoría, se marchaba el viernes por la mañana. Pero ha quedado claro que simuló que se perdía para alargar la estancia y coincidir aquí con los demás. Creo, en cualquier caso, que el plan se le fue de las manos y acabó perdido de verdad. Si no es por Juan y por mí, ese idiota se habría muerto en el río. Solo nos enteramos de que estaba metido en todo el lío cuando Moisés lo vio, y ató cabos: él le había contado a Ocampo quién era el verdadero autor del libro, porque era el notario ante el que firmaron el dichoso documento. Se saltó el secreto profesional que debe guardar un notario. Todo esto lo he sabido hace bien poco, cuando te has marchado de La Palloza con Irene y yo me he quedado solo con León y con Félix. En realidad, me he ido guiando por mi intuición toda la noche.

Olivia respiró hondo varias veces, intentando asimilar sus palabras. Iba a intervenir, pero Pedro continuó con su discurso, parecía decidido a soltarlo todo.

—Como ves, he estado contigo todo el tiempo, así que no he podido hablar a solas con León ni con Félix en ningún momento. Simplemente deduje que Félix o el propio León habían matado a Moisés, porque sí sabía que este tenía muchas dudas sobre si seguir adelante con la mentira. Consideraba que era mejor contar toda la verdad. Pero yo tenía que protegerlos a ellos tres. Compréndeme. Félix era mi amigo de la infancia y por un amigo se hace cualquier cosa. No hacerlo te convierte en una alimaña, como Lucas, que le destrozó la vida a su hermano.

—Así que en el juicio que montaste, en el teatro de los votos para ver quién había matado al escritor, ¿tú ya sabías quién había sido? —dijo Olivia al fin.

—No lo sabía con certeza, pero estaba casi seguro de que habían sido ellos. ¿Quién si no? Intenté desviar la atención hacia mis vecinos para salvar a mi amigo.

A Olivia le tembló la voz antes de formular la siguiente pregunta. De la respuesta de Pedro dependían muchas cosas.

—¿Y Juan? ¿Sabía todo?

A Pedro se le nubló todavía más la vista.

—Juan no sabía nada. Ni siquiera supo a quiénes estaba dando cobijo en secreto durante meses en el albergue. No lo podía saber nadie. Ni él.

—¿Cómo pudiste permitir que atacasen a Juan, si tan amigo tuyo era?

Al dueño de La Palloza se le humedecieron los ojos y la voz le empezó a temblar.

—Eso mismo me pregunto yo. Y creo que es algo que me torturará de por vida. Algo que no me va a dejar dormir por las noches. Sé que jamás volveré a vivir tranquilo. Cuando vi que habían apuñalado de esa manera a Ocampo… Intuí que Félix había perdido el control sobre sí mismo y sobre la situación. Entendí que estaban tratando de culpar a Juan de ese asesinato, al igual que en las votaciones habían intentado señalarlo como asesino de Moisés, y ahí me di cuenta de que la historia iba a acabar mal. Pero nunca, jamás, habría podido imaginar que Félix iba a llegar a tales extremos. Él sabía quién era Juan y la enorme importancia que había cobrado en mi vida en los últimos años. Me decía, con sorna, que yo era don Quijote, con mis paranoias en este pueblo, y que había convertido a Juan en mi Sancho. Y quizá algo de razón tenía en eso. En realidad, pienso que en el fondo tenía cierta envidia de la compenetración que habíamos desarrollado. Era una relación realmente propia de hermanos. Mi relación con él nunca fue tan sana.

—¿Quieres decir que atacó a Juan por celos?

El hombre se quedó pensativo, mirando a una pared unos cuantos segundos.

—Creo que la envidia no fue el motivo principal. Obviamente, mi amigo hizo que Juan saltase por la ventana porque este había visto lo que le había hecho al periodista y tuvo miedo de que se fuera de la lengua. Ya ves tú, el pobre Juan, irse de la lengua. Pero creo que mató dos pájaros de un tiro con su muerte. Puede que algo de envidia sí hubiese de fondo.

—¿Por qué intentaste pringar a Lucas en todo esto, estando casi seguro de que él no tenía nada que ver?

—Te lo acabo de decir: por salvar a Félix. Y lo cierto es que lo veía capaz de hacer cualquier disparate. Pero si soy del todo sincero contigo, también vi una oportunidad de deshacerme de él. Ahora parece el bueno del cuento, pero de bueno te puedo asegurar que no tiene nada. Destrozó la vida a su hermano y me la estaba haciendo imposible a mí.

—Pero no mató a nadie.

—Y en eso te tengo que dar la razón. Todavía no había matado a nadie. Lo que quiero que entiendas es que aquí no hay santos. Lucas no lo era. Argimiro Molina, tampoco. Ocampo bien sabes tú que estaba lejos de ser una persona íntegra. León y Félix eran bestias cegadas por la avaricia y la fama. Moisés… Moisés creo que tenía principios, pero se dejó llevar porque estaba superado por la situación. Y yo…

—Tú no eres mejor que ellos. Pensé que eras distinto, con toda tu charlatanería sobre tu proyecto utópico aquí. Me da la impresión de que te crees superior a toda la humanidad, pero no eres más que otro desgraciado —Olivia volvió a sorprenderse de cómo su boca lanzaba proyectiles sin control.

—Tienes razón. La vida nos lleva con frecuencia a situaciones límite en las que tenemos que decidir quiénes somos de verdad. La realidad nos pone a menudo frente a nuestras propias contradicciones y, honestamente, creo que nadie es capaz de no traicionarse alguna vez en la vida. En mi caso, tenía ahorros. Bastantes ahorros de todos mis años de trabajo en Madrid. Pero también muchos gastos: rehabilitar el pueblo, comer todos los días, pagar gasolina para salir y entrar en el pueblo, pasar todos los meses una cantidad a mi mujer y mis hijos... Y ¿qué ingresos tengo aquí? Los que me da el proyecto de turismo rural que me han intentado boicotear, que son mínimos, aunque alguno diga que he montado aquí un pequeño Benidorm. Casi no llegan ni para cubrir los gastos. Empezaba a ver que, de seguir así, me iba a quedar pronto sin un duro. ¿Te imaginas qué significaba eso? Admitir que todo esto era simplemente una ensoñación. Yo no quería eso de ninguna forma, aunque para conseguir sacarlo adelante me tuviera que apoyar en los fondos más bajos del sistema que tanto asco me da.

—Quizá el problema no es todo esto, Beresteira, tu idea, sino tú. Aquí, según cuentas, hay familias que viven de lo que ganan con sus pequeños negocios.

—Claro. El problema era yo. No te lo discuto. Puse en marcha todo esto, coloqué las bases para que el resto hiciese posible la utopía, pero yo era incapaz de sostener mi parte. Cuando Félix me llamó..., pues vi la oportunidad, no te voy a engañar. No me parecía ético participar en ese fraude del falso accidente, una mentira tan monumental, pero de esa forma sacaba a mi amigo de un entuerto y, a la vez, me daban un dinero con el que tirar bastantes años. Pero repito: yo no podía saber todo lo que ha acabado pasando. No podía imaginar que Félix era capaz de matar, y además varias veces, por proteger sus mentiras. Pero ya tengo mi penitencia. He perdido para siempre a mi mejor amigo: Juan. A Félix ya no lo puedo considerar como tal después de lo que ha hecho. Y el pueblo..., dudo que el pueblo pueda seguir como hasta ahora. También he destruido esto.

Olivia no sentía la más mínima pena por ese hombre.

—¿Por qué has permitido que yo viniese aquí este fin de semana? ¡¿Qué pinto en todo esto?! —Olivia hablaba impulsada por la rabia, pero en un instante fugaz se dio cuenta de que le estaba haciendo una verdadera entrevista al dueño de La Palloza.

—Me dejaste claro que te urgía conocer el pueblo, me dejaste caer que, si no era este fin de semana, publicarías el reportaje contando el caso de otros pueblos similares, pero sin incluir este. Y no podía dejar pasar la oportunidad de dar a conocer Beresteira, que yo consideraba un paraíso y que ahora, a fin de cuentas, he acabado convirtiendo en un infierno. Además, *a priori* no tenía por qué pasar nada: Félix y los escritores se verían con el periodista en La Palloza y tú estarías en el albergue. No os habríais cruzado si todo hubiese ido bien.

Los dos guardaron silencio un buen rato.

—¿Dónde están los demás? ¿Dónde están León, Lucas e Irene?

—En La Palloza. Félix hizo que volvieran allí antes de retenerte en esta casa para quedarse a solas contigo. Pero yo no podía permitir que te hiciese cualquier barbaridad. Por eso vine. Y creo que llegué justo a tiempo de impedirlo. Tú ya no estabas consciente cuando os encontré y… en fin…

Aquel hombre se estaba viniendo abajo por completo. Pero a Olivia no le generaba la más mínima compasión.

—Dices que no podías permitir que me hiciese nada. Pero tardaste siglos en venir. Mientras, ese sádico que tienes por amigo me contaba toda su historia. Te dio tiempo a pensártelo bien. Sinceramente, Pedro, ya no me creo nada.

—Tardé. Claro que tardé. No podía venir sin más. Primero, el paso que iba a dar iba a destrozar para siempre la vida de todos. Eso no se decide en medio minuto de diálogo interior. Tuve muchas dudas, a pesar de que intuía que podía hacerte cualquier barbaridad. Por eso intenté impedir que salieses. Temía que algo así pasase. ¿Me convierte en un monstruo como él no tener claro lo que tenía que hacer y darle la opción de seguir matando? Pues es posible. Y luego, te recuerdo que en La Palloza tenemos a

León Niño, que no sé si será capaz de llegar a donde ha llegado mi amigo, pero no me podía arriesgar a comprobarlo. Me tuve que encargar de él.

Olivia le dedicó una mirada llena de ira.

—No le he hecho nada, si es lo que piensas. Pero, al igual que Félix, está ahora mismo bajo la vigilancia de Irene y de Lucas. Tuve primero que retenerlo y luego contarles a mis vecinos la misma historia que él te contó a ti, para que se hiciesen cargo de la situación y del peligro que entrañaba. Me imagino que, en el fondo, ellos dos habrán disfrutado con el relato, al confirmar que soy el ser despreciable que siempre han considerado. Imagino que, además, Lucas se sentirá ahora… ¿cómo has dicho antes? Éticamente superior a mí. Y no hay nada mejor en la vida para sentirse bien con uno mismo que considerar al vecino peor que tú.

Olivia iba viendo cómo las piezas por fin encajaban.

—¿Qué piensas hacer?

Pedro se encogió de hombros, pero no en un gesto de incertidumbre, sino más bien de resignación.

—Ya ha pasado la tormenta, intentaré ir camino abajo como pueda hasta el punto donde hay cobertura. Avisaré a la Guardia Civil. Vendrán… Y me imagino que ese será el final de la vida que he llevado hasta ahora. Tú sabes mejor que yo cómo funciona eso. Un escritor superfamoso, asesinado durante una noche de tormenta en un pueblo abandonado y aislado en medio de las montañas. La historia lo tiene todo para vender. Imagino que Félix no verá más la luz del sol. Y yo… No sé qué me va a pasar. Pero, la verdad, ya no me importa. Creo que lo he perdido todo.

Guardó silencio y miró a la periodista. Olivia no dijo nada, solo lo observaba con los labios apretados.

—Este pueblo pasará a ser un lugar maldito, de muerte, que sonará en las televisiones, la radio y los periódicos de todo el país. «Beresteira, el pueblo de la muerte, donde han asesinado a cuatro personas, entre ellas el famoso escritor Moisés Retuerto» —continuó Pedro con amargura.

—Cuatro, no. Solo tres —respondió Olivia con voz temblorosa.

Pedro bajó la mirada y negó con la cabeza.

—Por desgracia sí, esta noche han muerto cuatro hombres. El notario no ha sobrevivido.

—No viste muerto a Juan.

Pedro levantó la cabeza sorprendido.

—Agonizó en tus brazos —murmuró.

—En realidad, no. Antes has dicho que en esta historia no hay santos, pero quizá estés confundido.

52

1:30 horas (seis horas antes)

Mientras Pedro entraba en la casa preso de la rabia y la pena, Olivia permaneció sentada en la nieve, acunando el cuerpo de Juan. El pelo de ella y el rostro de él empezaban a estar cubiertos de cristales de hielo. La periodista sabía que debía entrar en la casa o moriría congelada, pero se resistía a abandonarlo. No podía creerse que, una vez más, la vida fuera a ser tan injusta con alguien especial. No podía más que lamentarse de que la calamitosa existencia de Juan fuese a culminar de aquella forma tan desdichada.

Le acarició la cara helada y pasó la mano por sus ojos. Y notó movimiento bajo sus dedos. Levísimo pero claro. La periodista sintió cómo su propio corazón empezaba a dar saltos impulsado por un chute de adrenalina como hacía tiempo que no vivía. Observó el rostro de aquel hombre. Acarició sus pómulos congelados, pero no hubo reacción. Insistió con más fuerza y el labio superior de Juan se alzó en un mínimo movimiento. A Olivia no se le ocurrió otra cosa que tomar entre su mano un puñado de nieve y lanzárselo a la cara a aquel hombre. Tiempo después, cuando recordase aquella escena (la repasó miles de veces luego), se lamentaría por lo absurdo de su arranque: empapar con hielo la cara de un hombre medio muerto y congelado. Pero lo cierto es que funcionó. Juan abrió los párpados, como un telón que dejó al descubierto unos ojos rojos, rojísimos. Aquellos dos pozos verdes infinitos la observaron sin expresión.

—Te voy a sacar de aquí. Te vas a poner bien.

Olivia pronunció esas palabras sin quererlo, como si su boca lanzase proyectiles que escapaban a su control. Porque realmente no sabía qué podía hacer, aunque en su cabeza empezaba a dibujarse una idea. Disparatada, desde luego, pero quizá la única salida posible.

Juan no respondió a aquellas dos frases. Se limitó a girar despacio el cuello hacia uno de sus brazos, doblado de unas formas tan antinaturales que la periodista tuvo que esforzarse por no volver a vomitar allí mismo. El hombre la observó de nuevo. Sus ojos eran lanzallamas de terror.

—Las pocas horas que llevo en este pueblo me han servido para aprender varias cosas. Y una de ellas es que tú y yo nos parecemos muchísimo más de lo que nadie se podría imaginar. Un bicho raro deja de serlo un poco en el momento en que su vida se cruza con la de otro bicho raro. Cada uno tenemos historias bien diferentes, caminos muy alejados que nos han llevado al mismo lugar: la desconfianza. Desconfianza en las personas, resignación ante el mundo, desengaño con la humanidad. Por eso, sé perfectamente que lo que te voy a pedir es un esfuerzo que te supera. Pero has de confiar en mí, Juan. Te pido que hagas lo que te voy a proponer.

El hombre no pronunció palabra. Todo lo que salía de su boca eran leves aullidos de dolor. Olivia hablaba en susurros.

—Lo primero que tenemos que hacer es actuar con todo el sigilo que podamos. Dentro de esa casa hay alguien que quiere verte muerto. No vamos a darle esa oportunidad. Ahora, vas a intentar ponerte de pie.

Con ayuda de la periodista, Juan recuperó la verticalidad poco a poco, tambaleándose como un bebé de diez meses que trata de incorporarse por primera vez para dar sus primeros pasos.

—Ahora tenemos que alcanzar el albergue de Pedro. Vas a poder. Lo sé. Has sido capaz de superar situaciones mucho peores que esta. Allí te mantendrás oculto hasta que alguien venga a ayudarnos.

Apoyado en la periodista con el brazo sano, Juan recorrió los pocos metros que separaban La Palloza del otro edificio como los escaladores coronan el Everest. Sus piernas, maltrechas, se hundían en la espesa nieve, pero la periodista le iba sirviendo de *sherpa* en esa particular ascensión, la más difícil de su vida. Olivia no lo había dicho, pero no tenía plan B. Era consciente de que, si algo fallaba, su ánimo se desmoronaría y tenía serias dudas de que supiera salir de aquella: si la puerta del albergue estaba cerrada con llave, pensó, allí se acabaría todo.

Alcanzaron a duras penas la entrada, tomó el pomo con sus manos e hizo fuerza hacia abajo. La cancela se abrió sin dificultad y la periodista dio gracias a la confianza que todos tenían con todos en ese pueblo, que los llevaba a no tomar nunca la precaución de cerrar con llave. Abrieron la primera habitación que encontraron, cuyas paredes estaban cubiertas de literas hasta arriba. Sin necesidad de ordenarle nada, Juan se tumbó en un colchón, derrotado. Sus aullidos de dolor se habían incrementado y Olivia no tenía todas consigo en que aquella persona pudiera soportar mucho tiempo más ese padecimiento.

—Quédate ahí. Vengo ahora mismo.

Como un haz de luz, la reportera salió disparada hacia el baño. Pero se dio cuenta de que la operación era arriesgada: el aseo era un cubículo situado en un extremo de una especie de terraza, por lo que para llegar allí tenía que exponerse mucho, con el riesgo de que alguien en La Palloza la viese. Apagó su linterna frontal, se deslizó como una serpiente por aquel balcón construido con madera y abrió la puerta, rezando lo poco que recordaba de sus años en un colegio de monjas de Valladolid. Contuvo la respiración, esperando encontrar allí lo que buscaba. Abrió un pequeño armario en el baño y se topó con una caja de analgésicos con los que salió escopeteada de nuevo hacia la habitación donde había dejado a Juan. Se había escondido bajo unas mantas y Olivia se sorprendió de cómo, a pesar de aquellas terribles circunstancias, el hombre conservaba la suficiente lucidez para saber exactamente lo que tenía que hacer.

—Tengo que volver a La Palloza porque, si nos quedamos aquí los dos, se pondrán a buscarme y nos acabarán encontrando. No te muevas pase lo que pase. Alguien vendrá a ayudarte en algún momento.

Daba la impresión de que Juan estaba llegando al límite de su aguante cuando se tragó una de aquellas pastillas. Ni siquiera podía ya mirarla. Olivia dudó en si hacer la última pregunta, pero finalmente se arrancó.

—¿Quién te ha hecho esto? ¿Quién me quiere matar?

Olivia nunca supo si, de haber podido, aquel hombre hubiese respondido, porque cuando quiso darse cuenta él había perdido la consciencia.

53

Amanecer

—¿Me estás diciendo que Juan está vivo?

Pedro había escuchado alelado el relato de Olivia. Las preguntas se le amontonaban casi en la misma medida que sus remordimientos de conciencia. Conforme la periodista hablaba, iba cayendo en la cuenta de que todo aquello tendría que haberlo hecho él. Si de verdad se hubiese guiado por los valores que tanto pregonaba, era él quien debería haber salvado a su amigo y no una extraña a la que acababan de conocer solo unas horas antes.

—La verdad es que no lo sé a ciencia cierta. Cuando tu amigo Félix —no pudo evitar decirlo sin retintín— intentó matar a Juan, este cayó de frente y la nieve le hizo de parapeto. Ironías del asunto, creo que la misma nieve que nos ha condenado acabó salvándole la vida. Después de esconderlo en el albergue, yo lo único que quería era escapar de La Palloza para comprobar que seguía bien. Pero tú me lo quisiste impedir —le echó en cara, rabiosa—. Al final, y gracias a que me puse terca, pude escapar junto a Irene de allí. Ella se fue a su casa a buscar a Lucas y yo conseguí zafarme y hacer una breve visita al albergue para comprobar que Juan estaba bien. Me lo encontré vivo, pero durmiendo o inconsciente, imagino que descansando al fin, gracias a los analgésicos, de los insoportables dolores que tendría en ese brazo destrozado. Pero de eso hace ya muchas horas. No sé lo que le ha podido ocurrir desde entonces al pobre.

301

Pedro abrió la puerta de la habitación y salió sin comentar nada más. Olivia saltó de la cama, persiguiéndolo. Se encontraba fatal. Notaba un dolor insoportable en la garganta, la nuca y el pecho, pero se obligó a seguir los pasos del dueño de La Palloza, que bajó las escaleras haciendo eslalon para salir de la casa de Irene y Lucas a la carrera.

A aquella hora, la luz del día ya iluminaba Beresteira lo suficiente para que no hicieran falta las linternas. El cielo seguía plomizo y, aunque ya no nevaba, la capa que cubría el suelo era todavía de una espesura tremenda que impedía caminar con normalidad. Pedro quería avanzar a más velocidad de la que eran capaces de proporcionarle sus piernas, por lo que se desequilibraba y caía sin parar. Detrás, la periodista trataba de seguirle el ritmo a duras penas. Ambos tenían las pulsaciones de un ciclista en plena ascensión al Tourmalet y no solo por el esfuerzo, sino también por las dudas sobre cómo encontrarían a Juan, si es que seguía en el albergue.

Pedro alcanzó la puerta del edificio e irrumpió en su interior.

—¿Dónde está? ¿Dónde lo dejaste? —preguntó a voces, sin volverse siquiera para dirigirse a Olivia, a la que todavía le faltaban unos metros para llegar hasta él.

La periodista no respondió porque no le alcanzaba el aliento, pero no pudo evitar cierto placer al hacer esperar a Pedro esos segundos que tardó en ponerse a su altura. Fue ella misma quien abrió la puerta de la habitación correspondiente y pulsó el interruptor de la luz. El dueño del albergue la apartó de un pequeño empujón para poder contemplar lo que había allí dentro. Pero no vio nada. Sin saber qué hacer, se quedó paralizado en el quicio de la puerta. Olivia avanzó unos pasos y deslizó hacia los pies de la cama las mantas que ocultaban a Juan, como un fardo bajo el agua. El hombre giró la cabeza y entreabrió los ojos, aturdido, como si se desperezase tras una larguísima hibernación. Pedro se precipitó hacia él.

—No tengo perdón de Dios —soltó a bocajarro el hombre mientras abrazaba a su amigo.

Olivia contempló la escena de pie y desde allí vio cómo Pedro se derrumbaba por completo y rompía a llorar como un niño que ha encontrado a su madre tras creerse perdido. Su desconsuelo era tal que aquel hombre era incapaz de disimular los espasmos que se habían adueñado de su cuerpo.

—¡No tengo perdón de Dios! —era lo único que repetía, cada vez de una forma más entrecortada. Parecía que su cabeza se hubiese quedado atascada ahí.

Juan no movía ni un músculo, los ojos fijos en la litera de arriba. La periodista pensó que quizá fue así, inmóvil y mirando a un punto fijo, como Isolina se lo había encontrado cuarenta años antes junto al cadáver de su padre. Una oleada de ternura le recorrió todo el cuerpo. Ella, muy poco dada a todo contacto físico, sintió el extraño impulso de abrazar a aquel hombre que se había arrojado por una ventana para intentar salvarle la vida.

Tras un momento que a Olivia le pareció eterno, Pedro se incorporó. Se limpió las lágrimas con la parte inferior de las palmas de las manos y miró alternativamente a la periodista y a su amigo, que, ya más espabilado, no podía disimular muecas de dolor. Era una obviedad que necesitaba atención médica urgente.

—Juan, en el pueblo han pasado cosas terribles esta noche. Cuarenta años más tarde Beresteira ha quedado de nuevo ensuciada por la sangre y la muerte. Es verdad eso de que la historia es cíclica, pero esta vez ha sido todo culpa mía. No merezco estar vivo, no merezco tu confianza. Ya no.

El otro hombre lo miraba sin entender nada, al menos en apariencia. El dueño de La Palloza dio un ligero paso hacia atrás y se dirigió a Juan y a Olivia.

—Aquí se acaba todo. Toca separar nuestras vidas, que supongo que nunca más se cruzarán. A partir de ahora, estaremos en muros muy opuestos de la historia. Vosotros, merecidamente, en el de los héroes. Yo, con justicia, en el de los traidores.

Olivia tuvo que hacer un buen esfuerzo de contención para no darle la razón.

—¿De qué historia hablas? —acertó a decir. Una vez más, en cuanto aquellas palabras salieron de su boca se sintió ridícula. Odiaba aquella sensación que la invadía la mayor parte de las veces que hablaba.

—Creo que es evidente. Eres una periodista que ha vivido en primera persona la noche de la que se va a hablar durante meses o años por todas partes. Ahora mismo vas a poder hacer lo que quieras: desde escribir un libro contando toda la verdad del caso hasta aparecer en tertulias de todo el mundo. Puedes convertirte en eso con lo que me dijiste que soñabas de joven. Ser… ¿Cómo se llamaban? ¿Woodward y Bernstein?

Ella asintió.

—Pues la Woodward o la Bernstein española. Creo que tienes hecha tu carrera y la posibilidad incluso de pasar a la historia.

Olivia miró a Pedro, sorprendida. El hombre tenía razón, pero hasta ese momento ella no se había parado a pensar en todo eso. Tampoco estaba segura de si le apetecía formar parte de un circo mediático. Al imaginarse todo lo que se le venía encima, tuvo ganas de tumbarse en una de aquellas camas, subirse la manta por encima de la cabeza y no salir de ahí hasta dentro de tres años.

No dijo nada. Se quedó allí, quieta, frente a Pedro. Fuera no se escuchaba ni un leve sonido. Dentro, tampoco. Los tres guardaban silencio. Fue el dueño del albergue el que rompió la tranquilidad. Miró su reloj de muñeca. Parecía más entero que antes.

—Lo que hay que hacer, cuanto antes mejor.

—¿A dónde vas? —quiso saber Olivia.

Él se giró con cara de sorpresa.

—A hacer lo que tengo que hacer.

Y salió, cerrando la puerta tras de sí.

La periodista se quedó mirando a Juan, que una vez más la observaba con aquellos enigmáticos ojos verdes. Era la mirada más profunda que había visto nunca y sintió de pronto la necesidad de no dejarlos escapar jamás. Esta vez, creyó leer en ellos confusión. Ese pobre hombre no conocía toda la verdad de lo que había pasado, así que Olivia imaginó que debía de estar tan dolorido como perplejo.

Se acercó a él y se sentó en el mismo colchón. Quizá por primera vez en su vida, se dejó llevar. Saltaron por los aires esas barreras que se autoimponía siempre para con los demás y que no eran otra cosa, pensaba ella, que un mecanismo de autoprotección frente a posibles decepciones. Si se prohibía a sí misma sentir nada por nadie, difícilmente alguien podría hacerle daño. Sin expectativa no hay desengaño. Lo abrazó. Lo abrazó tan fuerte como pudo y se sintió, al fin, protegida y en paz.

Juan gimió de dolor al notar aprisionado su malherido brazo. Olivia se dio cuenta de su falta de delicadeza e intentó incorporarse, pero aquel hombre se lo impidió. Pese al dolor que debía de sentir, rodeó a la periodista con el brazo sano. Y ella notó que el vello se le erizaba. Permanecieron así lo que a Olivia le pareció una eternidad, hasta que ella misma se levantó un poco y lo miró directamente a los ojos. La impresión de haber dejado de estar sola en el mundo la reconfortó. Una frase que ya había pronunciado casi igual esa noche se le escapó otra vez entre los labios.

—Un bicho raro deja de serlo un poco cuando su vida encaja con la de otro bicho raro.

Y a Juan se le dibujó una sonrisa con la que expresó más que con todas las palabras del mundo.

Agradecimientos

Esta historia se habría quedado olvidada para siempre dentro de mi ordenador si no llega a ser por la ayuda de muchas personas. Todas ellas la convirtieron en el libro que tienes en tus manos. Para no aburrir demasiado, daré las gracias aquí solo a algunas de ellas, pero son muchas más.

Al equipo de Maeva al completo, que vieron en ese manuscrito recibido entre cientos algo especial y se convirtieron en mis mejores compañeras. En especial a Núria Ostáriz, Leticia García Olalla, Mathilde Sommeregger, Iris Mogollón y Raquel González.

A Laura Riestra, la mejor jefa que podía tener, que me dio el último empujón y soportó con toda la paciencia del mundo mis dudas en una época en la que nos ha pasado de todo.

A Elena Santos, que me hizo ver que la historia tenía futuro y me dio la confianza suficiente para intentar publicarla.

A Guillermo Rodríguez, sin cuyas enseñanzas seguramente no habría sido capaz de escribir ni la mitad de este libro.

A Tito, Inés, Luis, Ruth, Juan Carlos, Miguel, John, Celia, Maite, Saúl, Vero, Beatriz, Eduardo, Mari Carmen, Alba y todos los demás primos y tíos que escucharon siempre con entusiasmo los escritos de aquel niño tan pesado que se pasaba el día construyendo sus historias.

A Jose, por servir de inspiración total para esta novela: Beresteira no es Tronceda, pero Beresteira jamás hubiese existido sin Tronceda.

A José Ignacio Lapido, por su amabilidad y generosidad siempre.

A mis padres, Chuchi y Caty, que tuvieron claro que la mejor inversión que podían hacer era mi formación. Me apoyaron siempre en todo y hay mucho de ellos en estas páginas.

Y a Irene, la mejor compañera de vida posible, que en todos los momentos clave me ha animado a intentar conseguir lo que yo creía imposible. Me hizo seguir cuando estaba a punto de tirar la toalla porque siempre cree más en mí que yo mismo.

Te proponemos otros MAEVA | N⊙IR, donde cada capítulo esconde una nueva pista

Una magnífica novela coral por la autora revelación de las letras gallegas

Sol Cortés decide dar un cambio radical a su vida: abandona la ciudad donde vive y su trabajo como patronista para instalarse en su pueblo natal y abrir una librería. Pocos días después de su regreso, el veterinario local, Xan Sequeiro, es asesinado. Sol se involucra en una investigación paralela para descubrir quién se encuentra detrás del crimen. Durante el tiempo que duran las pesquisas, surgen una serie de personajes peculiares y entrañables que muestran temas de la sociedad actual que invitan a la reflexión, destapan prejuicios sociales y ponen de relieve el valor de la diferencia.

Desapariciones, asesinatos y más de un apuro acechan a la reina de los cambios de personalidad

Elisa Morán es una traductora literaria con un peculiar método de trabajo. Piensa, se comporta y viste como los protagonistas de cada libro que traduce. Sus extravagancias han deteriorado la relación con su marido, Joaquín, que acaba engañándola con Berta, una antigua amiga suya. Elisa desaparece igual que lo hizo Agatha Christie tras la infidelidad de su marido, y todo se complica aún más cuando Berta aparece asesinada en el interior de una planta de reciclaje, desatando una investigación policial con Elisa como sospechosa e investigadora aficionada.

**La magia de una noche llena de superstición
une pasado y presente en una oleada de crímenes
en el Oriente de Asturias**

Dos hombres están encerrados en un sótano, con escasas probabilidades de sobrevivir. Uno le pide al otro que escuche la historia que le va a contar. Noche de San Juan, años noventa, Llanes: dos jóvenes pasan la noche juntos en el bosque. Al amanecer, ella bebe de una fuente. El primer rayo de sol incide sobre el agua, un reflejo conocido como Flor de Agua al que se le atribuyen poderes. Día de San Juan, 2023: la Brigada del Oriente se reúne para afrontar el caso de un joven asesinado, en cuya boca encuentran un pedazo de madera con el dibujo de la flor de agua.